미당 서정주 전집

11

산문

* 이 도서의 국립중앙도서관 출판시도서목록(CIP)은 e-CIP홈페이지(http://www.nl.go.kr/ecip)와 국가자료공동목록시스템(http://www.nl.go.kr/kolisnet)에서 이용하실 수 있습니다. (CIP제어번호: CIP2017000041)

미당 서정주 전집

11

산문

나의 시

은행나무

발간사

　미당 서정주 선생의 탄신 100주년을 맞이하여 선생의 모든 저작을 한곳에 모아 전집을 발간한다. 이는 선생께서 서쪽 나라로 떠나신 후 지난 15년 동안 내내 벼르던 일이기도 하다. 선생의 전집을 발간하여 그분의 지고한 문학세계를 온전히 보존함은 우리 시대의 의무이자 보람이며, 나아가 세상의 경사라 하겠다.

　미당 선생은 1915년 빼앗긴 나라의 백성으로 태어나셨다. 우울과 낙망의 시대를 방황과 반항으로 버티던 젊은 영혼은 운명적으로 시인이 되었다. 그리고 23살 때 쓴 「자화상」에서 "나를 키운 건 팔할이 바람이다"라고 외쳤고, 이어서 27살에 『화사집』이라는 첫 시집으로 문학적 상상력의 신대륙을 발견하여 한국문학의 역사를 바꾸었다. 그 후 선생의 시적 언어는 독수리의 날개를 달고 전통의 고원을 높게 날기도 했고, 호랑이의 발톱을 달고 세상의 파란만장과 삶의 아이러니를 움켜쥐기도 했고, 용의 여의주를 쥐고 온갖 고통과 시련을 지극한 아름다움으로 바꾸어 놓기도 했다. 선생께서는 60여 년 동안 천 편에 가까운 시를 쓰셨는데, 그 속에 담겨 있는 아름다움과 지혜는 우리 겨레의 자랑거리요, 보물이 아닐 수 없다. 선생은 겨레의 말을 가장 잘 구사한 시인이요, 겨레의 고운 마음을 가장 잘 표현한 시인이다. 우리가 선생의 시를 읽는 것은 겨레의 말과 마음을 아주 깊고 예민한 곳에서 만나는 일이 되며, 겨레의 소중한 문화재를 보존하는 일이 된다.

미당 선생께서 남기신 글은 시 아닌 것이라도 눈여겨볼 만하다. 선생의 문재文才와 문체文體는 유별나서 어떤 종류의 글이라도 범상치 않다. 평론이나 논문에는 남다른 통찰이 번뜩이고 소설이나 옛이야기에는 미당 특유의 해학과 여유 그리고 사유가 펼쳐진다. 특히 '문학적 자서전'과 같은 산문은 문체를 통해 전달되는 기미와 의미와 재미가 풍성하여 미당 문체의 진미를 맛볼 수 있다. 미당 문학 가운데에서 물론 미당 시가 으뜸이지만, 다른 글들도 소중하게 대접받아야 할 충분한 까닭이 있다. 『미당 서정주 전집』은 있는 글을 다 모은 것이기도 하지만 모두 소중해서 다 모은 것이기도 하다.

미당 선생 생전에 『서정주문학전집』이 일지사에서, 『미당 시전집』이 민음사에서 간행된 바 있다. 벌써 몇십 년 전의 일이다. 오늘의 관점에서 보면 그 책들은 수록 작품의 양이나 정본의 측면에서 아쉬움이 많다. 지난 몇 년 동안, 본 간행위원회에서는 온전한 전집을 만들기 위해서 많은 수고를 아끼지 않았다. 서고의 먼지 속에서 보낸 시간도 시간이지만 여러 판본을 두고 갑론을박한 시간도 만만치 않았다. 특히 미당 시의 정본을 확정하고자 미당 선생의 시작 노트나 육성까지 찾아서 참고하고 원로 문인들의 도움도 구하는 등 번다와 머뭇거림을 마다하지 않았다. 참으로 조심스러운 궁구를 다하였으니, 앞으로 미당 시를 인용할 때 이 전집에 의존하는 경우가 점점 많아지기를 바랄 뿐이다.

한편으로, 미당 전집의 출간은 두려운 일이다. 그것은 미당 선생의 모든 작품을 제대로 보여 준다는 형식적 의미를 지니기 때문이다. 세상에 어떤 전집이 있어 미당 선생의 모든 작품을 제대로 보여줄 수 있을 것인가? 우리에게도 그것은 현실이 못되고 희망이겠지만 그래도 우리는 그 희망에 최대한 가까이 가고자 했다. 우리가 그 희망에 얼마만큼 근접했는지는 앞으로의 세월이 증명해 줄 것이다. 다만 지금으로서는 지극한 정성과 불안한 겸손이 우리의 몫일 따름이다.

마지막으로 감히 말하건대, 우리는 미당의 전집 간행을 긍지와 사명감으로 하고자 했다. 우리는 미당을 통해서 이 세상에는 아주 특별한 것이 아주 드물게 존재함을 알게 되었다. 그리고 그 특별하고 드문 것을 우리 손으로 정리해서 한곳에 안정시키는 일에 관여하는 기쁨을 누렸다. 우리의 기쁨이 보람이 있어 세상의 기쁨이 된다면 그 기쁨은 곱이 될 것이다. 아니 그보다 미당의 문학이 이 세상에서 제 몫의 대접을 받게 된다면 우리는 사필귀정事必歸正이라는 네 글자를 진리로 받들면서 더 큰 기쁨을 누릴 것이다.

미당 선생 탄생 100주년이 되는 해의 유월에
미당 서정주 전집 간행위원회

이남호, 이경철, 윤재웅, 전옥란, 최현식

미당 서정주 전집 11 산문
나의 시

차례

시의 탄생

일러두기

1. 이 산문 전집은 총 247편의 산문을 네 권으로 분류하고, 각 권의 제목을 새로 붙였다.

1-1. 『떠돌이의 글』은 스무 살 청년이 노년에 이르기까지의 인생 편력,
『안 잊히는 사람들』은 일기와 편지, 주변 인물과의 일화,
『풍류의 시간』은 신라 정신 및 불교 사상, 한국 전통의 아름다움,
『나의 시』는 미당 시의 정신적 뿌리와 자작시 해설, 후배들에게 주는 글을 수록했다.

2. 『서정주문학전집』(일지사, 1972)과 산문집 『미당 수상록』(민음사, 1976),
『나의 문학, 나의 인생』(세종출판공사, 1977),
『미당 산문』(『미당 수상록』 개정판, 민음사, 1993)을 저본으로 삼았다.

2-1. 1935~2000년 사이에 신문, 잡지 등에 발표한 산문을 새로 찾아서 추가했다.

2-2. 산문 선집 『내 영원은 물빛 라일락』(갑인출판사, 1977), 『하느님의 에누리』(문음사, 1977), 『한 송이 국화꽃을 피우기 위해』(민예사, 1980), 『육자배기 가락에 타는 진달래』(예전사, 1985), 『시인과 국화』(『내 영원은 물빛 라일락』 개정판, 갑인출판사, 1987), 『한 사발의 냉수』(자유문학사, 1987), 『노자 없는 나그네길』(신원문화사, 1992), 『인연』(민족사, 1997), 『서정주 문학앨범』(웅진출판, 1993)을 참고했다.

3. 발표 연도 및 게재지가 확인된 경우 원고 뒤에 출처를 밝혔다.

4. 산문에 소개된 서정주의 시는 시 전집 표기를 따랐다.

나의 시와 나의 뿌리

『시인부락』 창간 후기

될 수 있는 대로 우리는 햇볕이 바로 쪼이는 위치에 생생하고 젊은 한 개의 시인부락을 건설하기로 한다. 뒤에로 까마득한 과거에서 앞으로 먼 미래를 전망할 수 있는 곳 ─이미 병들은 벗들에게는 좋은 요양소, 오히려 건강한 벗들에게는 명일明日의 출발을 위한 충분한 자양이 될 수 있도록 여기 이 미증유의 아름다운 공사가 하루 바삐 완성될 날을 기다리면서 우리 열네 사람은 준비 공작에 착수하였다.

벌써 여기다가 꼭 무슨 빛깔 있는 기치를 달아야만 멋인가?

우리의 공사장을 찾아오는 벗의 종족種族과 의장衣裝을 심문하도록까지 우리는 가깝고 싶지는 않으니 피리를 가졌건 나팔을 가졌건 또 무엇을 가졌건 마음 놓고 그는 그의 최선과 진실을 보일 수 있는 것이다.

사람은 본래 개성과 구미가 각각 달라 억제를 당할 때에는 언제나 유쾌하지 못한 것이니 우리는 우리 부락에 되도록이면 여러 가지의 과실과 꽃과 이를 즐기는 여러 가지의 식구들이 모여서 살기를 희망한다.

제1집에는 일부러 시론詩論을 빼기로 하였다. 쓴다면 동인 중에 누가 써야 할 것이나 시보단도 시론을 앞에 내세우고 싶지는 않다는 것이 모든 동인들의 의견이었고 또 동인 중에 한두 사람이 시론을 써서 그것이 마치 『시인부락』 전체의 의견이나 되는 것처럼 시끄럽게 오해하기 좋아하는 이들이 있을지도 몰라 그러한 이들에게는 되도록이면 그러한 기회를 절약시켜 주자는 의미도 있다.

2집부터는 매호 동인들이 번갈아 가며 시론을 쓸 것이다.

본 책은 격월간판으로 한다. 시지詩誌로서는 당연한 일이겠으나 경위에 따라서는 월간이 될는지도 모르겠다.

끝으로 본지 발간의 소식을 듣고 동인, 동호인이 되기를 지망하신 경향京鄕의 시인들에게는 다망 중 일일이 회신을 드리지 못하였음을 사謝하며 우선 시고詩稿 세 편 이상을 11월 30일 내로 보내 주었으면 좋겠다.

(『시인부락』 1936.11.)

여관집에 간판 걸고

　1936년 9월, 서울 통의동 보안여관이라는 곳에서 우리『시인부
락』지의 동인 일동은 창간 준비를 위한 첫 회합을 가졌다. 동인 중
김동리는 경주의 고향에 있어서 참석지 못하고, 서울에 있는 사람들
만 모였는데, 잡지의 성격으로선 동인 각 개인의 개성을 중요시하는
데서 어떤 편향성을 띠는 것을 회피해, 한 오케스트라와 같이 하자
는 것이 내 주장으로 채택되었다.

　동인은 김동리, 함형수, 김달진, 이용희, 이성범, 김상원, 오화룡,
오장환, 여상현, 필자 등으로 이들 중 오장환은 아직도 열여덟 살짜
리 일본 교토 어디의 중학 상급생으로서, 박용철이 '재주 있으니 끼
워 주라'고 특별히 권고하여 시 습작한 것 한 다발 가져오래서 함형
수와 내가 테스트해 보고 받아들인 터였다.

그때 이미 기성 시인이라고 할 수 있는 사람은 김동리, 김달진, 필자 세 사람이었다. 김동리는 이미 시와 소설을 둘 다 문단에 보여, 시는 1935년 발행의 시원사판 연간 시집에 올린 외에 동아일보와 조선중앙일보 신춘문예에 두 단편소설이 당선되어 있었고, 김달진은 『시원』지의 기고자로 동아일보에도 이미 많은 작품을 내 온 터였고, 나는 이해 1936년 동아일보 신춘문예에 당선을 한 뒤였다. 김동리가 스물세 살, 함형수가 스무 살, 나는 스물한 살이 겨우 되어 있었고, 나와 함형수는 중앙불교전문을 다니다가 집어치운 뒤요, 김달진은 거기 재학 중이었고, 이용희, 이성범, 여상현은 연희전문의 학생들이었다.

잡지사인 만치 그래도 간판이 있어야 한다고 하여 길거리의 문패장이한테 시켜 쬐그만 목판에 하나 써다가 여관집 문설주에 붙이기도 했지만, 경영비라는 것은 영 공중누각이었다. 동인 각 개인이 호주머니들을 털어서, 한 사람 앞에 10원씩 모은 것이 출판비가 되었다. 편집 겸 발행인은 내 이름으로 되어 있었다.

이때 동인들의 상황을 잠시 보자면, 함형수는 시인부락사의 간판이 걸려 있던 그 여관집에서 자고 먹는 것만 봐주는 가정교사로, 나하고 둘이 날이 날마닥 빼갈만 마시며 핀들핀들 놀고만 있었다. 아직도 머리를 박박 깎은 열여덟 살짜리 오장환이 머리털을 여자의 파마한 머리같이 길게 기르고 노는 우리가 부러워 거의 날마닥 찾아와서 독한 빼갈 마시는 것을 배우고 있었는데, 우리한테 어린애로 안 보이려고 무척 애를 쓰며 '자기는 벌써 어떤 과부와 깊은 관계를 맺은 뒤로 그 때문에 코피까지도 흘린 일이 있다'는 걸 빼갈 자리에선 가끔 과시했다.

함형수는 양복저고리 안주머니 속에 옥사한 아버지가 자기한테 부친 유서를 넣고 거기를 꼬매어 밀봉해 버리고 다녔는데, 그 비밀을 고백받은 사람은 아마 나뿐이었을 것이다.

『시인부락』 2호에 「현대시의 주지와 주정」이란 시론을 쓴 이용희는 T. S. 엘리엇, T. E. 흄 등에 경도해 있는 한편 할아버지들이 쓰고 다니는 터키식 털모자를 머리에 얹어 과시하고 있었으며 도박에 골몰하기도 곧잘 했고, 이성범은 지금은 실업 회사의 사장이지만 그때는 말라르메와 발레리에 빠져 말라르메의 「에로디아드」 원문을 읽어 보느라고 무척 애를 썼고, 발레리의 「젊은 파르크」 첫머리 '끼 쁘뢰르 라……' 하는 데를 애송해 읊으며, 서소문 중국인촌의 빼갈집들을 함형수와 나와 함께 자주 헤매고 다녔다.

그러던 어떤 겨울밤 오전 1시쯤 이상과 얼리게 되어, 그 '끼 쁘뢰르 라'의 이 군이 길거리에 쓰러져 장통곡에 빠지던 일이 기억에 아직도 새롭다.

이 군이 깊은 밤 길거리에 쓰러져 이상의 곁에서 터뜨렸던 장통곡은 『시인부락』의 상징이기도 하고, 또 그때 우리 민족의 꼬락서니, 우리 젊은 놈들 꼬락서니의 상징이기도 했던 것 같다.

(『현대문학』 1966.8.)

나의 동인지 시대

1936년 9월이라면, 나는 이해 1월 1일 동아일보 신춘시에 당선해서 얼마 동안 시를 여기저기 발표해 온 한 신진 시인이긴 했지만, 아직도 중앙불교전문학교 학생의 신분으로서 새 학기 등록도 하지 못하고, 굴레 벗기운 망아지처럼 아주 대단히 딱한 자유 속을 헤매이고 다녀야만 할 마련이었던 만 21세 수개월의 애송이였다.

함형수라는 중앙불전 동기생은 함북 경성 사람으로 나보다 나이는 한 살 아래, 장발의 느릿느릿한 물결과, 위아래턱의 풍부하게 잘 기른 수염과, 눈과 입모습 같은 데가 흡사 세계 문학 전집 속에 나오는 제정러시아의 작가 이반 투르게네프와 비슷하대서 투르게네프라는 별명으로 통하고 있었는데, 이 사람도 이때는 늙은 과부인 어머니가 만주 국경 다리를 넘어 다니며 행상해 보내 주던 그 적은 학비의 길마저 제대로 못 이어져서 본의 아니게 학교를 쉬고, 서울 시내 통의동 보안여관의 국민학생 어린애를 가르치는 가정교사가 되어 겨우 침식만을 기탁하고 있는 형편이었다.

이런 때의 9월 어느 날 나와 함형수가 보안여관에서 오후 2시쯤 만났는데, 서로 할 말도 따로 생각나는 것이 없이 먹먹하고만 있다가 함형수가 먼저 "벌써 가을인가 본데, 경복궁 뒤쪽으로나 한번 거닐어 볼래?" 했다.

그래 우리 둘이는 경복궁 뒤의 솔숲 속 빈터(지금은 청와대 구내)까지 갔었는데, 그때 마침 그 빈터에서는 운동장도 못 가진 이 근처의 무슨 사립국민학교 운동회─"적군 이겨라!", "백군 이겨라!" 하는 함성의 구호 속에 100미터 경주, 장애물 경주 그런 등등의 추계 대운동회라는 것이 열리고 있었다.

이것을 한 식경 말없이 보고 있는 동안에 내가 왜 그랬는지 함형수의 두 눈이 좀 보고 싶어 눈을 돌렸더니, 그는 언제부턴지 아무 소리도 없는 눈물에 젖어 들어 있었다.

"형수야, 우리 어디 가서 쐬주나 마실까?"

내가 말했더니 그도 그러자고 해서 우리는 바로 거기서 뛰쳐나와 효자동 종점에서 전차를 타고 청량리 뒤 임업 시험장의 울창한 수풀 속으로 들어가 버렸다.

그래 그 수풀 속의 어느 외진 풀밭 위에서 우리 둘이 '금강주'라는 이름의 제일 싼 소주를 아마 한 되쯤 억지로 노나 마시면서, 악쓰면서, 기안해 낸 것이 우리 동인지 『시인부락』 발간의 일이다.

"이눔아, 이것 억울하지 않니!"

형수가 말했다.

"억울타."

내가 대답했다.

"무슨 시 잡지나 하나 내놓아 볼까!"

"그러자."

그래서 하게 된 것이 이 『시인부락』이다.

나와 함형수는 며칠 뒤 우리 시의 믿을 만한 선배의 하나이고, 또 나와는 같은 출신인 용아 박용철 선생 댁을 찾았다. 갔더니 마침 인연이 닿아 그 자리엔 전남 강진에서 무슨 음악회를 들으려 상경해 있던 영랑 김윤식 선생이 동석하고 있었고, 영랑이나 용아 두 분이 다 우리 취지를 대찬성해 주시어 뜻을 굳히게 되었다. 더구나 용아는 친구인 시인 정지용의 제일 애제자라며 오장환 군의 천거도 해 주었다.

그래 그다음 우리는 당시의 유력한 문학청년으로 서양 문학 쪽의 조예에도 유능할 수 있는 사람을 생각해 보다가, 지금의 범양사 회장인 이성범 군과 지금의 통일원 장관 이용희 군의 서양어 학력과 그쪽의 문학 교양력을 믿어 동인으로 흡수하기까지 했던 것이다. 이용희는 『시인부락』 2호에 「현대시의 주지와 주정」이라는 제목의 시론을 그때 지면으로 과히 짧지 않게 썼는데, 그 무렵의 김기림 등의 주지 일변도에 비긴다면 사적 객관안史的客觀眼을 올바로 갖추려 한 시론이었다고 생각한다. 이성범은 시를 썼었다.

창간호에 내가 주창하여 우리가 공동으로 주장한 것의 골자는 '우리는 한 지나친 유파이기 전에 한 교향악이고자 한다. 피리도 좋고 나팔도 좋고, 어디 다 모여 같이 해 보자' 하는 것이었다.

참, 함형수와 아울러 여기서 또 잊을 수 없는 동인은 작가이며 시인인 김동리다. 그가 여기 썼던 시들이 지닌 멀고도 깊은 민족적 향수들은 우리 동인들의 꽤 오랜 애송거리였다.

(『한국문학』1977.10.)

나의 시인 생활 약전

나는 여기 『백민』지의 요청에 의하여 또 한 번 내 이야기를 해야 할 마련이다. '나의 시인 생활 자서'라는 것이 주어진 제목이나, 좁은 지면에서 그것을 자세히 말씀드리기는 도저히 불가능한 일이므로 여기서는 우선 그 개략만을 보이기로 한다.

허나 내 아직도 전도가 요원한 백면서생으로서 벌써부터 감히 이런 것을 적어서 좋은 일인지 모르겠다. 권하는 대로 한번 옷을 벗어 보이긴 하겠으나, 이 짓거리는 아마 나 자신을 위해 다행한 일은 아닐 것 같다. 하여간 이하에 나는 한 사람의 시작자詩作者로서 내 정신의 과거와 그 표현 도정의 약사略史를 여러분께 말씀드리려 한다.

내가 스물 이전에—그러니까 지금으로부터 15, 6년 전에 최초로 봉착한 시의 세계는 일종의 향토애의 경지였던 것을 기억한다. 내가 호남의 시골뜨기요, 또 마침 처음 읽은 시집들이 주요한, 김동환 등의 향토적인 것임에도 이유가 있었겠지만, 현재의 자기라는 것에 비추어 볼 때 이 최초의 봉착은 오히려 내 본질에 속하는 것이 아니었던가 생각된다.

좌우간 나는 이 향토색을 위주로 30여 편의 습작을 모아 당시의 내 은사였던 홍순복 선생을 통해 소천 이헌구 씨에게 보였고, 그중에 몇 편은 동아일보엔가 발표된 일이 있었다. 대담했다면 대담했고 무모했다면 무모했다고도 하겠으나, 그 유치한 30여 편을 나는 소각해 버린 지 오래니 과히 허물치 말기를 바란다.

그 뒤 나는 시라는 것을 일종의 신비 정도로 해석하는 시기에 도달하였다. 독서도 그런 것만 골라서 했고, 생활도 그러고자 애써 사원 등을 찾아다니다가 나중엔 아주 절에서 살기로 작정하고 한 1년 남짓 백여 있은 일까지 있다. 요컨대 그때는 일종의 시적 생활이 시를 낳는 줄로 오신하던 시절이었다.

그다음에 내 속에서 일어난 것은 자신의 선악성에 대한 반성이요, 그 초극의 노력이었다. 김동리쯤 지금도 기억할 줄 믿으나 이 추상적인 시절의 산물로서 비시非詩 「늪[湖]」이 있었지만, 이것을 쓰고 있던 몇 달 동안 실상인즉 나는 시를 쓴 것이 아니라 '무명無明'이라는 고정관념의 한낱 죄수가 되어 있은 셈이었다.

동시에 나한테 온 것은 보들레르, 도스토옙스키 등의 영향과 아울러 니체의 강력 철학이었다. 본체는 무명이다. 허나 의지와 육신으로써 살아야 한다고 나는 생각하였다. 『화사집』의 전반을 이루는

100미터 경주와 같은 생명의 기록이 이 무렵의 소산들이다.

허나 이 지나치게 건강하고 또 지나치게 병적이기도 하였던 생명은 내게는 차츰차츰 견디기 어려운 것이 되기 시작하였다. 주위 환경도 그러해졌지만, 내 자신의 내용이란 것도 드디어 『화사집』의 독창성만을 고집하기에는 너무나 난처한 데에 도달해 있었다. 절망이 내 앞에 왔다. 「조금[干潮]」, 「행진곡」 등이 1940년경에 쓰여진 것이다.

1942년 여름이던가, 가인家人들을 시골로 보내고 소년 이정호와 같이 나는 한여름을 일종의 참선 속에서 지냈다. 그러자 웬 영문인지 혹독한 열병을 앓았다. 나는 죽을 뻔하다가 다시 살아났다.

그래 꼭 그때부터라고 하긴 어렵겠으나 좌우간 이 무렵부터 내게는 한 개의 형이상적 성찰이 비롯됐다고 생각된다. 관념으로서가 아니라 간헐적이나마 그러한 감동 말이다. 사망한 사람 전체의 호흡이 정기精氣가 되어 나를 에워싸고 있는 것 같은 의식이 적으나마 내게 생긴 것은 이때부터다.

그 뒤부터 내가 침전한 내 내부 생활에 대해서는 후일에 자세히 말할 기회가 있을 것이다.

해방 후, 나의 작품 세계에 대해서는 나에게 관심이 있는 사람은 잘 알 것이다. 현재의 내 시정신의 위치—그것은 다른 데서도 많이 말할 기회가 있을 것이므로 여기서는 그만두고, 다음엔 내 시작 표현의 도정에 대해 간단히 몇 말씀 보고해 드리기로 한다.

최초의 습작 시기에는 나도 통례에 빠짐이 없이 시의 표현도엔 그다지 치중하지 않았었다. 시적 감정만을 중요시했기 때문에 표현은 그저 솔직하게만 되면 그만인 줄 알았다. 그러나 사실은 이 솔직이라는 것은, 많은 표현상의 난관을 졸업한 뒤에 비로소 가능한 일임을 그때엔 까마득히 모르고 있었다.

다음에 내가 한동안 붙잡힌 것이 정지용류의 형용사의 수풀이었다. '무엇처럼', '무엇 모양' 유의 수식의 허영에 한동안씩 사로잡힌 것은 비단 나 혼자만도 아닐 것이다. 그러나 마침내 나는 이러한 가식의 화원花園에 싫증이 났다.

그 뒤부터 나는 일부러 형용사들을 피했고, 문득 구투가 떠오른다 하여도 내 상념의 세계에서 이것들을 추방하기에 노력하였다. 직정언어直情言語—수식 없이 바로 사람의 심장을 건드릴 수 있는 그러한 말들을 추구하는 것이 당시의 내 이상이었다. 그 결과로서 형용사 대신에 좋든 언짢든 행동을 표시하는 동사의 집단이 내 시에 등장하게 되었음은 물론이다. 시방도 내 시의 일부를 가리켜, 소설적이라는 평을 하는 이가 있음은 이 때문인 것이다.

허나 이상과 같은 과도한 고집은 다만 내 일신을 단련하는 한때의 시험으로서 유용했을 따름이었다.

현재 나는 시를 우리말의 일상어에서 찾으려는 한 사람이다. 상념을 표현하기에 조급할 것 없이 몇 년이라도 꾸준히 간직하고 기다리며 거기 적합한 일상의 말들이 스스로 모여들기만을 노력으로 바라보는 한 사람일 따름이다.

조선의 시는 인제부터의 문제이기 때문이다.

(『백민』1948.1.)

내 고향 사투리

명사

요즘 내 몸과 맘의 기운이 모자라서 그런지 많이 잊었다. 하지만 이런 제목을 받아서 기억을 불러일으키면, 물론 몇 개씩은 아무리 마음이 흐리터분한 날이라도 떠오르기야 떠오른다.

큰애기, 작은애기, 섭섭이, 서운니, 아망네.

─이런 명사들이 먼저 떠오른다.

이것은 모두가 예닐곱 살 무렵의 내 계집애 친구들의 이름으로서, 그들은 모두가 나를 데불고 들밭으로 나물을 뜯으러 다니던 소녀들이다.

그중에 한 소녀가 음 2월의 뒷밭에서 어느 날이던가 새로 나온 풀꽃의 이름을 가르쳐 주었다. 까치마늘…… 그것은 반 뼘쯤의 키밖에 안 되는 풀로서, 꽃도 연분홍의 아조 조그만 것이나 거기에는 철필로 그린 것 같은 붉은 선이 선연하게 망그라져 있었다.

그래 요새도 무엇이든지 거의 다 질린 날은 그 '까치마늘꽃'의 선들을 더러 생각하고 위로를 받는다.

고향의 흙에서 아조 가까이, 무슨 들꽃보다도 일즉 작고 가냘프게나마 먼저 첫봄의 개벽을 하는 이 꽃의 분홍 선이 흡사 내가 쓰는 철필의 그은 것과 아조 같아서 아무래도 가까운 생각을 어쩔 수 없는 것이다.

형용사와 부사

"휘영창해!"

"휘영창해!"

"참, 영판 휘영창해!"

—이런 종류의 형용사, 부사들도 내 속에 깊이 자리한 말들이다.

'밝은 달', '맑은 달' 하는 용렬히 한결같은 말들의 습관에서 나를 되살려 시로 이끌어 들이는 데엔 이런 말들의 감각적인 기운이 힘을 많이 부렸던 걸로 기억한다.

동사

허나 많을 듯하면서도 내 시골의 사투리에서 기억에 잘 떠오르지 않는 것은 이것이다.

"아이, 하눌은 서울이래야……"

이것은 역시 나 어렸을 때 깨복쟁이 친구 누가 나한테 한 말들 중에 안 잊히는 한 토막이어니와, 여기에도 있는 것은 be동사뿐 그것도 그나마 은은히 반쯤은 숨어 있는 형편인 것이다.

아 참, '또 오라'는 명령 아닌 부탁의 동사만은 그래도 많이 쓰여지긴 졌었구나.

"또 와 인……"

"또 와 인……"

자기가 '찾아가겠다'는 게 아니라 잘 가고 또다시 잘 돌아오라는, 기둘루는 자의 정을 말하는 이 말만은 그래도 동사였구나.

'아으 즌 데를 디디올세라……'

「정읍사」속의 여자 모양 그들은, 그들의 마을의 누가 떠나면

"또 와 인"

"또 와 인"

보내 놓고는, 꼬독꼬독헌 데나 골라서 디디고 다니다 오라고 시방도 동사는 남을 위해서만 그것도 속으로만 쓰고 있을 것이다.

전라도 말은 그중에서도 특히 중북부어는 많이 청승맞다고 한다.

아닌 게 아니라 육자배기 가사에서 보이는 것과 같이 전라도 말은 청승맞다. 어린아이들의 흥얼거리는 말투까지가 많이 그렇게 돼 있는 건 사실이다.

성님성님 사촌성님

시집살이 어쩝디까

석자석치 명주수건
들며날며 날며들며
눈물씻기 다썩었네

이것은 이곳 민요의 한 구절이요,

쑥대머리 귀신형용
적막옥방 찬자리에
생각느니 임뿐이라
보고지고 보고지고
한양낭군 보고지고
……
손가락의 피를내어
사정으로 편지할까
간장의 썩은 눈물로
임의 화상을 그려볼까

이건 전라도 사람이 전라도 말로 쓴 〈춘향가〉의 한 구절이요,

오월 어느 날 그 하루 무덥던 날
떨어져 누운 꽃잎마저 시들어 버리고는
천지에 모란은 자취도 없어지고

뻗쳐오르던 내 보람 서운케 무너졌느니

모란이 지고 말면 그뿐 내 한 해는 다 가고 말아

삼백예순 날 하냥 섭섭해 우웁내다

이것은 현대의 전라도 사람이었던 김영랑의 시 「모란이 피기까지는」의 한 부분이어니와, 이것들은 그 모두가 많이 청승스럽다. 허나 이 청승은 목숨이 딱딱히 굳었거나, 썩었거나, 쇠약했거나, 죽어서 생긴 것은 아니다.

그것은 오래 오랫동안 이 나라의 지도력이 먼 산 말뚝이거나 쇠망치와 같이 놓여 온 뒷구석에서 많은 이산을 겪어 고인 못물처럼 나직한 소리로나마 늘 이 나라의 산목숨을 지키기에 절개를 다해 온 끄트머리의 모양인 것이다.

전라도 말에서는 아닌 게 아니라 적지 아니 뒷구석에 몰린 소녀의 내음새가 난다. 허나 청승스런 대로 이 소녀적인 점이야말로 또 많이 산 점인 것이다.

그러니 그들에게 인제는 '국파산하재'의 한을 주지 말고, 이산의 설움을 주는 강제 동원 등의 명령을 주지 말고, 말라붙은 계율을 주지 말고, 또 갖은 땅을 파고 갈아 배불리 따뜻이 먹고살게 하라. 그러면 원래 산 것이었던 언어의 청승도 그 한낮과 같은 광휘들을 쉬이 돌이킬 것이다.

(『여원』 1958.2.)

내 아호의 유래

내가 지금 쓰고 있는 '미당未堂'이란 호는 자호가 아니고, 외우 미사眉史 배상기 형이 지어 준 것이다.

'미' 자가 미래라는 '미' 자라 하여, 미래적인 호가 아니냐고 하는 사람도 있으나 그건 물론 아니고, '미숙한 사람', '모자라는 사람'임을 늘 자인하는 내 심경을 짐작하여 벗이 글자를 찾아 준 것임에 불과하다. 그러니 글자는 친구가 찾았으나 뜻은 자호나 다름없는 셈이다.

그러나 이 호의 글자의 선택에는 내 벗 미사가 내 장래의 세계적 문명文名을 고려한 흔적이 많이 들어 있다. 그것은 음으로 하면 미당이라 발음되는 이 호는 '로댕'이라든지 '로맹 롤랑'이라든지 하는 누구나 부르기 쉽고 외기 쉬운 이름들과 한 계통의 쉬운 것으로서, "뒤에 세계적으로 불릴 경우를 생각하고 그렇게 했네" 하고 이 작호자가 설명해 주었으니 말이다.

벗의 마음 씀씀이대로 이 미당이라는 호가 뒷날 얼마나 세계적이 될 것인지 내 그걸 여기 미리 예측할 도리는 전연 없으나, 하여간 기왕이면 부르고 외우기 쉬운 것도 무방하고, 그 뜻도 잘난 듯한 것보단 내 형편에 맞는 듯하여 아직도 이걸 쓰고 있다. 또 물론 앞으로도 죽을 때까지 이만큼 한 호 하나로 나는 아주 만족할 것이다.

스물을 한두 살 더했을 때부터 나는 '궁발窮髮'이란 자호를 택해서, 내 처녀시집 『화사집』에도 이걸 붙여 냈었다. 이것은 장주의 『남화경』 속 문자로, 그 주註에 보면 '궁발자북명불모지지窮髮者北冥不毛之地'라 쓰여 있다. 즉 너무 추워 풀도 안 나는 곳을 말하는 것으로, 나는 일정 치하 때의 내 환경과 그 속의 내 꼴에 맞추어 이걸 골라 썼던 것이다. 그러던 것이, 일정 말기 내가

우리 그냥 뻘밭으로 기어다니며
거이 새끼 같은 거나 잡어먹으며
노오란 조금에 취할 것인가

맞나기로 약속했든 정말의 바닷물이
턱밑에 바로 들어왔을 땐
고삐가 안 풀리여 가지 못하고

불기둥처럼 서서 울다간

스스로히 생겨난 메누리발톱

아아 우리 그냥 팍팍하야 땀 흘리며
조금의 막다른 길에 해와 같이 저물을 뿐
다시는 다시는 맞나지도 못하리라.

　　　　　　　　　　　—「조금」

하는 유의, 감정의 지난至難 상태에 빠져 있을 무렵에는 궁발이란 자
호 역시 무슨 폐로운 의관같이만 느껴져 팽개쳐 버리고, '뚝술이'라
는 익명으로 바꾸어 버렸다.

　미사 배상기는 늘 가지고 다니며 타고 지내던 거문고와 가야금을
집어치우기로 하고, 나도 글 쓰고 책 읽는 것 걷어치우기로 하고, 지
금 전북대학에 있는 박덕상 군도 같이 참가해서 우리는 깨끗이 '노
가다(품팔이 일꾼)'가 되기로 하고, 술상을 차린 저녁이 있었다.

　그 자리에서 호나 이름부터 '미사'니 '궁발'이니 '덕상'이니 폐로운
것이라 하여, 미사는 내가 '몽니'(심술 사납다는 말의 전라도 사투
리)라 붙여 그것을, 덕상은 유달산 밑의 목포 태생이라 또 내가 "유
달산에 박달나무는 있는지 없는지 모르지만 박달나무 방맹이는 꽝
꽝하기는 한 것이니 '유달산 박달쇠'로 하자" 하여 그것을, 내 것 '뚝
술毒述이'는 뚝섬의 '뚝' 자가 '독毒' 자가 셋이나 들어서 좋으려니와
'뚝술이' 하는 음조도 막된놈 이름으론 그만이라 미사가 권하여 쓰
기로 정했던 것이다.

물론 노가다가 되는 것도 이날 밤 계획에만 그쳤고 별명만을 하나씩 가지게 되었던 것이니……

그러나 1945년 일정 치하에서 풀려 해방이 되어 어이튼 우선 마음이 누그러지자, 궁발이니 뚝술이니를 그대로 지닐 생각은 제절로 없어져서 혹 글에 익명을 요하는 경우가 와도 나는 그것들은 쓰지 않고, 좀 '친분'과 사는 맛이 있는 걸로 그때그때 적당히 지어 써 왔다.

그러다가 미사에게서 1947년엔가 뚝술이 대신 새로 얻은 것이 지금의 미당이란 호인 것이다.

호를 얻고 나서, 그 호를 붙여 준 이와 의가 나쁘게 된다든지 또 그 호를 붙여 준 이가 호 받은 사람 보기에 밉살스런 길을 가고 있다든지 하면, 그것도 그 호의 복은 되지 못할 것이나 다행히 내 호 미당은 그런 화에서도 면제되어 있다.

나는 미사 배상기를 시를 아는 푼수에서도 나만 못하지 않은 단 한 사람으로 지금도 알고 있고, 거문고 가야금도 과거 1세기 동안의 국수 심상건보단도 못하지 않은 걸로 알고 있고, 또 고집 센 점으로도 이 사람보다 더한 사람을 땅 위에서 아직 본 일이 없는데 그는 한 수의 시도 쓰지 않고 말았고, 한 곡의 음악도 발표회에 내놓지 않고 말았고, 1948년엔가 마지막으로 내 앞에 그 고집 센 얼굴을 보인 뒤로는 어디에 가서 사는 것인지 영 자취를 땅 위에서 찾아볼 길이 없기 때문이다. 미당이란 호에 너무나 이 '호 작가'의 거취와 내음새는 알맞는다고 할까.

나는 내 호 작자가 1940년대의 일정 최말기의 어느 날, 서울 경마장의 도박판에서 움켜쥔 주먹을 많은 군중의 육박 속에서도 끝까지 펴지 않고 할퀴어 피투성이 된 채로 쥐고 내 앞에 나타나서 "정주, 한잔 마시러 가세!" 했을 때의 일을 일생 잊을 수 없을 것이다.

　"아, 요것들 주먹 할퀴어 놓은 것 좀 봐! 도박에는 졌지만, 살기는 살아야지!"

　그러면서 머리를 흔들고 웃어 보이던 일을 잊을 수 없을 것이다.

　그때 일을 생각하면서, 나도 역시 내 시의 움켜쥔 주먹을 쉽사리 펴지는 않아야겠다고 지금도 가끔 생각하곤 한다.

(『현대문학』 1964.6.)

내 문학의 온상들

질마재

내 고향 전북 고창 질마재의 1920~1925년경의 정신 성분을 대별해 보면, 이조 유학의 사람들, 책은 별로 읽지 않고도 하여간 노장적 무위자연인이 된 사람들, 무당식의 이곳 고유한 심미주의의 멋쟁이들—이 세 가지이겠는데, 나는 어느 편이냐 하면, 여섯 살부터 아홉 살까지 유학의 서당에 다닐 때에도 편은 무위자연인과 심미주의 멋쟁이의 편이었다.

서당의 성적은 내가 첫째이긴 했지만, 인색하고 지나치게 엄하고 잔뜩 버티고 점잔만 빼는 유학의 사람들을 나는 좋아하지 않았다. 숭어 낚시질과 쟁기질과 참외, 수박 농사를 즐기며, 아이들에게 손수 가꾼 참외를 더러 인심도 쓰며, 항시 빙글거리고 점잔 빼지 않고 사는 '진영이 아재'라는 이름을 가진 구레나룻 털보를 나는 마음속으로 좋아했고, 또 장구 잘 치고 노랫소리 좋은 '상곤이' 같은 사람을 좋아했으니 말이다.

이 상곤이는 매우 가난해서 한때는 우리 집에 머슴살이를 하고 있었는데, 그의 주머니 속에는 망건 밑으로 흐트러져 내리는 머리털을 맵시 있게 망건 속으로 가지런히 집어넣는 데 쓰는 쇠뿔제의 예쁜 염발이라는 것이 하나 늘 들어 있어, 이걸 그는 자주 애용하고 있었다. 아침에 들밭에 똥오줌을 퍼낼 때에도 손거울이 없는 그는 얼굴을 소망이라 부르는 그 똥오줌통에 비추어 보며 연신 염발질을 하고 있었다. 그래 나는 아주 신기하게 그의 그런 짓을 눈여겨보고 있었던 것인데, 이런 영향들이 어린 때에 은연히 쌓여 내가 뒷날 심미가라는 것이 되게 한 것인 듯도 하다.

나는 지금 이 글을 쓰면서 내가 쓰고 있는 펜을 상곤이의 염발질하던 염발에 비겨 보고 그럴싸하게 느끼고 있다.

『논어』에 보면, 공자가 친자식같이 아끼던 제자 안연이 젊어서 죽었을 때 죽은 사람의 가난한 아버지가 공자한테 가서 "선생님의 수레를 팔면 내 자식의 외관값은 되겠습니다" 하자, "사대부는 수레 없이는 다닐 수 없는 것"이라고 대답했다는 말이 보이거니와, 어쩐지 너무 꾀까다로운 유생들의 태도는 질마재 어린아이 나한테도 그리 달가운 것은 아니었다. 우리 아버지 역시 서당 선생을 거치신 분이었지만……

요시무라라는 일본 여선생

아버지의 직업 관계로 열 살에 전북 부안군 줄포라는 데로 이사를 와서 이곳 소학교에 다니는 동안에 요시무라란 이름의 일본인 여선생을 만나게 된 것은 내 문학적 생애를 위해선 기념적인 일이었던 듯하다.

이 선생은 지금 생각해도 드물 만큼 두 손과 두 눈이 맑은 분이었는데, 내게 이 땅 위에서 처음으로 시 짓는 것과 산문 쓰는 길을 가르쳐 주었다.

'어둔 밤에 달이 뜨면 반갑지 않느냐'는 것, '어떻게 반가운가를 써 보라'는 것, '한 줄에 열두 글자씩 맞추어 써 보기도 하고, 맞추지 않고 그냥 써 보기도 하라는 것'—이런 시와 산문의 기본 훈련은 요시무라 선생님이 나를 예뻐하지 않았다면 성과는 별로 없었을지도 모른다. 그러나 그가 나를 아끼고 잘 이해해 주었기 때문에 적지 않은 효과를 나한테 주었다.

나는 소학교 1학년 때에는 3학기 전부 수석으로 통했던 것인데, 2학년에 와서는 새로 온 한국인 선생이 그 편애라는 걸로 나를 예뻐하지 않아 사뭇 성적 점수가 떨어졌던 것을, 3학년 때 이 요시무라 선생이 와서 다시 내게도 칭찬받을 기회들을 만들어 주었고, 도리어 수석의 자리도 찾아 주었고, 그래 아버지의 무서운 꾸지람도 없이 해 주었기 때문에 그의 부탁은 무엇이든지 내게 잘 통해 그가 쓰라는 동요와 작문도 나는 꽤 열심히 지었던 것이다.

그해 어느 늦가을 날, 「아침 안개」라는 제목을 받아 내가 쓴 산문을 놓고 '신비'라는 말이 가지는 실감을 알려 주던 일은 지금도 기억에 새롭다. 나무꾼들이 산에서 거둔 나무들을 지게에 지고 안개 속에서 하나씩 하나씩 아침 시장을 향해 나타났다가는 또 하나씩 하나씩 안개 속으로 사라져 가는 느낌을 썼던 것이다.

장티푸스

장티푸스를 앓고 나면 성질이 변한다는 말도 있고, 바보가 되거나 딴 재주가 생겨난다는 말도 있다. '염병 3년에 땀도 못 내고 죽을 자식'이니 하는 바로 그 염병 말이다.

나로 말하면, 이걸 앓고 나서 바보나 좀 더 되었을까 무엇 별로 달라진 것도 없는 것 같으나, 하여간 이 염병 반년의 경험을 전후해서 내 정신에 생겼던 사변들이 그 뒤의 문학정신에 끼친 흔적만은 거부할 수 없다.

서울 중앙고보 2학년에 재학하고 있을 때 누구나 소년이면 한번씩은 겪는 그 '연민'의 감정이라는 것이 내게 일어나서, 결국 이것이 나를 염병으로까지 몰고 갔다. 영양 부족의 샛노란 얼굴에 땀을 뻘뻘 흘리며 남의 사치한 몸뚱이를 인력거에 태워 끌고 달음질치는 인력거꾼들(요즘은 이런 건 없어졌지만), 길거리에 비틀거리는 남루 속의 거지 거지 상거지들, 인정은 참 많아 보이는 눈들인데 무언지 모두 박탈당한 듯 주춤주춤 머뭇거리고 가는 길거리의 무력한 우리 어른들, 이런 것들이 두루 딱하고 불쌍해 견딜 수 없는 소년 때에 나는 와서 있었던 것이다.

나는 당시 비교적 넉넉한 우리 집 형편이 마련해 준 계동의 깨끗한 하숙을 떠나 구두를 벗어 버리고, 빈민용의 '지까다비'라는 것을 사 바꾸어 신고, 그때의 빈민촌 아현동의 더러운 집 빈대 우글거리는 하숙방에 옮겨 앉았다.

그래 불결하고 싼 음식들은 염병균을 내 속에 옮겨, 나를 거꾸러 뜨렸던 것이다.

이때 나는 학교를 쉬고 시골로 내려가서 산 변두리에 격리된 병원에서 영 희망 없다 하여 상여까지 준비하려다 어떻게 겨우 살아남게 되었지만, 내가 말하려는 것은 이런 표면의 사건들이 아니라 이 염병 전후부터 내 마음속에 자리를 잡은 그 연민이라는 한 정신이다.

나는 이 무렵에 얻은 이 정신 때문에 염병 앓은 걸 오히려 고맙게 생각해 오고 있다. 이보다 조금 뒤에 경험한 '연정'과도 어느 만큼의 공통점을 갖는 이 연민의 정은, 내가 현실을 어느 만큼 나와 밀접하게 만들어 오는 데 그 뒤 가장 큰 힘이 되었으니 말이다. '거지 발샅의 때'같이 더럽고도 불쌍한 것에 대한 연정 같은 안쓰러움—보들레르도 일찍이 가졌었다. 나도 가져야 할 이것을 염병은 한 중매자 되어 내게 갖다가 뿌리박아 놓았다.

18세의 톨스토이 팬

『신약성서』의 마태복음과 그 밖에 딴 한 개의 복음, 하타노 세이이치와 오리시 하지메가 쓴 『서양 철학사』, 니체의 『짜라투스트라는 이렇게 말했다』, 톨스토이의 『부활』과 『안나 카레니나』와 『인생론』, 『예술론』, 도스토옙스키를 비롯한 19세기 소설의 일부, 보들레르의 『악의 꽃』—이 정도의 수박 겉핥기의 독서를 거친 뒤에 나는 기독교도도 아닌 한 톨스토이 팬이 되어, 그의 만년의 행적을 본떠 18세의 가을 한동안을 서울 마포구 도화동산의 빈민촌에 내 연민의 둥우리를 치고, 시내 쓰레기통의 종이를 주워 모아 연명하는 사람들의 일미一味가 되었다.

성경의 지시대로 단벌옷이었으나 그것은 단정하고 깨끗한 것이었고, 비교적 상질의 신사용 여름 맥고모자와 굵직한 마도로스 파이프가 사용되었다. 지금 생각하면 어이가 없는 일이나 이때 며칠 동안은 진심으로 시내 곳곳의 쓰레기통을 열심으로 뒤지고 다녔다.

그러나 이것은 며칠 가지는 않았다. 무슨 훈장을 차고 버티고 다니는 것 같은 느낌을 어쩔 수가 없었기 때문이다.

거사 입산

내가 사상 때문에 쓰레기통의 종이 줍기를 한다는 소식이 우연히 내 선연배의 친구 미사라는 가야금꾼을 통해 그때의 불교의 최고 대표자였던 박한영 노사의 귀에 들어간 것을 내가 알게 된 것은 박한

영 스님이 나를 그의 암자로 초청한 뒤의 일이었다.

가서 만나 보니 박한영 스님은 꼭 어린아이 웃음을 그대로 간직한, 무엇에서든지 안심이 되는 인상을 내게 주었다.

그는 마치 먼 데 사는 일갓집 사람이나 오랜만에 만난 것처럼 무척은 반가워라 깔깔거리시더니, "그러지 말고 나하고 같이 불경이나 좀 읽어 보자"는 것이었다. 이때 이분 춘추는 회갑을 어느 만큼 넘기신 뒤였던 듯한데, 그 너털웃음만은 나보다도 더 어린애의 그것이어서 나도 오랜만에 그를 따라 웬 영문인지 소리를 내어 많이 웃고, 또 쓰레기통 뒤지고 다닌 건 꼭 훈장 단 것 같더라는 고백도 하고, 그러다가 나는 그가 좋아 이 스님의 암자에 남아 불경을 읽기 시작했다.

이분을 처음 만난 다음 날 "나하고 같이 있으려면 중이 안 되더라도 머리는 깎아야 한다"고 말씀해서, 나는 쾌히 승낙하고 그분 앞에서 머리를 박박 깎았는데 "꼭 거 무슨 알 같다"고 하면서 스님은 무척은 좋아라 하셨다.

나는 지금까지의 생애에서 박한영 스님처럼 구도求道의 사람을 좋아하는 인물은 아직 보지 못했다.

그의 경우는 부로父老가 자기 집 어린애의 잘하는 것을 좋아하는 것보다도 훨씬 더하셨던 것이다.

나는 여기에서 한 해 겨울과 봄 동안에 『능엄경』한 질을 읽었고, 열아홉 살의 여름이 되었을 땐 박한영 스님의 각 사찰에 부치는 전갈을 얻어 적당한 절에서 쉬면서 금강산까지 도보 여행을 했다.

참선을 한다고 스님의 만류를 뿌리치고 갔던 것인데, 여의치 않아

되돌아오니 스님은 "내 뭐라던가" 하면서 나를 그의 곁에 다시 주저 앉혔다.

  이래서 나는 이듬해 스무 살이 되었을 때 스님이 교장을 겸임하고 계셨던 중앙불교전문학교(현 동국대학교)에 그의 권고로 입학했고, 여기에 들어가던 이듬해 동아일보 신춘문예 시부에 당선이라는 걸 했고 또 내 주동으로『시인부락』이란 시 잡지도 간행하게 되었다.

(『세대』1966.9.)

내 시와 정신에 영향을 주신 이들

    내가 처음으로 시를 공부하던 17, 8세의 문학소년 시절, 제일 애독하던 것은 주요한의 『아름다운 새벽』 및 『3인 시가집』(이광수, 주요한, 김동환 공저) 속의 주요한의 시편들이었다. 특히 나는 그분의 민요풍의 시편들을 좋아했다.

    강남 제비 오는 날
    새 옷 입고 꽃 꽂고
    처녀 색시 앞뒤 서서
    우리 누님 뒷산에 갔네.

    가서 올 줄 알았더니
    흙 덮고 금잔디 덮여

병풍 속에 그린 닭이

울더라도 못 온다네.

섬돌 위에 봉사꽃이

피더라도 못 온다네.

　　　　　　—「가신 누님」

　이런 유의 그의 시편들은, 당시 무잡한 감정이나 연설이나 서투른 의미 개념 전달에만 멎기가 예사였던 우리 대다수의 시편들의 싱거운 타력惰力 속에서 시의 소년 나를 매혹하는 최상의 것이었다. 사회주의 시인들의 프롤레타리아 시라는 것을 비롯해 대다수의 시인들이 벌이고 있던 그 싱거운 감탄과 싱거운 연설에 진절머리를 내던 나에게 이만큼 한 시의 정리된 전아성典雅性을 대하는 것은 여간 큰 재미가 아니었다. 값싼 감상이나 생경한 개념 연설에서 당시 우리 시를 바로 하는 데 이분은 큰 공적을 남긴 것이라고 나는 지금도 생각하고 있다.

　시의 언어는 시만이 가질 수 있는 독특한 것으로서, 의미만이 아니라 거기에는 선택된 정情이 있어야 한다는 것, 또 시의 언어라는 것은 언어 중에선 제일로 정리된 것이라야 한다는 것—이런 것을 이분은 당시 잘 지각하고 있은 듯하다. 그리고 이것은 시를 마구 갈겨쓰던 당시로서는 희귀한 일의 하나였다. 또 요한이 민요풍의 시들에서 보이는 우리 민족의 질이 잘 배어 있는 전통적 어풍들도 나는 그때 많이 좋아하였고, 지금도 역시 그렇다.

　다음으로 내가 좋아한 우리 시인은 1930년 『시문학』지가 창간되어서 처음으로 작품들을 보인 김영랑이다. 『시문학』 창간호에 실린 「동백잎에 빛나는 마음」을 비롯한 그의 소품들을 대하는 것은 내게는 참으로 잠음 속에서 국창의 가락을 듣는 것 같은 황홀감을 주었다. '우리말도 잘 가다듬어 쓰면 이렇게 고울 수 있다!' 소년인 나는 마음속으로 몇 번을 이렇게 되풀이했는지 모른다.

　나는 이 무렵 일본의 제일 시인이라는 키타하라 하쿠슈의 「탱자꽃」 등 몇 편의 시가 일본말의 표현을 잘 살린 것이라고 생각하고 있었지만, 김영랑의 조선 시인인 푼수는 일본의 하쿠슈보다도 한결 나은 것이라고 판단하는 데 이르렀다. 그리고 영랑의 시를 통해 우리말의 달갑고 떳떳함을 새삼스레 느끼게 되었다. 해방 전 일을 몸소 겪어 보지 못한 이들은 실감이 없는지 모르지만, 1930년 무렵의 우리 시의 표현들 속에서 그의 시편들을 보는 것은 정말 그만한 일이었다.

　외국 시인으로 내가 가까이 느껴 온 이가 둘이 있다. 하나는 샤를 보들레르이고, 하나는 어린애도 누구나 그 이름을 잘 아는 '이태백이 놀던 달아'의 이태백이다.

　나는 보들레르의 글을 처음 사귀던 때나 지금이나 그가 세계 시문학 속에서 가장 뼈저리게 자기를 시에 희생한 사람이기 때문에 친밀감을 느껴 오고 있다. 나는 그가 한낱 미의 사도인 점을 좋아하는 게 아니라 세계 시문학사의 여러 시인들 중에서 제일 철저하게 인간 질곡의 밑바닥을 떠메고 형벌받던 시인인 점을 좋아한다. 형벌의 질량을 자진해서 가장 많이 짊어졌던 사람. 스스로 자기의 사형 집행인이고, 또 스스로 사형수였던 사람. 이 천치라면 지독한 천치, 희생제물. 거지와 유태인과 흑인 독부毒婦와 이, 벼룩 등 기생충류의 제일인인隣人—그 말하지 않는 시인의 정으로 인간 질곡의 제일 친우가 되어 헤매던 이 사람을 좋아한다.

그러나 나는 또 한쪽으론 신선 이백의 힘을 빌려서 겨우 자기를 좌정해 오기도 했다. 두보만 해도 생이별 사이별의 온갖 시름, 설움 때문에 주름살을 주체할 길이 없지만 이백의 집—자연에 자리하면 무어 이맛살을 찌푸리고 어쩌고 할 나위도 없는 것을 이십대의 언제부턴가 짐작해 오게 되었다. 이런 점, 나는 비록 가난하고 약한 나라에 태어나긴 했지만 배울 만한 걸 배우게 된 걸 보면 아마 명당으론 또 상명당을 골라 생겨난 모양이지.

아, 시인은 아니지만 내가 사는 데 좋은 영향을 준 이가 또 두 분 있다. 하나는 프리드리히 니체라는 독일의 미치광이 사상가. 또 하나는 부처님이라 불리는 석가모니 바로 그분이다.

니체는 첫째 내 허약한 육체를 대화 속의 높이로 인상시켜 준 공덕이 크다. 특히 디오니소스적 생의 열락과 긍정을 내 다난한 청년 시절에 권고해 주어서 고마웠다. 일정 치하에서 겪어 오던 갖은 박탈과 암흑 속을 나는 그의 권고의 덕으로 겨우 몸을 곧추세우고 다닐 수 있었던 것이다.

그러나 이 그리스적 신성은 조만간 그 육벽(肉壁) 때문에 막혀 타개할 길이 없다는 것을 이십대 중간쯤부터 요량해 오게 되었다. 니체의 영겁 회귀는 되면야 물론 좋지만, 디오니소스나 아폴론적 육벽을 지니고선 불가능하다는 걸 짐작하게 되었다.

그래서 니체도 결국 신취(神醉)한 채 미쳐 버리고 만 것이라고 생각했다.

그 자리에 서서히 석가모니가 걸어 나오기 시작했다. 저 '토끼와 거북이의 경주' 가운데 보이는 거북이보다도 훨씬 더 느리게밖엔 발걸음을 옮겨 오지 않는 이가 석가모니다.

이분이 겨우 디오니소스적, 아폴론적, 비너스적 또 무엇무엇 하는 그리스 신성의 육벽을 내 속에서 언제부턴가 헐게 한 것만은 사실이지만, 야 참, 이것은 정말 더디다.

마음에서 마음으로 전해져 가는 영원의 윤회―이것을 쉬어 버리고 해탈하라는 석가모니의 말씀이시다. 하늘나라엔 가서 무엇하느냐는 말씀이시다. 그러나 나는 아직도 윤회를 조끔 더 해 보고 싶다. 선덕여왕이 가겠다던 그 도리천 하늘쯤에 가서, 그런 데서 아주 해탈해 버릴 것인지의 여부는 다시 한 번 생각해 봤으면 좋겠다.

나는 사람들에게 정을 들이다가 안 되면 중도에 한눈파는 연습도 꽤 많이 해 봤고, 또 풀잎사귀하고나 노는 연습도 꽤 성공은 한 셈이긴 하지만 아직 이 정이, 이것이 속계를 벗어날 수 있는 것이 못 되는 줄을 잘 알고 있으니 말이다.

(『현대문학』1967.10.)

내 시정신의 근황

배치와 대조 사이

지난해 3월, 한강 남쪽의 국립묘지에서 과천으로 가는 도중의 관악산 기슭에 새로 세운, 건평과 대지 합쳐 모두 아흔여섯 평짜리의 새집으로 이사한 뒤 1년 반 동안 내가 주로 중요하게 마음먹어 해 온 일 두 가지가 있으니, 그 한 가지는 관악산 뻐꾹새 소리를 귀담아 들어 온 일이고, 다른 한 가지는 좁은 대로의 이 신거新居의 뜰에다 있는 대로의 재력과 공력을 다해 나무와 돌을 배치하고 대조해 보고 옮겨 고쳐 놓아 보고 하며 지내 온 일이다.

그러다가 아내가 "못 살겠다"고 하도 아우성을 쳐 대는 통에 나도 미안스럽게 느껴져 이거마저 아직도 일단락도 보지 못한 채로 마지막 남은 돌 하나를 내 방 창 앞 가까운 데에다가 문장에서 콤마를 찍듯이 배치된 열 밖에 내놓아 찍어 두고, 팔짱을 끼고 가끔 내려다보고 있는 것이다. 그리고 우리 집 이름 '봉산산방蓬蒜山房'에다가 다시 '여석굴餘石窟'이라는 별명을 하나 더 붙여서 그래도 무엇이 여지에 남아 찍혀 있는 걸로 겨우 만들어 놓고 있다.

얼마 전에 같은 마을의 이웃사촌이 된 황순원과 이원수 두 장골 처사가 찾아와서 내가 그 돌을 가리키며 "이거 겨우 내 돌인데, 이건 콤말세" 하니 순원은 "콤마라면 아직 계속 중이군. 아직도 멀었나?" 했지만, 이것도 하다 보니 영 끝내지지는 못할 일인 것이다.

그야 하여간에, 이 콤마로 남은 돌은 보면 볼수록 생김새가 나하곤 많이 닮은 것 같다. 어느 큰 이곳 토종의 화강암이 닳아져서 이렇게 한 아름도 못 되게 납작하고 우중충하게 되어 먹은 것일까. 황토에 절은 불그숭숭 누르숭숭한 배때기, 청이끼도 아직 없을 겨를도 없었던 걸로 보이는 꺼무접접 때에만 절은 등때기, 미련한 어느 황소가 멍에에 망가진 어깨에 배어나는 피를 보이듯 그런 핏빛 흔적을 마지막 미로 드러내고 있는 어깨—비 열 끗같이 비 내리는 날이면 그 핏빛만이 한결 더 두드러져 아려 보이는 어깨, 그런 것들은 두루 나를 꽤나 많이 닮은 것 같다. 아니 나뿐이 아니라 나와 내 동포들을 두루 많이 닮은 것 같다.

그러나 1년 반이나 걸려 이렇게 겨우 한 콤마 찍어 놓은 바윗돌과 나무들의 배치지만, 인제 다시 한 번 휙 대조하며 둘러보면 역시나 그건 우선 임시 가처분으로나 무방할까 싶을 뿐 아직도 구석구석이 엉터리인 것만이 눈에 띈다. 빛과 빛의 대조가, 모양과 모양의 대조가, 선과 선의 대조가 아직도 눈요기의 반도 채우지 못한 채 심미욕의 허기증만이 첩첩이 쌓여 남는 것이다.

돈이 좀 여유가 생기면 이번에는 단양에 가서 다채하다는 바위를 몇 개 더 구해 오고, 명년 봄이 오면 벽오동, 흰 모란, 안 죽을 만큼 뿌리 좋은 산사, 강물의 이쁜 여정령 다프네의 월계수 —아직도 내 뜰에 없는 몇 그루 나무들을 더 찾아 들여서 재배치하고 볼 생각만이 앞선다.

이런 것이 내 시정신의 현황이기도 하다. 허기증이라도 아직 있어서 그래도 다행이라면 다행이라고 할까. '하여간 피곤하지만 마라'고 나는 스스로의 마음속에 신신당부한다.

만보의 산책 정신과 인과의 완화

그리고 요새 내가 실천해서 그 덕으로 목숨도 부지하고 또 시도 느린 대로나마 살아 있게 하는 가장 중요한 일은, 위의 소제목에 보이는 바로 그 만보慢步의 산책 정신이다.

위에서 말한 심미욕의 허기증이라는 것이 시에는 필연한 일로 아는데, 숨 가쁘게 달려가는 급행 가지고는 도저히 오래 배겨 내는 장사가 없을 것 같다. 그래서 나는 그 허기증의 한쪽으로 만보의 산책 정신이라는 걸 채택해 실행하기로 했다.

누구 급병 난 경우 같은 걸 빼고는 급히 서두를 것 없이 천천히 산보하듯 살려는 것이다.

얼마 전 「한눈」(「가벼히」로 개제)이라 제목한 내 소품 시에다가도 조금 표현하노라 해 본 일이 있지만, 나는 가령 내 최애의 애인과 만나기로 약속하고 찾아가는 길이라 하더라도 그 도중은 만보와 한눈을 겸한 산책으로도 하기로 했다. 도중 어디의 구름이 좋으면 그걸 보고 거닐거나 앉았다가 그냥 돌아와 버리기도 하고, 또 애인을 제 시간 되어 찾아갔다가 딴 사내와 이미 외출해 버리고 없는 것을 알았다 하더라도 역시 숨 가빠할 것 없이 거기서 돌아오는 그 어디 도중의 좋은 풀잎사귀 같은 것하고라도 사귀고 노는 것이 맞는 일이라고 이해해 작정한 것이다.

『신라수이전』이라던가 하는 책에, 지귀라는 사내가 선덕여왕을 그리워해서 무슨 절간으로 따라갔다가 여왕이 불공하는 동안 그만 돌탑 밑에서 한잠 잘 자고 있는 장면을 표현한 것이 보이는데, 이 이야긴 썩 내 마음에 든다.

바작바작 애태운다고 해서 일은 꼭 되는 것도 아니고, 또 그렇게 해선 견딜 수도 없는 것이다. 데이트 자리에 가서 코 골며 한잠 들기도 하고 또 그리로 가는 도중에 구름 구경이나 하고 한눈도 팔고, 그래야만 견딜 수 있는 것을 나는 잘 알기 때문에 나도 그 식으로 하고 있다.

선덕여왕같이 맑고 밝은 슬기가 환한 여자여서 이런 잠이나 한눈을 좀 더 큰 대인의 짓으로 간주하여 팔의 금팔찌 같은 걸 다 벗어 우리의 자는 가슴에 얹어 준다면 그야 그 이상 좋은 일은 없겠지만, "에이, 슴슴한 것, 일없다. 나는 간다" 하고 달아나 버린다 하더라도 그 때문에 우리는 한눈과 잠을 애태움으로 다시 바꾸어서 목숨의 부지에 이로울 일도 없다고 생각하는 것이다.

몇 해 전에 미국에서 온 어떤 대단히 부지런한, 선교사이며 대학 교수인 여인 하나가 나하고 어디 산보를 하루 동안 같이하며 문학 이야기를 하기 위해 대전에서 아침 열차로 상경한 일이 있었는데, 들으니 그네는 그 전날 밤 11시까지 대학생들에게 성경 강독을 하고, 첫새벽에도 또 그렇게 하고 5시 반에 기차에 올라 막 서울역에 내리는 길이라 하며, 날마다의 대학 강의에 포교에 또 이 밤과 새벽의 성경 강독에 늘 몹시 바쁘고 피곤하다고 했다.

그래 내가 '좀 더 게으르게 사는 연습이 필요할 것이다. 왕년에 찰리 채플린이라는 사내가 주연인 〈모던 타임스〉라는 영화를 아는가? 그렇게 항시 바쁘게 못만 박는 직공은 집에 와서 쉴 때에도 그게 몸과 마음에 배어 마누라의 궁둥이에 대고까지 바삐바삐 못 박는 시늉만 하고 있지 않던가. 이렇게 되면 참 불행이다. 이런 사람은 먼저 조급병을 완화하는 나태의 연습부터 하는 것이 급선무다' 이런 뜻의 충고를 했더니 "당신은 우리 집 아버지 같은 말을 한다. 그렇지만 우리 집 아버지가 게으르니까, 딸이라도 이렇게 부지런해야 살지 않겠는가?" 하고 대답하는 것을 들었지만, 미국에서건 어디서건 바로 살 줄 아는 것은 역시 이 여자 선교사나 〈모던 타임스〉의 찰리 채플린 같은 사람들이 아니라 적당히 게으르며 만보 산책할 줄도 아는 사람들이라고, 나는 그때나 지금이나 이어서 생각해 오고 있다.

더구나 급템포가 모든 남녀의 생활을 휘몰고만 가는 현대 미국 같은 나라에서는 망중한을 배우는 것은 앞으로 점점 더 중요한 일이 되어 갈 줄 안다.

이 만보의 산책 정신은 근년의 내 시정신의 제일 중요한 것이다. 나는 이걸로 내게 오는 모든 것과의 인과관계의 고단하고 뻑뻑하고 따분한 기압들을 완화하여, 거기 한가하고 시원한 바람이 깃들이기를 바라는 것이다.

(『시문학』 1971.11.)

내 시

내 마음속에는 언제나 아직 작품화하지 않은 시상詩想이 하나나 두셋쯤은 어디 곳간 구석에 잊혀진 것처럼 저장되어 있다. 일부러 그러려 해서 그리되는 게 아니라 살아오다가 저절로 그리되는 걸로 보면, 이건 아마 사는 한 필연인가도 싶다. 시상이 마음속 곳간에 아주 바닥나 버리는 일은 거의 없었고, 곳간에 재고가 품절될 때쯤 되면 반드시 새것이 그 속에 사들이어졌다.

여태까지의 생애를 통해 몇 차례인가 곳간에 까만 혹은 허이연 바닥이 났던 때가 있는 듯하나 그때의 목숨이라는 것은 초조하고 목이 타고 막막해서 앉을 수도 설 수도 없는 형편없는 것이었다.

현대인의 상당수는 이 불모의 위기를 메우기에 초조하여 물구나무도 더러 서고 또 무슨 유파를 지어 수선을 떨어 보기도 하고, 위기 그것을 아무 보편적 거점도 없이 과시하기도 하는 것을 모르는 바 아니나 그러자 해도 당치 않은 일 같고 하여, 이런 위기가 오면 나는 산둥의 꾸리[苦力], 겁 많은 죄수, 어중간한 술꾼—이런 요소들의 합성물 같은 것이 되어 하여간 혼자 견디어 내긴 견디어 내면서, 내 약질 내 신경질이 원인인 최저의 자력資力에 의해서나마 내 곳간에 사들여져 올 것을 기다렸다.

이것은 나뿐만이 아니라 동양의 모든 옛 시인들의 시상의 곳간 쓰는 법의 실질이 아니었을까 생각한다. 먼저 간 이들은 몸과 마음이 훨씬 더 나보다 실해서 재고가 늘 풍부했던 차이는 있었겠지만, 그것을 빈 걸로 두고는 쓰지 않은 용법은 마찬가진 것 같다. 술잔에 얼얼해서도 시를 곧잘 써냈다는 이백은 말할 것도 없고, 우리 옛 선비들이 어느 좌석에서건 붙들면 누구나 죽죽 시 몇 수쯤은 써냈던 것도 이 저장품 이용의 혜택이 아니었을까. 그리 않고서야 취심이 어떻게 시상까지를 새로 낳는가. 술 마셔 본 이는 알겠지만 그런 일은 있을 수 없는 것이다.

그러나 여기에서 생기는 어쩔 수 없는 의문이 하나 있다. '그럼 그 곳간에다가는 무얼 표준으로 무얼 사들여 두는가?' 이 점에 대해서는 대범 아래와 같이 생각하고 있다.

시상의 온전한 수입이라는 것은 감정주의의 수입도 아니요 또 지성주의의 수입도 아니다. 시상을 낭만주의 시절에는 감정주의로서 수입하고, 17, 8세기 고전주의와 20세기 주지주의는 지성주의로서 수입하고 하는 것은 지성과 감정을 별립시켜 보던 그리스 이래의 서양 정신의 관례에 의존한 것이긴 하나, 이것들은 아무래도 반품 정신半品精神이요 전품 정신全品精神은 되지 못한다.

그리스의 철학이 플라톤에 와서 저작한 것의 성격은, 시의 감정과 논리학적 이성주의를 겸했으면서도 주장으론 이성을 높이고 감정은 딴한 걸로 보는 분간을 세운 이래 아리스토텔레스의 주리적 개념주의, 16, 7, 8세기의 주리주의, 19세기의 낭만적 감정주의, 금세기의 주지주의—이렇게 이어 주리적이거나 주정적인 것으로 정신을 경영해 오고 있으나, 이것은 아무래도 그리스 이래의 상대적 인생관이 빚은 그들의 고질인 것 같다.

엘리엇 같은 금세기의 주지주의자들의 시, 또 17, 8세기의 고전주의자들의 시를 읽을 때마다 느끼는 일이지만, 도대체 정의 일을 갖다가 그리도 의붓자식 맨발 벗고 빙판 걸어가듯 하는 일같이만 만들게 무엇인가. 엘리엇은 지향인즉 기독교라 하나 그 지향 뒤에 쓴 것에도 아직 종전의 관습은 여전히 상당하다.

라신의 페드르가 남편의 전처의 아들을 짝사랑하다가 자살하는 것은 우리가 다 잘 아는 얘기지만, 도대체 이런 유로서 정이니 이성이니를 역하게만 짝해 가질 게 무엇인가? 이런 것이 사는 맛이라고 할 것인가? 별미 같은 맛일는지는 몰라도 참 딴한 일이 아닐 수 없다.

낭만주의의 그 수다한 자살자와 몽유와 격검擊劍의 병인病人들을 포함한 감정 과다 정신이야 더 말할 것도 없다.

시상의 온전한 수입은 결국 온전한 정신으로서 할밖에 없다. 동양인은 원래 시상을 전 정신의 뜻을 가진 시심詩心으로 이룩해 왔을 뿐 주지주의니 주정주의니 그런 것으로 해 오지 않았었다. 우리 속에 역력히 늘 살고 있는 감정은 그게 어디 미워해야 할 남의 집 자식이며 또 지혜는 그게 어디 적국의 간첩인가.

동양인은 정신을 차려 가질 때는 지혜와 정을 늘 함께 종합해 가졌다. '중뿔나는 일'이 없게, 지혜는 언제나 단독으로서는 일이 없이 늘 민족과 인류를 넉넉히 축이고도 남을 만한 정을 대동했고, 정은 또 늘 언제나 제일의 친구인 지혜와 동행해서만 성립했었다. 그렇기 때문에 지혜는 칼날같이 날카롭거나 송곳같이 뾰족하지는 못했으나 사람을 살리기엔 족했고, 정은 또 눈에 띄게 아기자기한 수작을 보이진 못했어도 김소월도 일찍이 말한 것처럼 '심중에 남아 있는 말 한마디는 끝끝내 마자 하지 못하였구나' 하여, 죽은 뒤에도 우리 주위를 해일해 남을 만큼 변덕 없었던 것이다.

여러분에게 동양의 장점을 강요하려는 것이 아니라 살다 보니 저절로 이렇게 생각히어 적었을 뿐이다. 잘 종합된 전 정신으로서 선택한 역사—그래서 인류의 정신의 제1요소에 응할 수 있는 것이 시상이라야만 한다고 생각한다.

그 표현에 대한 건 여기선 생략한다.

내 시정신에 마지막 남은 것들

연민. 그것도 시여할 수 있어 시여하는 자의 그것이 아니라 시여할 것도 없어 우두머니 보고만 있어야 하는 딱한 자들에 대한 공명. '네 손이 짧거든 내 손이나 길거나/내 손이 짧거든 네 손이나 길거나……' 하는 저 옛이야기 속의 어느 구절과 매우 많이 닮은, 딱한 느낌만이 남을 뿐인 그런 공명의 연민. 또 어느 경우에는 그 딱한 자들에게서 오히려 무엇 지극히 서러운 것을 받으며 아니 가질 수 없는 그런 연민—이것은 내 시정신의 얼마 남지 않은 자산 목록 중에 아직도 그래도 남아 있는 것 같다.

이슬비 내리는 가을날 오후, 뻔데기 리어카 뒤에 다붙어 가는 국민학교도 못 가는 아이의 찢어진 고무신 사이 흙탕물이 스며드는 것을 보고 뒤따라가는 때의 딱한 마음. 극도로 가난한 사십 총각인 어떤 내 시의 후배가 꼭 한 개의 사과를 반질반질하게 손바닥으로 닦은 듯 닦아 가지고 와서 머뭇머뭇 내 책상머리에 얹어 놓을 때 내 마음속에서 뭉클리는 그런 공명. 그런 것은 그래도 웬일인지 아직도 내게는 남아 있어 그걸로 가끔 나는 내 시의 어떤 것들을 만든다.

도스토옙스키의 자전소설 『죽음의 집의 기록』에 보이는—그가 시베리아 유형 시절의 어느 겨울 황혼 벌판의 노역에서 교도소로 돌아오는 길에 남루한 거지 같은 노파에게서 받았다는 동전 한 푼의 감촉을 스무 살 무렵 읽었던 게 기억나 내가 받은 그 사과 위에 겹하는 것을 보면, 이런 연민, 이런 공감은 역시 어느 곳 어느 때의 시인이나 작가에게도 필수히 있어야 할 것인가? 아무리 딱하게 살아도 시인이나 작가에게선 이것마저 아주 말라 버릴 수는 없는 것인가? 아마 그리 어찌 된 모양이다.

그리고 또 한 가지 내 시정신에 남아 있는 것은 자포자기다. 소학교 때 선생님들에게서 시작해서 지금에 이르도록 충고자들 두루 '자포자기 마라'고만 해 오시지만, 충고자들의 앞이 미안해서 나는 자포자기 않는 척은 했어도 사실은 자포자기 그것이나마 할 수 있는 힘으로 많이 살아도 왔고 또 시도 상당히 많이 만들어 와서 지금도 많이 그렇다.

열여섯 살에서 열일곱 살까지 광주학생사건의 말썽꾸러기로 두 군데 고등학교의 졸업을 자포자기하고 중퇴당한 것을 비롯해서 스무 살 무렵 한 처녀를 연모했다가 딴 사내가 있는 것을 알고 또 자포

자기하고 물러나 사는 연습은 계속되었고, 직장이란 것을 전전하며 지금까지 지내 오는 동안에도 '응 그러냐? 그렇다면 좋다. 그만두마' 자포자기하는 마지막 용기 하나가 남아 있어 내 시를 그래도 지금까지 데불고 살아온 것이다.

그래 나는 어느새인지 자포자기에는 한 쬐끄만 선수가 되었다. 그래서 지금은 어느 만큼 되어 있느냐 하면 자유와 통일과 평화만이 항존하는 어느 별천지로 이민선이 떠나는 마당이라 해도, 그 선석船席이 비좁아서 아니꼽고 창피하게 나를 밀쳐 낼 양이면 '좋다! 그럼 그까짓 것도 작파하마!' 할 수 있을 정도는 돼 있다.

그래 너는 어디에다 응뎅이를 붙이고 살 작정이냐고? 그야 빤하지 않나? 그것은 바닥이다. 마지막 남는 바닥이다. 그러고 또 그것은 처음에서도 중간에서도 항시 먼 맨 마지막 끝자리—그 오메가의 자리인 것이다. 알파요 오메가가 아니라 그냥 그 오메가뿐인 자리인 것이다.

그러나 나는 이 오메가 자리—아무도 앉기를 꺼리는 이 자리에 성큼 들어앉아 여기 새싹을 내려고 한다. 그래서 오메가요 알파가 되기만을 바란다. 아무도 이 오메가만의 자리엔 앉으려 안 하니, 여기 훤하게 시야 널찍이 앉아 알파의 싹이나 한번 돋아 내보자 하는 것이다.

짐작하시겠지만, 이런 순 오메가만의 자리에 앉겠다는 자에겐 또 그만큼 대단한 자존심이 있고 또 그 푼수의 자기 인식이 있다. 말하자면 '나는 요래도 수미산 나리꽃이겠다' 하는 따위가 그것이다. 세계 최고의 웅장도를 푼수로 말하는 게 아니라 그 험준도에 중심을 두고 있다. 세계에서 제일로 험준한 곳의 꽃 피기 도저히 어려운 자리에 한번 어떻게라도 제일 훤칠히 피어 보겠다는 집요하디집요한 자존심인 것이다.

이런 것이 또 내 시정신의 마지막 남아 있는 것 중의 가장 중요한 것의 하나다.

내가 근년에 기회 있을 때마다 '우리나라 시인은 명당자손이다'라고 주장해 온 그 명당은, 세계 최고의 험준도를 쓰윽 타고 있는 그 푼수의 수미산 나리꽃일 수도 있음을 실감해서 말해 온 것임은 물론이다.

내가 근년에 보아 온 불교의 경전 중 『유마경』은 한용운 스님도 마음에 들어 한 것처럼 내 마음에도 든다. 그 속에 보면, 냉면에다가 넣는 그 맵고 쬐그만 겨자씨 알마다 세계 최고 최험의 산—히말라야도 송두리째 들어와 박혀 있다는 거고. 어떤 천국의 하루는 사람들의 5억 3천2백만 년에 해당한다는데 이것은 우리 같은 막바지 오메가만의 자리의 시인들을 위해서 최상약 중의 하나는 넉넉히 될 수 있는 구절로 안다.

이런 명당자손 의식으로 나는 또 내 시를 지금도 쓰고 있는 것이다.

그런데 이 글을 쓰는 지금도 나는 이걸 끝내고는 시외버스를 타고 군포의 고려농원쯤에 가서 봄꽃—영산홍이나 한 두어 그루 사다 눈앞에 심어 볼 일에 한쪽 마음을 쏟고 있다.

이것은 무엇인가? 이 딱하고 가난한 속의 언뜻 보기엔 사치인 또 한 개의 욕망은 무엇인가?

고려영산홍을 날라다가 심어 놓고 그걸 보고 있는 동안에 나는 또 한정 없는 여난女難을 비롯한 삼재팔난 쪽의 매력으로도 마음을 쏟을는지 모르고, 이 때문에 나는 또 한정 없이 따분한 사람이 될 수 있는 것도 그전 경험으로 잘 예상한다.

그러나 할 수 없다. 영산홍의 염려는 모든 팔난 따위 쪽으로 내 마음을 또 보내게 할 것인지는 모르지만, 이 고려영산홍은 올봄 내 눈앞에 늘 보고 싶은 제일 매력이니까 이걸 구해 심을 수밖에는 없다.

그래 내가 이 꽃의 매력의 외연으로 무슨 삼재나 팔난 쪽으로 또 향해 가게 된다면, 그때는 위에 말해 둔 자포자기나 연민 같은 걸로 중화하여 혹독하게까지는 되지 않게 면해, 또 어떻게 살아 나가면 될 것 아닌가? 바닥과 오메가를 다시 의식하고 거기 그 푼수를 지켜서 말이다.

(『현대시학』 1974.6.)

나의 자존심

　나는 어렸을 때 시골 한문 서당이나 소학교에서는 성적이 1등 아
니면 2등이기는 했기 때문에 그것이 내 부모와 나의 자존심이 되었
는데, 서울의 중학 1학년에서는 반에서 겨우 13등밖에는 못 되었기
때문에 이 열등감을 메우느라고 2학년 때에는 광주학생사건의 주모
자의 하나가 되어 보기 좋게 퇴학당하고 감옥에 끌려가고 하면서도
그걸로 코를 추켜들고 자존심으로 삼았었다.

　그 뒤 1936년 전문학교 시절에 동아일보의 신춘문예에 당선되어
시단에 나온 뒤로는 또 학교까지도 내던져 버리면서까지 그 시인이
라는 것을 코에 높지막이 걸고 장안과 국중國中을 활보해 왔다. 내 또
래의 친구들이 나보다 사회적 지위나 사는 형편이 번연히 나은 것을
보면서도 내 코는 수그러지지는 않았다.

그러나 내 마음속의 구석에는 한 개의 어쩔 수 없는 불안이 늘 그 깊이를 더하며 도사리고 있었던 것이 사실이다. 그것은 '너는 사실은 못난 놈의 나라의 지지리도 못난 놈이 아니냐? 세계의 외진 구석에 떨어져 몰려 쌓여 썩어 가는 낙엽이나 진배없는 너의 뭇 재주 있던 선인들이나 꼭 마찬가지인 그런 못난 놈 아니냐?'는 것이었다. 이 마지막 열등의식이랄까 체념 같은 것은 사십대의 한동안까지도 내 인생을 지배하는 가장 큰 정신적인 암이었다.

여기에서 나의 우그러진 마음의 상판대기를 바로 펴 주고 또 마지막 자존심을 부채질해 일깨워 준 건 바로 우리 신라 정신에의 관심이요, 거기 담긴 석가모니 부처님의 충고였다.

나는 석가모니 임종 때의 말씀을 다룬 『열반경』에서 석가모니가 당부하시던 말씀을 역력히 기억한다.

"가장 의젓한 사람들은 언제나 가장 어려운 지옥에 가서 억천만 년 아니 영원히라도 거기를 좀 더 나아지게 늘 애쓰는 사람들이니라. 내 제자들아."

이 말씀이나 이분의 이와 비슷한 여러 말씀들은, 이것을 뼈저리게 느낀 뒤 지금까지의 내 인생의 자존심을 위해서는 가장 중요한 교훈이 되었다.

그런가 안 그런가를 우리 마음이 깊을 수 있는 데까지 깊이 해서 한번 곰곰 생각해 보자. 그렇지 않은가? 우리들이 생겨나 놓인 자리가 하늘 밑에서는 가장 다난하고 험준한 곳이니 우리 정신력 있다는 사람들의 있을 터전으로는 여기가 바로 선택된 상명당이고 또 그런 푼수의 꿈에도 못 잊을 고향 아닌가? 학문을 바로 하며 사람을 진정으로 아껴 도와 살다 가는 게 학문인의 가장 떳떳한 길이라면 그걸 하기에 여기는 가장 적합한 우리 조국 아닌가? 신라의 구안자具眼者들이 뼈저리게 생각했던 것도 바로 이 점이었던 것 같다.

나는 샤머니스트가 아니다

    내가 1961년에 펴낸 시집 『신라초』 이후의 내 시의 어떤 방향에 대해서 우리 문학 평단의 일각에서는 샤머니즘이란 말의 딱지를 붙여 운위해 오고 있는 것을 나는 알지만, 이것은 내가 그 샤먼주의라는 것을 의식하고 시작詩作을 해온 것이 아닌 이상 그대로 수긍할 수는 없는 일이다.

    내가 알기로는 시베리아에서 우리나라로 남진 도래해 온 것이라는 이 샤머니즘은 일종의 음악적 양식을 기본으로 하는 원시종교로서, 가령 샤먼인 무당들이 죽어 간 사람의 혼을 대신 써서, 살아 남아 있는 가족들에게 열심히 무얼 당부하는 지껄임을 하다가는 마침내 흥분 고조되어 노래로 옮겨 가며, 다시 이 노래의 가락을 덩실덩실 춤으로 전개해 나가는 것 등이 그 양식이니, 이것을 한 예술로서 보자면 음악적 성분을 중심으로 하는 일종의 시간예술이라고 보아야 할 것이다.

그렇지만 '샤머니스틱'하다고 일부 평가들이 말하는 내 시상詩想의 요핵을 좀 더 자세히 본다면, 그것은 무당의 주술의 고조 상태가 빚어내는 생사를 무소불통하는 신神바람 같은 것들만으로 이루어져 있는 건 아니다.

내게는 아리스토텔레스 같은 고대 그리스의 선지식들이 취했던 청소년의 시청각 교육에서의 시각의 면—자연과 사회의 물物들과 그 물들의 조화에서 자기 인생의 보람을 찾으려는, 말하자면 토테미즘과도 근본에서는 일치하는 딴 길도 또 있으니 말이다.

요컨대 인간이 고대의 신바람을 만들었던 원시종교의 두 개의 방면—즉 샤머니즘의 시간 속의 고조와 토테미즘의 공간 속의 조화, 두 쪽에다 한 다리씩을 걸치고, 그걸 힘으로 하여 나는 살아왔다면 살아온 시의 사람이다.

그러나 위에 말한 것은, 나보고 샤머니스트 운운하는 이가 있으니까 그쪽 방면과 나의 근사점을 밝혀 말씀한 것일 뿐 이 글의 서두에서 말했듯이 샤머니즘이나 토테미즘 같은 것을 의식하면서 내가 시를 써 온 일은 거의 없다. 내 시집 『신라초』라든지 『동천』이나 『질마재 신화』 등이 갖는 토속성의 근거가 된 것은 사실은 단순히 『삼국유사』적이려 한 데에 있다.

우리 겨레의 정서와 지혜의 성서인 『삼국유사』 속의 이야기들이 암유하는 정신의 방향에 심취한 나머지 나는 그 이야기들이 실례實例의 표본이 되어 지시하고 있는 한국적 사물들의 불교적 인과관계—

그 가시적이고 또 불가시적인 인과관계의 미묘한 조화의 아름다움을 착안하고, 감동하고, 몰입해서는 동류항 노릇을 하게 되고 또 그것을 시로 표현해 보게 되었다.

그러다가 내가 거기서 만나게 된 것은 이런 불교적 인과관계를 주로 해서 성립된 신라적 영원인과 자연인의 모습이었다. 육체별로 살려는 현생 위주의 인생관이 아니라 정신으로 자자손손 영원히 만인과 공통으로 이어져 가려는 신라인의 끈질긴 영생주의와, 사회인의 외연에 자연인이라는 또 하나의 인간 자격을 더 두고 이 양면의 불변한 인격 수련을 통해 천지와 역사의 주인공으로서 인간 존엄의 자각 속에 늘 살려 했던 그들의 공간인의 가치에 착목하고, 이끌리고 또 몰입하게 된 것이다.

나는 어렸을 때 고향 마을에서의 생활을 회고해 보고, 그 속에서 많이 신라적인 것들을 찾아 느끼게 되어 『질마재 신화』라는 이름으로 연전에 한 산문 담시집을 내 본 일도 있다.

그러하므로 나는 어떤 평가들이 말하는 그런 샤머니스트는 아니고, 말하자면 한 신라주의자에 불과하다.

무당이 넋두리에서 고조하는 것과 흡사한 선인들의 정신에 대한 시적 교감의 고도한 어느 순간들을 나는 물론 가지는 일이 있다. 그러나 이것은 샤머니스트 아닌 모든 시인들도 형이상적인 어느 센스에 놓일 때는 공통으로 갖는 일 아닌가?

(『문학사상』 1977.9.)

나의 문학 인생 7장

제1장 공산주의의 극복

나는 내 나이 만 14세 때에 전라북도 부안군 줄포라는 곳에서 초등학교를 졸업하고, 서울의 중앙고등보통학교에 입학해서 공부하게 되었는데, 이때의 사회주의─공산주의 사상이 이 나라의 젊은이들 사이에서도 많이 유행하고 있던 때여서, 우리 중앙학교에서도 상당수의 학생들이 휘말려들고 있었던 만치 나 역시 어느새인지 거기 참가하고 말았다.

내가 찬성하고 나선 이유는 가난하고 불행한 이때 이 나라의 많은 민중들의 처참한 꼴을 보고 여기 동정하는 인도주의적인 소년의 감정, 그것에 있었던 것으로서 칼 마르크스와 니콜라이 레닌의 경제적 균배의 주장은 이때의 내게는 좋은 해결책으로만 보였던 것이다.

그래 아버지가 사 주신 좋은 가죽 구두를 벗어 내던져 버리고, 가난한 노동자들이 신고 다니는 '지까다비'라는 걸 사서 신었으며, 하숙집도 학교 근처 계동의 좋은 집을 떠나서 아현동 마루턱의 빈민굴로 옮겨 살다가 염병에 걸려 사선까지 돌파해야 했으며, 드디어 1930년 11월의 광주학생사건 2차 연도에는 중앙학교의 4인의 주모 중의 하나가 되어 보기 좋게 퇴학당하고 감옥에 끌려가서 한동안을 지냈고, 나와서는 이듬해 봄에 전라북도의 고창 고등보통학교에 편입학은 했으나 여기서도 주모자가 되었기 때문에 경찰이 학교에 퇴학시키라는 것을 교장 선생님의 아량으로 자퇴 형식을 밟아 물러나야만 할 신세가 되고 말았다.

그러나 만 16세에 이렇게 되어 가지고 어칠비칠 헤매 다니면서도 내 본질인 독서에만큼은 겨를을 안 가졌으니, 서울의 여러 도서관들에서 한두 철씩 열람해 읽어 낸 것들에다가 또 고창 고등보통학교 재학 시절의 은사였던 홍순복 선생 댁의 문학과 사상의 장서들은 내게는 오랜 가뭄 속에 내리는 비와 같은 효력을 주었다.

그러는 동안에 나는 어느새인지, 자유사상의 그 넓은 벌판을 걸어 나가고 있었다.

그동안에 내가 읽어 온 것 중에서 가장 감명 깊었던 것은 레프 톨스토이의 말씀으로, '물질적인 균배로 인생의 행복을 두루 좌우하다니 그 무슨 엉터리 소리냐?' 하는 것이었다. 넓다면 한정 없이 넓고, 깊다면 또 한정 없이 깊은 인생의 실제 운영 속에서 경제적인 균배만으로 그 해결책을 삼는 사회주의의 좁은 이해력을 정면에서 호되게 꾸짖은 것이다.

톨스토이의 이 말씀은 사람들의 애정—특히 남녀 간의 사랑을 두고 생각해 볼 때 더욱 타당한 것으로 보였다. 물질적인 균배를 절대적인 것으로 하여 남녀 간의 건전한 사랑의 자유까지를 제한하거나 억누르는 천한 상태가 될 것을 염려했던 것이다.

제2장 서구적인 휴머니스트가 되어서

그래 내 나이 만 18세 무렵에는 어느새 서구적인 의미의 유치한 휴머니스트가 되어 있었고, 특히 프리드리히 니체의 『짜라투스트라는 이렇게 말했다』라는 책의 일역본은 내게는 참 매력적인 것이 되었다.

사람과 신을 일치시켜서 인신人神이라는 초인격을 표현한 점, 모든 비극으로부터의 철저한 극복 의지, 싼거리 민주주의와 기독교의 나약화에 대한 경고 등의 초비상적인 주장은 아직도 애송이였던 내게는 쏘내기 속에 번쩍이며 으르렁거리는 번개와 천둥만큼이나 신바람 나는 것이었다.

또 한 가지 내가 이 책을 읽고 길들인 것은 짜라투스트라의 '그냥 지나쳐 가기'의 걸음걸이의 비결이었다. 구정물 속 개구리들의 울음 같은 천하고 저속한 어리석은 사람들에게 동화되지 않고, 재빠르게 비껴가는 것은 인생의 순수한 것을 지켜 내기 위해서 아주 필요한 일로 생각되었기 때문이다.

그리스 신화에 나오는 두 개의 신성神性—즉 태양의 신 아폴론과 술과 춤과 향락의 신인 디오니소스와의 결합을 통해 니체가 초인의 성격을 삼은 것은, 처음엔 잘 납득이 안 갔지만 이것도 마침내는 한 고답적인 좋은 맛으로 받아들이게 되었다.

이보다 좀 더 늦게 맛보기 시작한 것은 샤를 보들레르의 시였는데, 이때 이 나라의 문인들 중에서는 그를 무슨 악마주의의 원흉처럼 말하는 사람들도 꽤나 많았지만, 내가 읽어 본 바로는 그렇지가 않았다. 내가 읽은 그의 대표적인 시집 『악의 꽃』도 일역본일 뿐이었지만, 내가 그 책에서 첫째로 이해한 것은 '사회의 밑바닥의 비참한 참상 속에도 가장 가까운 친구로서 동참해야만 하는 시인의 참여의식'이었으니, 이런 그를 악마 운운한 사람들은 사실은 이 책을 읽지도 않고 제목만 어디서 귀동냥해 가지고 그렇게 떠들어 대고 있었던 걸로 보인다.

보들레르의 『악의 꽃』에는 물론 윤락가의 타락한 창녀들 속에 끼어들어서 그들과 교감하는 시도 몇 개 들어 있긴 하지만, 그건 어디까지나 그의 슬픔이요 눈물이지, 타락에의 동참이 아니라는 것이 내게는 잘 이해가 되었다.

프랑스 혁명 때에는 맨 앞에 나가 싸우기도 했고 또 혁명신문의 편집까지도 다 감당해 냈던 그가 만년에 마약중독자로 살다가 죽은 데 대해서 어떤 사람들은 "보아라 그런 것이 무슨 바른 정신이냐?"고도 했지만, 나는 그의 만년의 혹독했던 신경통의 진정제로서 그것도 이해했는데, 가장 큰 이유는 철저한 인류애의 슬픔의 표현이 내 골수에까지도 사무쳐 왔기 때문이었고, 이것은 이때의 딱한 우리 민족의 뼛속까지도 잘 울려오지 않을 수 없는 것이라고 실감했기 때문이었다.

이와 아울러서 나는 보들레르 이후의 프랑스 상징주의 시의 영향도 받았으니, 이 공부에서 내게 큰 보탬이 된 책은 일본의 대표적인 프랑스 시 번역자였던 호리구치 다이가쿠의 방대한 역시집 『월하의 일군』이었다.

초현실주의 시와의 교류에 대해서도 여기 한 말씀 해 두는 게 적합하겠다. 이것은 이 무렵 일본에서 발간한 『시와 시론』이라는 두두룩한 시 잡지를 읽으면서 익힌 것이니, 그 흔적을 알고자 하는 이는 내 처녀시집 『화사집』의 「서풍부」 같은 작품을 다시 한 번 읽어 주시기 바란다. 여기에서도 상상의 신개지를 마련하려는 의도는 확실히 보이고 있지 않은가?

이 밖에 나는 화가 빈센트 반 고흐의 여름을 담은 그림들과 폴 고갱의 원시적인 그림들을 매우 좋아해서 그 영향도 『화사집』에는 상당히 담겨 있다.

이상에 말한 것은 내 첫 시집 『화사집』까지에 해당되는 이야기로 보아 주시면 되겠다.

제3장 동양 사상으로의 회귀

1938년에 남만서고라는 출판사에 넘겼던 내 첫 시집 『화사집』이 그쪽 사정으로 차일피일하다가 1941년 초봄에야 발간되었고, 두 번째 시집 『귀촉도』는 해방 뒤 3년 만인 1948년에야 내게 되었으니 여기에는 자연히 일정 말기에 쓴 것들과 해방 뒤에 쓴 것들을 함께 수록할 수밖에 없었다.

그중에서 「행진곡」 같은 시는 1940년 조선일보 강제 폐간 때 문화부장 김기림의 청탁으로 쓰기는 썼으나, 전북 고창의 내 집으로 보낸 청탁장과 독촉 전보 등은 내가 이때 방랑 중이어서 직접 받지 못해, 조선일보가 폐간된 뒤에야 집에 돌아와 보고 쓴 것으로 아직도 많이 『화사집』적이고, 또 하나 1940년 겨울 만주에 가 살고 있을 때 쓴 것인 「민들레꽃」 같은 작품도 아직도 많이 그 계통의 시였지만, 같은 일정 말기에 쓴 「거북이에게」 등의 일련의 작품들이 담고 있는 시정신은 『화사집』적인 것과는 많이 달라진 것을 여러분은 읽어 보시면 쉬이 아실 것이다. 그게 무엇인가를 아래에 말해 보겠다.

잘 아시다시피 1942년에는 일본에 군 쿠데타가 일어나서 도조 히데키라는 육군 중장이 정권을 장악하고, 고노에 후미마로라는 공작이요 비교적 자유주의자였던 총리대신을 쫓아내며 과격 독재 체제를 수립하면서, 그들의 식민지 백성인 우리 민족에게는 우리말 잡지의 발간까지도 일절 금지하고, 일본말을 늘 쓰고 살기를 명령하면서 심지어는 우리들의 성명까지도 일본식으로 고쳐서 쓰는 창씨개명을 강요했다.

그리하여 드디어는 도조 히데키 정권은 독일 히틀러의 나치스 정권과 이탈리아 무솔리니의 파시스트 정권과 삼각동맹을 맺으면서, 우리나라의 모든 젊은이들은 일본에 충성을 다하는 일본 군인으로서 병역 의무를 지킬 것과, 병역 연령을 넘어선 청장년들은 전쟁터나 군수생산의 일꾼으로 징용한다는 명령이 내려졌고, 방년의 처녀들은 잡아들여서 전쟁터로 압송하는 사태에까지 이르게 되었다.

이런 판국이 되매 내 인생관과 시정신에도 암암리에 변화가 일어나고 있었으니, 요점을 간단히 말하면 '거북이처럼 끈질기고 유유하게 이 난세의 물결을 헤치고 살아 나가야 한다'는 것이었다.

이와 아울러서 이조 백자의 빛과 모양의 새삼스런 발견도 나의 이때의 마음에는 큰 도움이 되었다. 그 한정 없는 체념 속의 달관의 빛과 모습의 영향에 대해서는 이미 딴 글에서 자세히 표현한 적이 있기에 여기서는 생략하거니와, 이것 역시 내가 또다시 돌아오게 된 노자나 장자 등의 동양 사상과 아울러 아조 중요한 마음의 양식이 되었다. 여기서 '돌아오게 되었다'고 한 것은 노자의 『도덕경』 등은 이미 전문학교 때 배운 교과서의 일종이기도 했었으니 말이다.

이렇게 해서 나의 동양 사상에의 회귀는 1945년의 해방 뒤에도 한동안 내 인생관과 시정신의 가장 중요한 것이 되었으니, 가령 1947년 가을에야 새로 쓴 「국화 옆에서」 같은 작품에서도 독자들은 그것을 알아차리기에 어려울 건 없을 것이다.

다만 내 어느 시집에도 넣지 않고 내던져 버린 소위 '친일적'이라는 시 몇 편이 있지만, 그것은 내가 징용에 끌려가지 않기 위해 징용령에서 면제되는 잡지사였던 인문사에 편집기자로 있을 때 조선총독부의 또 하나의 새로 생긴 이름인 '국민총동원연맹'의 강제 명령에 따라 어쩔 수 없이 쓴 것들이니 이 점은 또 이만큼 이해해 주셨으면 고맙겠다.

제4장 신라주의

1950년에는 6·25 사변이 일어나서 그 직후부터는 조지훈, 구상 등과 함께 종군문인단(뒤에 고친 이름 문총구국대)을 만들어 종군하다가, 다음 해 1월 4일에는 참 많은 중국 공산군이 합류해 쳐들어오는 바람에 '죽더라도 고향 언저리에 가서 죽는 게 좋겠다'는 생각으로 전주로 가서 그곳 전주고등학교의 국어교사 자리 하나를 얻어 처자와 함께 우선 호구 연명을 하고 있었는데, 이런 형편이 되니 더더구나 '우리도 지난날에는 언젠가 한번 꽃핀 듯 산 때도 있었던가?' 하는 것이 영 궁금해져 많은 사람들이 추앙해 온 그 '신라'라는 걸 한번 자세히 공부해 알아보기로 하고 거기 잠겨 골몰하게 되었다.

그래 전주에서 지낸 한 해 동안과 1952년 봄부터 53년 9월까지 광주 조선대학의 교수로 있던 때까지의 약 2년 반 동안을 주로 신라와 삼국사 관계의 역사책들을 읽고 지낸 결과 신라에 대해서만큼은 순 무식꾼의 신세는 면하게 되었다. 특히 내가 관심을 많이 갖고 탐구한 것은 신라 시절이 빚어낸 설화들로서, 『삼국유사』, 『삼국사기』, 『삼국사절요』 또 육당의 편집인 『신라수이전』은 신라의 생활정신을 이해하는 데 큰 도움을 주었고, 이것들은 내가 1961년에 낸 시집 『신라초』 또 1968년에 낸 그다음 시집인 『동천』의 정신적인 저본이 되었다.

『삼국사기』 권4 「신라본기」 4 '진흥왕조'에 보이는 신라 시인 최치원의 「난랑비서」라는 글은 짧은 대로 신라의 근본정신을 이해하는 데 적지 않은 힘이 되었다.

이 나라에 묘한 인생의 길이 있어 그것을 풍류라고 하니, 그 가르침의 내력은 『선사』라는 책에 자세히 기록되어 있다. 내용은 삼교三教의 뜻하는 바를 고스란히 담고 있는 것이니, '집에 들면 효도를 다하며, 나가면 나라에 충성을 다해야 한다' 함은 중국 노나라 공자님의 뜻 그대로요. 자연스러이 지내며 말보다 더한 진실로 사는 걸 가르친 것은 주나라 노자의 가르침 그대로요. 모든 악의 뿌리를 생겨나지 못하게 하여 착하게만 살게 하는 것은 네팔의 왕태자였던 석가모니의 감화와 같으니라.

즉 신라의 '풍류'는 유불선 세 큰 종교의 중요한 정신을 두루 다 포함하고 있다는 것이니 어찌 내게만 큰 격려와 고무가 되겠는가?

우리나라 고유의 풍류 정신—즉 국선도 정신을 마음속에 익히며 내가 얼마나 떳떳한 마음으로 20년 가까이나 『신라초』와 『동천』 두

권의 시집을 쓰고 살았는지 아마 남들은 잘 모를 것이다.

제5장 세계 편력과 거기서 얻은 것

　1977년 내 나이 만 62세 되는 11월에야 소위 세계 일주 여행
을 떠났다. 여행 중에도 내가 교수로 있는 동국대학교가 월급 전액
을 내 가족들에게 대 주기로 했고, 또 여비는 여행기를 작성하여 일
정한 기간씩을 두고 송고하는 조건으로 경향신문이 맡기로 해서,
11월 하순경에야 1년 예정으로 단신 무거운 옷 트렁크를 밀며 모험
의 길을 떠나갔다. 물론 시의 감동적 체험을 아조 많이 겪어 보자는
욕심이었다.

　그러나 1978년 9월까지 약 10개월간에 걸친 세계 방랑에서 내가
실제로 겪은 것들은 시적인 매력을 주는 것보다는 환멸을 느끼게 하
는 것들이 훨씬 더 많았던 게 사실이다.

　그동안에 내게 아조 좋게 감동을 준 것 한 가지를 말하라면, 그것
은 서양의 젊은 여자들의 이지러지지 않은 활짝 핀 얼굴의 꽃다웁게
발랄한 웃음이요 그 찬란한 소리였다. 이것이 너무나 좋아 보여서
하와이를 거쳐 미국 본토와 캐나다를 지나 멕시코에 갔을 때에는,
고도 2천5백 미터가 넘는 곳에서 독한 '사보텐' 술을 지나치게 마시
며 강행군을 하다가 쓰러져서 많은 피를 토하게 되어 죽을 고비를
넘기기도 했었다. 오랜 내 지병인 직장염의 직장이 파열해 넘쳐 난

객혈이니 망정이지, 그 윗부분의 객혈이었다면 나는 그때 직사하고 말았을 것이다.

　젊은 여자들의 아직도 싱싱한 웃음 한 가지를 빼놓는다면 서양이 근대 이후 만들어 온 그 복잡한 과학문명이란 도대체 무얼 하자는 것인가를 곰곰이 생각해 볼 때 정말 아찔하기만 한 것이었다. 더구나 세계에서도 가장 큰 도시의 하나인 뉴욕의 밤하늘 아래 뒷골목에서 젊은 여자들이 순 나체의 춤을 추고 나서는 손님들에게 술을 나르고 취객들과 흥정해 이내 별실의 매음 행위를 들어가는 과정까지를 보자니 내 아찔한 느낌은 점점 더해 갈밖에 없었다.

　이 지구 위의 인류 사회에서 내가 만나 보고 싶던 시인들—폴 발레리, 라이너 마리아 릴케, 폴 엘뤼아르 들도 이미 저승 사람들이라 시인은 아니지만 내가 존경했던 옛날 미국의 좋은 대통령 링컨의 무덤이나 찾아가서 참배했으며, 텍사스의 달라스에서는 존 F. 케네디가 흉한의 탄환에 쓰러진 자리 앞에서 두 손 모아 경배의 뜻이나 표하고 떠났으며, 인도에서의 간디 묘 참배, 자유중국 대만에서의 장개석 묘지 참배나 겨우 치르고 올밖에 없었다.

　이 세계 방랑의 경험으로 나는 『서으로 가는 달처럼…』이라는 시집과 『떠돌며 머흘며 무엇을 보려느뇨』라는 여행기를 펴냈으니, 관심 있는 이는 읽어 참작해 주시기 바란다.

제6장 국사 편력과 거기서 가려낸 것

제5장에서 나는 20세기 후반기의 과학적인 문명이 빚은 인류 사회의 일반적인 상황에 대한 환멸의 느낌을 말했거니와, 그러다 보니 자연히 '우리 민족도 그 사는 정신에 있어서는 어느 나라보다도 못할 건 없겠다'는 일종의 자긍심이 생기면서, 여기에 따라 '우리나라 역사 공부를 좀 더 자세히 하면서 좋은 점들을 골라 시를 써 보자'는 마음이 일어나서, 세계 방랑에서 돌아온 뒤 약 3년간 또 이것에 골몰해 『학이 울고 간 날들의 시』라는 시집을 1982년에 발행했다.

먼 단군의 때로부터 삼국시대와 그 통일시대를 거쳐서 고려 초기에 이르도록 면면히 이어져 내려온 '하늘과 땅을 맡은 사람의 본분을 다하는 정신, 고려의 김부식 등의 중국에 대한 사대주의의 발생 이후에도 다수의 여·이조 남녀들의 한결같은 의리와 인정—그런 이야기들을 골라서 이 시집을 엮어 갔다.

제7장 현재

그래 지금의 나에게 와서 누가 "미당 서정주 너는 무슨 생각과 느낌으로 여생을 살려 하며, 또 어떤 시의 표현의 길을 만들어 가려고 하느냐?"고 묻는다면 나는 아래와 같이 답변하겠다.

첫째, 사회인의 한 사람으로서 가정과 민족과 인류로부터 내게 주어진 책무를 순수하고 충실하게 이행하기 위해 마음과 몸의 능력을 다할 것이다.

그러나 사회라는 것은 현재만이 아니라 과거와 미래와의 연관 속에서만 있는 것이라 그 역사적인 의의를 떠나서는 있을 수 없는 것이니, 그런 의의를 되도록 잘 파악하고 살 줄 아는 한 역사인의 자격을 겸해 갖추려 한다.

나는 여기에 그치지 않고 또 하나의 인간 자격인 자연인의 자격을 아울러 갖지 않을 수 없다. 사람은 어머니의 배 속에서 태어날 때는 누구나 다 자연에서 와서, 커 가면서 사회인으로서의 버릇이 들어 가고 죽어서도 땅에 가 묻히니, 즉 자연은 우리들 사회인의 본고향이라고 아니할 수가 없다. 더구나 우리들이 늘 숨 쉬며 사는 이 호흡을 조용히 생각해 보라. 하늘의 공기를 호흡함으로써만 사람은 누구나 생명을 유지하는 것이니, 그걸 알고 어떻게 자연의 삶을 거부할 수 있는가?

나는 이 세 가지의 사람 노릇만으로는 아무래도 만족지가 않아 또 한 가지를 더 보태야만 되겠으니 그것은 즉 영원인의 자격이다.

사람은 누구나 제 목숨만 살고 끝나는 것이 아니라 아들들과 딸들을 낳아 기르고, 그 아들들과 딸들은 또 그들의 자녀들을 낳아 기르고 하여 끊임없이 영원히 이어져 가는 것이니, 이 한정 없이 계속해 가는 목숨의 연속─이것을 영원한 것으로, 이 불가불한 참가를 영원인의 자격으로 생각하는 것이다. 그러나 이런 영원한 목숨의 계속도 잘 맑힌 영혼의 영생을 자각하지 못하면 속물들의 역사만을 이어 갈 것이니, 물론 이 점은 크게 심사숙고해야지.

끝으로 말하려는 건 내 시의 표현의 문제인데, 나는 시를 제대로 하기 시작한 뒤 지금까지 늘 그래 왔듯이, 내 인생 경험을 통해 실제로 감동한 내용 아니면 절대로 시로서 다루지 않은 그 전력을 앞으로도 꾸준히 지켜 갈 것이다. 비록 그것이 독서의 내용에서 오는 것이라 할지라도 경우는 마찬가지였다. 시의 착상에서는 물론 그 표현에서도 남의 '에피고넨'이 된다는 것은 정말의 시인에게는 있을 수 없는 일이니 말이다.

첫째 이 점에서부터 시인의 출발은 제대로 시작되어야겠다.

그래서 시인다운 시인이 그 표현에서 애써야 할 일은 세계의 시에 새로운 표현의 한 패턴을 마련해 보여 주는 일이다.

(『시와 시학』 1996. 가을)

시의 탄생

나의 처녀작을 말한다
—「화사」

나의 처녀작에 대해서 말해 달라는 부탁을 받고 상당히 망설이지 않을 수 없었다. 왜냐하면 나는 흔히 세간에서 유행하는 식으로는 처녀작의 관념을 갖고 있지 않을 뿐 아니라 그것의 가치를 특별히 중요시하지도 않고 있기 때문이다. 문학작품도 한 행사 표준에서 봐야 하는 것이라면 첫선을 보인 처녀작은 어쩔 수 없이 중요한 일이 될는지도 모른다.

그러나 문학작품이란 형식과 내용이 다 잘 짜인 예술이라야 하기 때문에 우연한 행사의 기회에 지상을 통해 소위 처녀작으로서 첫선을 보인 작품이 반드시 그 작자의 초기의 작품군을 대표할 만한 예술성을 갖추지 못한 경우도 얼마든지 있을 수 있다고 생각되는 것이다.

내 경우, 행사 표준으로 본다면 1936년도 동아일보 신춘문예에
당선한 「벽」이 불가피 처녀작이라고 불리어야 할 것이지만, 나 자신
은 이것을 처녀작으로 자인할 만한 동기도 가지지 않았기 때문에 곤
란하다.

나는 1930년대의 습작기 문학청년의 통례대로 1933년 이래 동
아일보 문화면에 원고 청탁을 받지도 않고 기고해 반나마 게재의 쾌
미를 맛보고 지내던 한 소년이었는데, 「벽」이란 내 신춘 당선 시는
사실은 그 현상에 응모해 보낸 것이 아니라 일반 기고로서 보낸 것
이 신문 당사자의 서랍 속의 혼동에서 그랬는지(?) 실로 우연히도
응모 작품 대우를 받아 당선까지 되었으니 말이다.

그러므로 나는 시작가詩作家로서의 나의 초기 정신과 예술의 한 모
습을 보이는 마당에 놓여서, 「벽」이 동아일보의 당선 시였다는 것만
으로 그것을 꼭 처녀작으로 자인해 내세울 의무까지는 안 가져도 될
줄 안다.

그래 나는 내 처녀작으로 졸작 「화사花蛇」를 택했다. 이것은 당선
작은 아니지만, 첫 시집 『화사집』 속의 일군의 작품들과 더불어 내
초기 시의 특징을 나타내기 때문이다. 물론 스물두 살에 쓴 이 미비
한 작품의, 표현상의 여러 생경을 지금 모르는 바 아니다. 그렇지만
이것은 그대로 시인으로서의(습작생이 아니라) 초기의 한 모습은
되는 것이다.

사향麝香 박하薄荷의 뒤안길이다.

아름다운 배암……

을마나 크다란 슬픔으로 태여났기에, 저리도 징그라운 몸뚱아리냐

꽃다님 같다.

너의 할아버지가 이브를 꼬여내든 달변의 혓바닥이

소리 잃은 채 낼룽그리는 붉은 아가리로

푸른 하눌이다. ……물어뜯어라. 원통히 물어뜯어,

달아나거라. 저놈의 대가리!

돌팔매를 쏘면서, 쏘면서, 사향 방촛길 저놈의 뒤를 따르는 것은

우리 할아버지의 안해가 이브라서 그러는 게 아니라

석유 먹은 듯…… 석유 먹은 듯…… 가쁜 숨결이야.

바늘에 꼬여 두를까 부다. 꽃다님보단도 아름다운 빛……

크레오파트라의 피 먹은 양 붉게 타오르는

고은 입설이다…… 스며라! 배암.

우리 순네는 스물 난 색시, 고양이같이 고운 입설…… 스며라! 배암.

이것을 1936년 여름 경남 합천 해인사에서 몇 달 묵고 있는 동안에 나는 썼다. 아래 「대낮」이라는 시와 한 무렵에 쓰여진 것이다.

따서 먹으면 자는 듯이 죽는다는
붉은 꽃밭 새이 길이 있어

핫슈 먹은 듯 취해 나자빠진
능구렝이 같은 등어릿길로,
님은 달아나며 나를 부르고……

강한 향기로 흐르는 코피
두 손에 받으며 나는 쫓느니

밤처럼 고요한 끓는 대낮에
우리 둘이는 왼몸이 달아……

나는 그때 해인사의 원당願堂이라는 조그만 암자에서 묵으며, 책한 페이지 읽는 일도 없이 사색이라는 걸 되도록 안 하기로 하고 지내며, 가야산의 생욕탕(나는 그때 이곳의 물을 내심으로 이렇게 불렀다)에 날마다 몸을 잠갔다 벗어났다 하고 있었는데, 어느 날 밤 뱀은 아니지만, 마침 열려 있는 창틈으로 날아든 조그만 박쥐 한 마리를 잡아, 내 총각 살림용의 바늘로 벽에 꽂아 놓고 밤이 이슥하여 이 시를 썼다.

지금도 서울의 어느 구석엔지 살고 있을 내 죽마고우 이정규 군이 마침 전라도의 먼 곳에서 자전거로 나를 찾아와 같이 묵고 있던 어떤 밤이었는데, 박쥐를 벽에 꽂아 놓은 게 딱 질색인 듯 그가 상을 찡그리다가 잠이 든 뒤였다.

지금은 모르지만 그때 해인사 계곡의 오솔길에는 뱀도 다채로이 많이 기어 다니고 있었으니까, 물론 낮에 찍어 놓은 마음속 사진의 뱀의 꿈틀거림도 동시에 생생히 느끼면서 말이다.

말하자면, 여기에서 나는 여름의 자연한 육체의 몸부림을 치고 있었던 것이다.

그런 것은 무슨 짓이냐고?

글쎄, 지금 돌이켜 보면 모두 구상유취의 어린애 같은 짓이었음이 분명하지만 그때로서는 정신적 동기는 충분히 있는 일이긴 했다.

왈, 고대 그리스적 육체성—그것도 그리스 신화적 육체성의 중시, 고대 그리스 로마의 황제들이 흔히 느끼고 살았던 바의, 최고로 정선된 사람에게서 신을 보는 바로 그 인신주의적 육신 현생의 중시. 아폴론적인, 디오니소스적인, 에로스적인, 그리스 신화적 존재의식. 또 그런 존재의식을 기초로 하는 르네상스 휴머니즘. 그러자니 자연 기독교적 신본주의와는 영 대립하는 그런 의미의 르네상스 휴머니즘. 여기에서 전개해 저절로 도달한 니체의 짜라투스트라의 영겁회귀자—초인. 온갖 염세와 회의와 균일품적 저가치의 극복과 아폴론적, 디오니소스적 신성에의 회귀는 이 당시에 내 가장 큰 지향이기도 했던 것이다.

지금의 나는 물론 단순한 헬레니스트를 지양한 지 오래지만, 지금도 오히려 내게 있는 다른 신성의 추구도 이때 이미 그 맛을 들였다. 이후 나는 인간성을 신성으로까지 추구할 줄 모르는 시인들은 존경하지 못하는 습성을 갖게 되었다.

그리고 또 하나 말해 둘 것은, 이때는 이런 신화의 헬레니즘을 『구약성서』의 「아가」 등에 보이는 고대 이스라엘적 양명성陽明性과 거의 혼동하고 있었던 일이다. 『화사집』을 주의해서 본 사람이라면 이러한 혼동을 여러 곳에서 쉬이 발견할 수 있을 것이다. 내 공부와 성찰은 이때는 아직 기독교의 『구약』을 불교, 도교, 유교 등과 아울러 자세히 음미해야 할 동양 정신의 일환임을 알지 못했고, 다만 그 생태에 있어서 솔로몬의 「아가」적인 것과 그리스 신화적인 것의 근사치에만 착안하여 양자의 숭고하고 양陽한 육체성에만 매혹되어 있었다.

그러나 신화적 헬레니즘만이 당시의 내 정신을 추진하고 있는 힘의 전부는 아니었다. 샤를 보들레르의 영향으로 '현실의 밑바다 참여'에 대한 의지도 있었다. 이것은 해인사에 오기 전에 이미 중앙불교전문학교의 동양철학 중심의 문과에서 배워 동감한 노자의 '화광동진和光同塵'의 의미와도 일치하는 것이어서 '보들레르야말로 참 골로는 현실을 겪고 산 시인이다' 감탄하며 그의 시정신의 기미들에

친애감을 느꼈다. 특히 때 묻고 이지러지고 내던져진 육신들의 밑바닥에까지 자진해 놓아 몸부림하는 정신은 굉장한 책임감으로 느껴졌다.

흑인 정부 잔 뒤발 같은 칠흑의 번쩍이는 미에의 끈덕진 관심도 내게는 쉽게 이해되었다. 거지 거지 상거지나 유태인 매음굴에의 참가 역시…… 그러니 아마 이러한 모든 것들이 『화사집』에는 어쩔 수 없이 상당히 들어 있을 것이다.

"「화사」의 언어예술의 특징은 무엇인가?" 하고 누가 또 물을 것 같다.

「화사」와 한 무렵에 쓰여진 일군의 시들에서 내가 탈각하려고 애쓴 것은, 정지용류의 형용 수식적 시어 조직에 의한 심미 가치 형성의 지양에 있었다. 이때의 내 기호로는 졸부네 따님 금은보석으로 울긋불긋 장식하고 나오듯 하는 그따위 장식적 심미는 비위에 맞지 않을뿐더러 이미 치렁치렁 거북살스럽고 시대에도 뒤떨어져 보여 장식하지 않은 순라純裸의 미의 형성을 노렸던 것이다.

일본의 시인이자 조각가 다카무라 고타로가 '자기 마누라에게는 손에 반지 하나도 끼우고 싶지 않다'고 했다던데 나도 아마 그 비슷한 기호였던 것이다. '무엇처럼', '무엇마냥' 등의 형용사적 부사구의 효력으로 시를 장식하는 데 더 많이 골몰하는 축들은 인생의 진수와는 너무나 멀리 있는 것으로 내게는 보였다. 『화사집』 속 내 졸작의 하나인 「부활」은 형용사, 부사는 될 수 있는 한 안 쓰기로 작정하고 시험한 작품이다.

그렇기 때문에 당시 우리 시단의 최고 대표 격이었던 정지용의 언어예술보다는 이상의 시에 나는 공감이 갔다. '아, 밤은 참 많기도 하더라' 하는 유의 옷 입히지 않은, 내심의 밑바닥에서 꾸밈없이 그대로 솟아 나오는 그런 어풍에 공감을 가진 것은 당연하였다. 나는 이때 이것을 '직정 언어'란 말로 표현했는데, 그때 친구들 중에는 더러 기억하는 사람도 있을 줄 안다.

(『세대』 1965.9.)

여인들의 부활
—「부활」

　내 너를 찾아왔다 수나戰娜. 너 참 내 앞에 많이 있구나. 내가 혼자서 종로를 걸어가면 사방에서 네가 웃고 오는구나. 새벽닭이 울 때마다 보고 싶었다. 내 부르는 소리 귓가에 들리드냐. 수나, 이게 몇만 시간 만이냐. 그날 꽃상여 산 넘어서 간 다음 내 눈동자 속에는 빈 하눌만 남드니, 매만져 볼 머리카락 하나 머리카락 하나 없드니, 비만 자꾸 오고…… 촛불 밖에 부훵이 우는 돌문을 열고 가면 강물은 또 몇천 린지, 한번 가선 소식 없든 그 어려운 주소에서 너 무슨 무지개로 내려왔느냐. 종로 네거리에 뿌우여니 흩어져서, 뭐라고 조잘대며 햇볕에 오는 애들. 그중에도 열아홉 살쯤 스무 살쯤 되는 애들. 그들의 눈망울 속에, 핏대에, 가슴속에 들어앉어 수나! 수나! 수나! 너 인제 모두 다 내 앞에 오는구나.

1938년 가을에 쓴 것이니까, 지금으로부터 39년 전 여자에 대한 내 느낌을 쓴 시 「부활」은 나를 버리고 죽어 간 한 젊은 여자의 모습이 종로에 오고 가는 모든 갓 젊은 여인들의 모습 속에 부활해 범람하고 있는 것을 다룬 것이다.

그런데 내 나이 인제 그득히 예순두 살이나 된 지금 앉아서 생각해 보아도, 내 그리움을 받으며 사라져 간 모든 여인들은 꼭 이 모양으로 늘 신진대사해 꽃피어나는 파도 속에 부활해 오는 듯한 느낌엔 그때나 이때나 별다름이 없다. 육신의 목숨이 다해 무덤으로 들어간 것만이 죽어 간 것은 아니다. 무슨 까닭으론지 나를 배신하거나 차버리고 간 여인도 내게는 죽어 간 거나 다름없으니까, 내게서 사라져 간 그리운 모든 여인은 이렇게 부활해 온다는 느낌이다.

그래서 나는 내 나이가 얼마라는 것도 깡그리 잊고 지금도 거리의 갓 젊은 여인들의 호흡 속에 끼이면 그들 속에서 애인들의 모습을 그리워하며 늘 젊은 사람일 수 있는 것이다. 괴테나 피카소 같은 이가 육십대나 칠십대에 갓 젊은 여자를 가까이하고 지냈던 것도 그런 이유 아니었을까. 이런 일은 비단 나 하나뿐만이 아니었으니 '늙은이 망령'만은 아니라는 자위도 하며 지내고 있다.

사십대까지만 해도 내가 범여성의 파도 속에서 늘 눈여겨본 것은 갓 젊은 여인들의 두 개의 눈망울이었고 그걸 통해서 그들의 마음속을 들여다보고자 했던 것인데, 내 나이 오십대 육십대로 접어들면서부터는 아주 싸악 달라져 버렸다. 다름이 아니오라, 어느 때부터인지, 나는 그들의 시선을 타고 들어가 보는 그 일에 너무도 고단하고 지쳐서 드디어는 두 눈망울보다는 덜 어지럽고 무던한 반투명체인 손톱 쪽으로 내 눈을 지그시 옮겨 왔고, 특히 손톱의 바닥께서 떠올라 오는 그 슬프다면 참 무한히 서러운 열 개씩의 반월을 유심히 들여다보고 지내는 묘한 습관이 생기고 만 것이다.

이 딱한 인류 사회의 여러 풍습 속에서 꽤나 점잔하게는 산다는 나도 때로 허전한 노소의 술친구들과 만나면, 문득 그 어디 골목 왕대폿집 구석방 같은 데 들어가서는 어느새인지 내 옆에 바짝 다붙어 앉는 아주 갓 젊은 여인의 눈망울은 직시해 보지도 못하고, 다만 두 눈망울보다는 임의로운 열 손가락의 손톱 속에 새로 떠올라 오는 그 선명한 반달들이나 물끄러미 들여다보며 "흥, 거기 있었구나……흥, 어김없이 거기 또 있었어……" 하고 있는 것이다.

두고 온 성지

—「도화도화」

1941년 초판을 낸 내 첫 시집 『화사집』에 보면 「도화도화桃花桃花」
라는 제목의 시가 보이고, 거기엔 '비로봉상의 강간 사건들'이라는
구절이 보인다.

푸른 나무 그늘의 네 거름길 우에서
내가 볼그스럼한 얼굴을 하고
앞을 볼 때는 앞을 볼 때는

내 나체의 에레미야서
비로봉毘盧峰상의 강간 사건들.

미친 하늘에서는
미친 오픠이리아의 노랫소리 들리고

원수여. 너를 찾어가는 길의
쬐그만 이 휴식.

나의 미열微熱을 가리우는 구름이 있어
새파라니 새파라니 흘러가다가
해와 함께 저물어서 네 집에 들리리라.

여기에는 물론 이야기가 있다.

이 강간 사건은 나와 직접 관계가 있던 건 아니고, 다만 내 어떤 지인 하나와 관계가 있었던 것이다. 성명을 여기 발표하는 건 안 되어서 생략하지만, 내가 아는 어떤 노총각 하나는 1936년 늦봄인가 초여름의 어느 날 해 어스름 서울 근교의 무성한 풀밭에 나와 같이 산책을 나와 앉았다가 문득 금강산 이야기가 나오자 "나는 비로봉에서 여자를 하나 우연히 만나 건드려 보려다가 그만 실패한 일이 있어" 하고 이야기를 꺼냈다.

"강간 미수였군? 그래 이뻤었나?" 내가 물으니 "꽤 좋았었는데, 어찌 보니 생글거리기도 하는 게 곧 들어줄 듯 줄 듯해서 슬그머니 붙잡아 본 것이, 큭, 이게 아조 또 딴판이란 말야. 허지만 기왕 붙들어 잡은 걸 어찌하겠나? 되게 닦달을 하기로 대들었더니, 아 이게 마지막엔 그만 내 사타구니의 그것을 움켜쥐고 늘어지려 덤비지 않겠나? 아찔했어. 거기는 마침 천야만야한 낭떠러지 위라서 정말 아찔했다니까……" 했다.

그래서 이 이야기보다 두 해 전, 1934년 여름에 올랐던 내 금강산 비로봉의 인상에, 제절로 이 지인의 강간 미수 사건을 덧붙여서 생각하는 버릇이 생기게 되었고, 그러다 보니 그게 시의 한 구절로 둔갑해 나오게도 된 것이다.

그런데 내가 『법륜』이란 불교도 잡지의 '두고 온 성지'란 제목을 받고 하필이면 왜 이런 이야기를 먼저 꺼내야 했느냐 하면, 내 지인과 그가 여기서 만났었다는 여자 사이뿐만이 아니라 어느 남녀 사이에서도 이 금강산 비로봉 위에서만은 야합의 행위는 아마 불가능하리라 생각되기 때문이다.

무엇이 거기 있어서 그렇느냐고? 글쎄, 가 보신 이들은 잘 아실 것처럼 여기는 산대만이 자욱이 깔린 널쩍한 산상의 침대 비슷한 것도 사실이지만, 동해의 티 한 점 없는 맑은 바다는 그 침대 아래 바짝 깔린 빤히 눈부신 거울만 같고, 또 삼면의 영봉들이 기우뚱 여기를 굽어보고 있는 외에 커튼같이 가리는 것은 아무 데도 안 보이고, 거기다가 또 여기는 한여름에도 무엇이 두루 뼛속까지 으스스 오싹 치웁기만 해서 야합 같은 건 아무리 무식꿍한 멧돼지끼리라도 영 잘 안 될 걸로 안다.

이 으스스함은 그저 다만 기후에서만 오는 건 아니다. 아까 잠깐 본 것처럼 여기 더덕이나 도라지 같은 산나물을 더듬어 다니는 젊은 여인들도 단단하고 성큼하기가, 해발 2천 피트의 으스스한 봉우리의 산대밭 침대만 못하지 않으니, 어떤 사내 실없이 함부로 굴다가 사타구니 것마저 감쪽같이 으깨져 버리고 말 것이다.

(『법륜』 1972.10.)

쓰거움과 찬란함

—「멈둘레꽃」
「백일홍 필 무렵」
「춘궁」

'시인에게는 특히 좋아하는 기호라는 것이 있다'는 전제 하나를 내세워 미당이 좋아하는 꽃은 국화니라 하는 식으로 말씀하는 이들도 적지 아니 보인다. 내가 해방 직후에 쓴 「국화 옆에서」라는 시가 그 후 오랫동안 문교부 제정 고등학교 국어 교과서에 수록되어 온 관계로 이것만을 다수 독자들이 기억하고 있는 데 기인하는 것이지, 이 꽃 한 가지만을 내가 꼭 제일로 좋아해 그리된 건 아니다.

사람과 사람 사이에서라면 기호가 자주 변하는 건 바람직한 일이 되지 못하겠지만, 인간 이외의 것들에 대해서라면 그때그때의 취향 여하에 따라 얼마든지 기호를 달리 바꾸어 가도 좋은 것 아닌가?

사실은 내가 이 세상에 태어나서 맨 먼저 눈에 익히고 정들었던 이 땅 위의 꽃은 첫봄이면 이 나라 어디에나 나지막이 돋아 피어나

는 꽃—'민들레'라는 풀꽃이다. 전라도 사투리로는 '머슴둘레'라고
도 하고, 그 '머슴'을 줄여 '멈둘레'라고도 하는, 이빨 모양의 꽃잎들
을 몇 겹으로 해서 둥그런 꽃 모양으로 피어나는, 흰 것과 노란 것의
두 종류만의 꽃빛을 가진 바로 그 꽃 말이다.

이 꽃의 나지막하고 연약한 꽃대를 꺾으면 그 꺾인 자리에서는 꼭
어머니 젖 빛깔의 진액이 솟아났는데, 그 맛이 어머니 젖 맛 같은가
를 시험하려고 혀끝에 대어 봤더니 뜻밖에도 너무나 써서, 침을 몇
번이고 내뱉어야 했던 경험이 내 어린 철에도 있다.

나는 해마다 나이를 더 먹어 가면서 새봄마다 발끝에 이 꽃을 늘
대해 가는 동안 나도 모르게 이 하잘 나위 없는 꽃과 정이 들었고, 또
내가 사상이니 문학정신 같은 걸 공부하게 된 무렵부터는 '너는 인
생의 쓴맛, 특히 이 민족의 사는 쓴맛을 상징하려고 초봄마다 지천
으로 돋아나서 우리를 위로해 주는구나' 하는 이 꽃에 대한 공감도
만들어 가지게 되었다.

그래 나는 1940년 겨울, 먹을 것을 찾아 남만주 간도성의 용정촌
의 어느 곡물상회에 고용이 되어 지내는 동안 민들레꽃이 발부리에
돋아날 때를 기다리며 이 꽃 이름의 제목으로 한 편 시를 만든 것이
있어, 그걸 아래에 깔아 보이겠다.

바보야 하이얀 멈둘레가 피었다.
네 눈섭을 적시우는 용천의 하눌 밑에
히히 바보야 히히 우숩다.

사람들은 모두 다 남사당패와 같이
허리띠에 피가 묻은 고이 안에서
들키면 큰일 나는 숨들을 쉬고

그 어디 보리밭에 자빠졌다가
눈도 코도 상사몽도 다 없어진 후
쐬주[燒酒]와 같이 쐬주와 같이
나도 또한 날아나서 공중에 푸르리라.

                       —「멈둘레꽃」

이것인데, 민들레꽃과의 오래된 정분을 얼마만큼이라도 방불케 했는가 모르겠다.

모든 것이 따분하기만 한 일정 치하 말기의 세태 속에서 해방될 아무런 희망도 없이 만주제국의 한 양곡상사 지점에 고용되어 살던 그때의 쓰거움을 민들레꽃의 하잘 나위 없는 쓰거운 삶에 견주어 만들어 본 것이다. '허리띠에 피가 묻은 고이 안에서 들키면 큰일 나는 숨들을 쉬고' 하는 구절은 물론 그때 우리나라 사람들의 박해당하던 유형무형의 유혈의 흔적과, 또 그러면서도 본심은 늘 숨기고 살아야 했던 그 딱한 심리 상태를 표현해 보려는 것이었다.

이 시를 쓴 뒤 한두 달쯤 뒤에 나는 서울로 돌아와서 친구들의 힘으로 발간된 내 처녀시집『화사집』을 바로 입수하게 된 관계로 만주에서 쓴「멈둘레꽃」과「만주에서」라는 작품은 1948년에 나온 두 번째 시집 『귀촉도』에 끼우게 되었다.

　내가 일정 치하에 쓴 시 속에 담은 꽃들은, 민들레니 쑥이니 엉겅퀴니 그런 따위의 찬란할 것이 전혀 없는 시시하다면 시시하기만 한 것들이었다. 그러나 이때의 나는 이 시시한 꽃들이 한결 더 간절하게 느껴졌다. 1936년에 써서 접어놓아 두었다가 1948년에 발행된 제2시집 『귀촉도』에 수록한 시 「귀촉도」에는 좀 이쁜 진달래꽃도 나오긴 하지만 이것도 그저 꽃비 되어 낙화하는 그 멸망의 간절성 한 가지만을 취했을 뿐이었다.

　찬란히 불타오르는 생명의 상징으로서의 꽃을 내가 물색하기 시작한 것은 1945년 해방이 되고 나서도 한참 뒤의 일이다.

　1952년의 피란길에 내가 광주의 조선대학교에서 교수 노릇을 하고 있을 때, 여름방학을 전남 해남 땅의 대흥사라는 절간에 묵으면서 삭발하고 2주일간의 단식을 하고 지냈는데, 단식이 끝날 무렵에 비로소 대단히 유의해 감응하게 된 이 대흥사 동구의 눈부시게 찬란히 핀 목백일홍 꽃나무는 내게는 처음으로 감접된 생명의 원형의 기막히는 상징만 같았다.

　오래 굶어서 맑혀진 감성으로 나는 이 큰 꽃나무의 우거진 꽃 더미를 우러러보며 무한한 찬양의, 소리 안 나는 소리의 활짝 핀 미소를 연거푸 그 꽃나무에 보내고 있었는데, 그 뒤 나는 이것을 여러 번 시에서 표현해 보려고 시도했으나 두루 흡족지 못하기만 했다.

주춧돌이 하나 녹아서

환장한 구름이 되어서

동구 밖으로 걸어 나가고 있었지.

칠월이어서 보름 나마 굶어서

백일홍이 피어서

밥상 받은 아이같이 너무 좋아서

비석 옆에 잠시 서서 웃고 있었지.

다듬잇돌도

또 하나 녹아서

동구로 떠나오는 구름이 되어서……

나는 「백일홍 필 무렵」이라고 제목한 졸작에서도 이 표현을 시도
해 보았고, 또 「춘궁」이라는 작품에서도

보름을 굶은 아이가

산 한 개로 낯을 가리고

바위에 앉아서

너무 높은 나무의 꽃을

밥상을 받은 듯 보고 웃으면

보름을 더 굶은 아이는

산 두 개로 낯을 가리고

그 소식을
구름 끝 바람에서
겸상한 양 듣고 웃고

또 보름을 더 굶은 아이는
산 세 개로 낯을 가리고
그 소식의 소식을 알아들었는가
인제는 다 먹고 난 아이처럼
부시시 일어서 가며 피식히 웃는다.

어쩌고 하여, 사실은 이 목백일홍 꽃나무를 의중에 두고 써 보았지
만 이것 역시 신통할 것은 없다.

그러다가 나는 1977년에서 1978년에 걸치는 내 처음의 세계 일
주 방랑길 몇 군데에서 백일홍 꽃나무보다도 몇 갑절의 찬란도를 가
지고 피는 '플랑부아양flamboyant'이라는 이름의 희한한 꽃나무를 발
견하고 내 백일홍 꽃나무도 거기 포함해 생각하는 버릇을 갖게 되었
으니, 세계는 역시 별난 버릇도 다 만들어 내는 곳인 듯하다.

꽃빛이 모락모락 타오르는 불꽃빛 그대로라서 '불꽃나무flame tree'
라고도 불리는 이 꽃나무는 예수님의 고향인 이스라엘에도 보이고,
클레오파트라의 나라 이집트의 나일 강가에도 보이는 굉장히 큰 꽃
나무로서, 이것의 아주 큰 것 하나가 자욱히 꽃들을 피우고 섰는 걸
보면 마치 엔간한 산 하나가 불타는 것 비슷하다.

그래서 나는 다시 근년 들어 이 꽃나무와 감접한 것들을 여러 모에서 구성해 보는 몇 편의 시도 시험 삼아 만들어 보았지만 이 역시 아직도 시원스럽지가 못하다.

재작년 여름 남대서양 카리브 해의 바베이도스라는 섬나라에 갔을 때 본 '바베이도스의 자랑'이라는 별명이 붙은 이 꽃나무의 불타는 모양은 지금도 내 속에서 살아 모락거리고 있는데, 내 시업詩業이 그저 무색할 따름이다.

(『문학사상』 1986.4.)

일정 말기와 나의 친일 시
―「꽃」

나는 1915년 음력 5월 18일생이니까 이 글을 쓰기 시작하는 오늘의 내 나이는 만으로 76세 하고 8개월에 17일이 되며, 내가 이 나라에서 한 시인으로 글을 써 온 것은 1933년 12월 24일에 「그 어머니의 부탁」이란 시를 동아일보에 발표한 뒤부터니 어언간에 58년 하고 3개월 가까이 되었다.

그런데 그동안에 내가 써 온 시나 그 밖의 글 중에서 일정 말기에 쓴 몇 개의 글이 '친일파'라는 비난의 대상이 되어 1980년대의 한동안 우리 문단 일각에서 새삼스럽게 문젯거리가 되더니, 요즘에 와서 또 웬일인지 다시 이 나라의 신문들이 이걸 내걸고 공격을 하고 있다.

내가 마치 일정시대에 가장 고약한 친일 행위나 하고 살던 사람 같은 인상을 우리 동포들―그때 사정을 잘 모르는 동포들에게 심고 있는 것 같은 우려가 생겨 많이 서글프게 느낀 나머지 내가 일정 말기를 어떻게 살며 그 문제의 글들을 썼는가를 여기에 사실 그대로 고백해서 여러분들의 정당한 이해를 구하기로 했다.

아실 만한 분은 잘 아시다시피 일정 말기—특히 1942년 무렵부터 45년의 해방에 이르는 동안은, 우리 동포들의 자주적인 주장이 어느 한 가지도 용인되던 시대는 이미 아니었다. 1940년에 동아일보와 조선일보가 강제로 폐간당한 뒤를 이어 이 나라 사람들의 어문 활동을 말살하려는 일본 군벌 정권의 정책은 드디어 우리말로 된 월간 잡지들을 강제 폐간시키는 데까지 이르렀고, 식민지 백성인 우리를 일본인으로 다루기 위해 성과 이름까지도 일본식으로 고쳐 내게 하는 창씨개명이 두루 강요되었다.

그러나 그뿐인가. 조선총독부 산하에는 국민총력연맹이라는, 이 민족을 총동원시키기 위한 그물 같은 조직이 생겨 군, 면, 리의 지부까지 두었고, 모든 직장들마저 그 그물 조직 속에서 예외는 없었다.

거기다가 또 우리가 농사지어 가꾸어 낸 곡식들의 태반은 공출이란 이름으로 다 뺏어 가 버려 오랜만에 고향에 가도 끼니밥도 제대로 얻어먹기 어려운 세상이 되어 있었다. 도시는 도시대로 먹을 것에 껄떡대야 했으니, 보통 월급쟁이의 한 달 월급으로는 암거래로만 살 수 있는 쌀 한 말 값도 될까 말까 하는 참 살기 어려운 때가 되어 있었다.

우리들을 이렇게 만들면서 일본 제국의 기세는 그래도 나날이 팽창해 갔다. 만주와 중국에 그들의 괴뢰 정권을 완강하게 세워 낸 것을 발판으로 싱가포르, 필리핀 점령을 비롯해 동남아 일대를 꾸준히 침략해 들어가고 있어서, 승전을 축하하는 모임이 연달아 이 나라의 도시들을 왁자지껄하게 한지라 국제 정세의 실상에 깜깜하게 무지한 우리로서는 그들이 주장하고 장담했던 대동아공영권의 성립을 할 수 없는 운명으로 받아들일밖에 아무런 딴 도리가 없었다.

1945년 8월 15일 일본의 항복 선언을 짐작이라도 했다면 이 몇 해 안 되는 동안을 어떻게 해서라도 숨어 살길이라도 찾아보았으리라. 그러나 '적어도 몇백 년은 일본의 지배 속에 아리나 쓰리나 견디고 살아갈밖에 별수가 없다'는 체념 하나밖에는 더 아는 것이 없는 채, 나는 처자를 데불고 따분한 나날을 이어 가고 있었다. 그리고 이 것이 이때의 우리 겨레 다수의 실상이었다고 나는 지금도 회고한다.

그렇던 1942년 봄에 나는 한 해 동안 가르쳐 온 사립국민학교 선생 자리도 떠나서, 우리의 옛 소설 『옥루몽』의 현대어 번역으로 호구 연명하며 서울 변두리 연희동 궁골이란 곳의 한 셋방에서 아내와 장남 승해와 함께 벙어리매미들 비슷하게 살고 있었는데, 이해 여름에 아버지가 위독하시다는 기별을 듣고 고향에 내려가서 8월에 그분의 임종을 맞이하게 되어 그 얼마 안 되는 유산으로 서울 흑석동에 쬐끄만 오막살이 집 한 채를 샀다. 방이 달랑 두 개뿐인 집으로, 그나마 이걸 사는 데 1천2백 원인가는 금융조합에 저당하고 빌린 돈으로 충당할밖에 없었다.

이 집—일각문에 다츠시로 시즈오라는 창씨개명한 내 새 문패를 붙인 집이 친일파 서정주가 1945년 8월 15일 해방 때까지 웅크리고 살던 집인데, 지금으로부터 십몇 년 전인가 내가 아직도 중앙대학교에 강좌를 가지고 있을 때 혹시나 하여 찾아가 보니 그대로 초라하게 남아 있었으니 아마 지금도 그대로 있을 것이다.

나는 이 집에서 처음 한동안은 역시 『옥루몽』 번역으로 식구들의 호구를 하고 살았으나, 불행히 이 책의 출판사가 불이 나서 수입의 길이 완전히 끊기고 말았다. 배급 양식이라는 명목으로 1주일에 한두 번쯤 옥수수 빻은 걸 나눠 주기는 했지만 이걸로는 식구들이 하루를 연명할 분량도 되지 못했다.

1943년 여름이 되자 우리 세 식구는 아는 구멍가게에서 참외 같은 걸 급한 대로 외상으로 갖다 먹고 지내다가 드디어 나는 지독한 학질에 걸려 여러 날을 앓으며 누워 있게 되었고, 아내는 마지못해 어린것을 업고 전라도 고향으로 양식을 구하러 갔으나 머리에 이고 온 건 보리쌀 한두 말 정도였던 걸로 기억한다.

그래도 이 무렵 나를 끝까지 도운 건 후배 시인 이정호다. 내가 혼자서 학질을 앓고 있을 때에도 그는 거의 내 곁을 떠나지 않고 나를 지켜 주었으며, 신길동에 있는 내 친구의 병원을 찾아 의사를 데려다가 학질을 낫게 해 준 것도 바로 이정호였다. 뿐만 아니라 얼마의 돈을 어떻게 어떻게 마련해다가 우리의 생활비를 한동안 충당했던 사람도 그였다. 그리고 이 무렵 시인 조지훈이 그의 열몇 권 되는 철학 사전을 저당 잡힌 돈으로 나를 도왔던 일도 잊혀지지 않는 일 중의 하나다.

1943년 8월의 어느 날이었던 것 같다. 학질에서 겨우 회복한 나는 어딘가 가 보고 싶은 충동에 후줄근한 흰 모시 두루마기를 걸치고 노량진 종점의 전찻길로 뛰쳐나와 무작정 전차에 탔다. 이 전차는 동대문으로 가는 것이었는데, 종로 3가 정류장에 가까워서야 생각해 보니 나는 아무 데도 갈 곳이 없었다. 그래 종로 3가 정류장에서 부랴부랴 내려 다시 노량진으로 가는 전차로 옮겨 탔는데, 남대문 가까이를 지날 때 유리창 밖을 내다보니 골동품점 진열창 안에 놓여 있는 이조 백자의 빛바랜 하늘빛이 유난히도 내 눈길을 끌었다. 나는 다음 정류장에서 내려서 그 골동품점을 찾아들었다.

가게에 들어서니, 양반집 도령들이 입던 남빛 쾌자들이 걸려 있는 아래 새끼 원숭이의 해골들이 몇 개 놓여 있고, 그 옆에 이조 백자들이 너무나도 아득히 먼 희부연 하늘빛 먼지를 뒤집어쓴 채 자리를 잡고 있었다. 마치 약소민족인 우리의 본심같이만 느껴져서 바로 찾아왔다는 생각이 들었다.

'이것이 바로 몽골의 기막힌 지배 속에서도 청나라의 뼈저린 유린 속에서도 용하게 견디면서 자손의 미래만을 아스라이 의지하고 살아온 이 겨레의 빛깔이고 모양이로구나' 하는 느낌이 내 마음속을 차지하자, 나는 그중에서 마음에 드는 것 하나를 바로 안고 와서 같이 살고 싶었다. 그날은 값을 치를 돈이 없어 그냥 물러났지만 그 뒤 푼돈을 만들어서 깨졌거나 금 가서 싼 것들을 죄끔은 사 모으게도 되었다.

그러면서 나도 몽골의 침략 때나 청나라의 병자호란 때처럼 또는 이조 말기와 한일합병 때를 살아남아서 자손의 때만을 의지하고 사

신 내 아버지처럼 당하며 견디고 살밖에 별수가 없다는 생각을 내게
되었다.

가신 이들의 헐떡이든 숨결로
곱게 곱게 씻기운 꽃이 피었다.

흐트러진 머리털 그냥 그대로,
그 몸짓 그 음성 그냥 그대로,
옛사람의 노래는 여기 있어라.

오— 그 기름 묻은 머릿박 낱낱이 더위
땀 흘리고 간 옛사람들의
노랫소리는 하눌 우에 있어라.

쉬여 가자 벗이여 쉬여서 가자
여기 새로 핀 크낙한 꽃 그늘에
벗이여 우리도 쉬여서 가자

맞나는 샘물마닥 목을 축이며
이끼 낀 바윗돌에 텍을 고이고
자칫하면 다시 못 볼 하눌을 보자.

1943년 8월인가 9월에 쓴 「꽃」이라는 제목의 이 시는 해방 뒤에 낸 둘째 번 시집 『귀촉도』에 수록한 것이어니와, 여기에는 이 무렵—이조 백자의 빛과 모양에서 이 나라 사람들의 오래 견디고 살아야 했던 마음을 알아차리던 때의 내 마음의 모습이 담겨 있다.

이 시에 나오는 '크낙한 꽃 그늘'은 이조 백자의 새로운 발견의 감동을 그렇게 비유했던 걸로 보이고, '자칫하면 다시 못 볼 하눌을 보자'고 한 것은 이 무렵 우리들 목숨의 아찔한 덧없음을 느껴 표현했던 걸로 기억된다.

무얼 먹고살기에도 많이 어려웠던 나는 1943년 9월부터던가 영문학자요 문학평론가인 최재서 씨가 경영해 온 인문사 편집부 기자로 들어갔다. 그가 발행하던 우리말 월간 문학잡지 『인문평론』은 이때는 폐간되었고, 그 대신 일본어 문학잡지 『국민문학』이 나오고 있어서 편집부장 밑에서 한동안 일을 보다가, 오래잖아 『국민시가』라는 일본어 시 잡지가 새로 나오게 되어 편집 책임을 맡았다. 이 무렵 나는 「항공일에」라는 일본어 시도 써서 『국민문학』에 발표한 일도 있고 하여, 여기 필요한 일본 말을 다루는 일은 아쉬운 대로 되었던 것이다.

이때 조선의 어느 직장이나 마찬가지로 '국민총력연맹 인문사 지부'라는 또 하나의 강요된 간판을 더 붙여야 했던 이곳에서 한 반년쯤 몸담아 지내는 동안에, 사장인 최재서 씨가 두 개의 일본어 문학잡지에 쓰라고 지시하는 것은 물론 이때의 조선총독부 기관지였던 유일한 우리말 신문인 매일신보에서 쓰라는 것도 두루 다 응해서 써 주어야 했다. 어기다니? 촘촘한 국민총력연맹의 감시의 그물 속에서 그들의 눈 밖에 나면 살아올는지 죽어올는지 모르는 무서운 징용만 이 기다리던 것이 엄연한 사실이었는데 말인가?

그러나 일정 말기에 내가 그 친일이라는 일에 가담하여 써낸 글들의 제목이 무엇이었는지, 내용이 또 어떤 것들이었는지는 지금 그대로 잘 기억하지도 못하고 또 자료도 가지고 있지 못하니, 이 점은 필요한 연구가들이 서정주라는 내 본성명으로 쓴 것과 다쓰시로 시즈오라는 창씨개명으로 쓴 것 양쪽을 손수 도서관 등을 통해 찾아보실 밖에 없겠다.

나는 인문사에 있던 늦가을에는 일본군 용산사단의 김제 평야의 전쟁 연습에 종군하라는 명을 받고 그 종군기도 『국민문학』에 발표했다.

그때의 기억이거니와, 그 무뚝뚝한 인문사 사장 최재서 씨가 목놓아 어린아이처럼 우는 것을 처음 보았다. 그도 나도 일본 군복으로 무장한 채 휴식 시간을 맞아 김제평야의 어느 후미진 풀밭에 앉아 있었는데 그는 문득 수통을 내게 디밀며 "우리 한잔합시다" 했다. 나는 삥긋 웃어 보였는데, 그는 내게 몇 모금 마시게 한 다음 그 큰 수통의 정종 술을 한꺼번에 꿀컥꿀컥 다 들이키고 나서 나를 마치 자기의 애인이나 되는 것처럼 두 팔로 덥석 끌어안더니 느닷없이 쏟아져 나오는 목울음을 터뜨리는 것이었다. 이런 그의 모습은 본 사람이 별로 없을 것 같아 내 기억을 여기에 첨가해 둔다.

1944년 정월인가 2월경에 나는 인문사를 그만두었다. 왜냐고?

별다른 이유는 없고, 너무나 따분하고 승거워서 더 견디기가 어려웠던 것 같다.

그래 장단이란 두메산골까지 가서 어렵게 구해 온 잡곡으로 지은 밥을 꿀처럼 즐기며 오랜만에 사지를 펴고 늘어져 지내는 동안, 4월 초순 어느 날 아침 뜻밖에도 내 고향 전북 고창경찰서의 사복 형사 둘이 찾아들었다. 그중 하나는 이윤길이란 순사부장으로 나와 전에 안면이 있던 사내였고, 또 하나는 부지초면의 일본인 순사였다.

이때 이윤길은 고창경찰서의 고등계 주임이라고 자기를 소개하고 "미안하다"며 무슨 종이쪽지 한 장을 내 앞에 내놓았다. 읽어 보니 전라북도 검사국 한 검사의 이름으로 발부된 구인장이었다.

그래 나는 바로 고창경찰서 유치장에 갇히게 되었다. 뒤에 조사를 받으면서 알아보니, 나를 구속한 이유는 딴게 아니라 고창의 몇몇 청년들이 극단을 하나 만들어서 고을 안의 면사무소들이 있는 5일 장터를 돌며 연극 공연을 계속하고 있었는데, 그 내용이 민족 감정을 자극하는 것이라 그들을 모두 붙잡아 들이고 "누구의 지도를 받아 꾸민 것이냐?"라고 되게 추궁하니 누군가가 "서정주 씨의 영향이었다"라고 자백했기 때문이라는 것이었다.

그러나 그 영향이라는 것이 그때로부터 4, 5년 전, 내가 뒤늦게 방랑에서 돌아와 조선일보 학예부장이던 김기림의 폐간 기념시 청탁장을 보고 쓴 「행진곡」이라는 시를 그들에게 읽어 준 일과 그들과 가끔 막걸리를 마시며 "우울해 못 살겠다! 어디 숨이 막혀 살겠느냐?" 어쩌고 한 푸념이었다는 것이 밝혀져서 그 연극 운동에 내가 직접 관계가 없다는 알리바이는 성립됐지만, 혹시나 내가 고창에 없던 동안에라도 비밀리에 그들과 연락하여 연극 운동을 배후 조종하지는 않았는가 하는 혐의를 붙인 것이 나를 구속해서 두 달 반 동안이나 가두게 된 까닭이었다.

6월 하순께 고창경찰서에서 풀려나 서울의 내 집으로 돌아오니 아내와 어린것은 결혼식 때 아내가 가지고 온 화류장롱도 팔고 마지막 남은 옷가지도 팔고 죄끔이라도 값나갈 만한 물건은 두루 다 팔아서 목에 풀칠을 하며 겨우 살아남아 있었다. 이때 판 화류장롱을 아내는 두고두고 아까워하고 서러워했는데 1973년에 일지사란 출판사에서 내 문학전집 다섯 권의 인세가 들어와서야 딴것을 사서 그 빚을 갚았다. 화류가 아니라 자개장롱이라는 것으로 대신해서 말이다.

고창경찰서에서 풀려나온 뒤의 서울의 내 생활이라는 것은 그야말로 의지가지없는 것이었다. 중앙고등보통학교 선배였던 미사 배상기가 이때의 내 가장 가까운 친구여서, 그가 이때 유일한 벌이로 종사하던 경마의 '섰다판'이라는 것에도 나는 가끔 끼었었다. 이 섰다판은 정식으로 마권을 사서 하는 것이 아니라 어느 말을 걸고 '이기느냐 지느냐'의 내기를 하는 규칙 밖의 불법의 짓거리지만, 이걸 숨어서 하는 사람들도 적지는 않아서 운이 좋으면 한 주먹씩 돈을 딸 수 있었기 때문에 나도 여기나 끼어 볼밖에 없었던 것이다.

어느 날은 경마가 끝난 뒤에 미사가 피투성이 주먹으로 내 앞에 나타났다. 웬일이냐고 물으니 "오늘은 한 주먹 따기는 땄네만, 잃은 놈들이 돈을 쥔 내 주먹을 어디 그대로 놓아주어야지? 그놈들이 할

퀴고 물고 해 이 꼴이 안 되었나? 그렇지만 보게! 이 돈 좀 보아!" 하면서 피투성이 주먹을 비로소 펴서 꼬작꼬작 꾸겨진 지폐들을 보여 주는 것이었다.

나는 그가 이끄는 가장 싼 '메칠알코올'집이라는 데로 따라가서 두어 잔씩 얻어 마시고 그가 번 돈의 일부를 개평으로 얻기도 했었는데, 메칠알코올집이란 말 그대로 병원에서 소독용으로 쓰는 메칠알코올에다가 적당히 물을 타서 팔던 것으로 그래도 취하기는 취했는지라 가난한 술꾼들에게는 이게 고작이었던 것이다.

이 어려웠던 1944년 가을에서 1945년 여름까지 나를 여러모로 도와준 또 한 사람의 은인이 있었으니 그는 윤형섭이란 친구였다. 그는 이때의 서울 동포들 속에서는 가장 유력한 것 중의 하나였던 토목건축 청부업체인 우미히라 구미라는 노가다판 우두머리의 큰 아들로 다정하고 순진한 문학청년이기도 했다.

그의 그늘에서 신세를 가장 많이 지고 지낸 사람은 나와 시인 오장환 외에 젊은 화가들과 조각가도 있었다. 화가 이중섭과 그의 일본인 아내를 내가 초대면했던 것도 혜화동 그의 집에서였고, 이때의 가장 실력 있는 조각가 중의 하나였던 조규봉과도 그는 친교를 맺고 지내던 사이였다.

그래 나는 일정의 마지막 때를 그의 아버지의 일터가 있던 영등포 국민학교 건축 공사장이나 능곡의 군용도로 공사장 같은 데를 찾아다니며 한때씩 은신하고 지내기도 하고, 또 보자기에 싸 주는 쌀을 얻어다가 연명한 것도 여러 차례였다.

뿐만 아니라 내 아우 정태는 아직도 일본 병정으로 뽑혀 가야 할 나이였기 때문에 우선 능곡의 군용도로 공사장에 십장 자격으로 숨겨 두고 한동안을 넘기게 하기도 했다. 그때 그 노가다판에서 잡은 소의 내장 같은 걸 내 아우가 더러 꾸려 들고 흑석동의 우리 집을 찾아들었던 것도 기억에 새롭다.

그러나 이 어려운 서커스놀이 같은 일상생활 속에서도 일본 관헌의 눈이 나를 예외로 삼지 않았던 것도 사실이었다. 1944년 가을의 어느 날엔 영등포경찰서에서 왔다는 형사 둘이 흑석동 내 집을 불시에 습격해 마침 건넌방 책상머리에 앉아 있던 나를 보고 "당신이 다츠시로 시즈오 상이지?" 하고 나꿔채려는 걸, "아니올시다. 그분은 내 형님인데 지금은 잠시 시골에 가셨다고 합니다. 나도 뵈오려 왔다가 그냥 가게 되었습니다" 하고 감쪽같이 거짓말을 참말로 통과시켜서야 위기를 모면할 수 있었다.

1945년 봄이 되자 우리 문인들도 징용한다는 소문이 떠돌더니 첫여름 언저리에는 내 집에도 형사의 방문이 거듭되었다. 그러나 나는 우리 앞집 가네무라 상네 식구와 서로 속을 통하고 지내는 사이여서 밖에 나가 숨어 다니다가 가끔 적당한 때에 먼저 그 집에 들러 아내를 불러 만나 보고 지냈었다. 또 내 주의력은 이때 거의 하늘에 닿을 만한 것이어서 그랬는지 일본 형사들의 겨냥에 용하게 걸리지 않고 넘길 수 있었다.

이상의 고백은 내 기억력이 가지고 있는 사실에 충실한 것이다. 나는 내 인생을 내가 인식할 수 있는 한계 안에서는 거짓 없이, 또 야

박하거나 그럭저럭이 아니게 살려는 점에서는 과거나 현재가 다름이 없으며, 앞으로 남은 미래도 그러고자 한다.

그리고 또 나는 이 육신을 가지고 살아 있는 현실 사회에서는 물론 이 나라의 민족의 역사나 세계사 속에서도 내가 언행했거나 글로 표현한 것들에 대한 책임을 회피할 생각은 털끝만치도 가지고 있지 않다.

이 넓고 끝없는 우주와 영원한 영성을 마주해서도 물론 그렇고자 한다. 그러니만치 여러분은 누구거나 내게 지탄거리가 있다면 얼마든지 이것을 사실대로 지시해 주시기 바란다. 그래 나는 사실로 나타난 내 자격으로만 이 현실과 역사와 자연과 영성 앞에 놓여 살려고 생각하는 것이다. 나의 실제 이상으로 눈감아 주는 우수리도, 나의 실제보다 얕잡아보는 에누리도 나는 절대로 바라지 않는다.

이 글만이 아니라 딴 글에서도 솔직히 언급해 왔듯이 일정 말기에 국제 정세에 대한 무지로 일본의 지배가 오래갈 걸로 알고 자손지계를 위해 일본에 순응해 살기로 작정했던 사실에 대한 책임도 나는 조끔치라도 문제가 되는 날까지는 꾸준히 지켜 피하지 않을 것임을 여기 서약해 둔다.

(『신동아』 1992.4.)

젊음의 뒤안길
―「국화 옆에서」

나는 국민학교 1학년에서는 세 학기 동안 사뭇 첫째를 해냈다. 그런데 2학년에 와서는 다섯쨌엔가밖에는 하지를 못해 그것이 퍽 한이 되어 있었는데, 3학년이 되어 여선생님이 새로 오시어 내 성적을 다시 원상으로 회복하게 해 주었다. 그래 나는 아버지의 찌푸리지 않는 눈살을 다시 보게 되어 마음이 평화하게 되고, 그러자니 또 자연 그 여선생님을 극진히 섬기고 따르게 되었다.

여선생님은 서른이 넘은 일본 사람이었는데, 여름방학 동안 고향에 다녀올 때에는 내게 그곳에만 있는 조그만 선물을 가지고 와서 주기도 하고, 어떤 때 하숙집을 찾으면 주인 앞에 일본 말로 "이 앤 내 아들입니다"라고 웃으며 소개하기도 하였다. 내 집에서 열병을 앓고 있을 때는 귤을 사 가지고 찾아와 어머니나 다름없는 눈초리로 나를 걱정해 주기도 하였다. 나는 그분이 사 오신 귤을 여러 날을 두고 매만지면서 크레용으로 그분과 비슷한 인물화를 숯 달이는 열 속에서 여러 장 그려 내기도 했다.

그런데 이분은 꼭 1년 동안 우리를 가르치곤 일본으로 가 버렸다. 우리들 몇은 떠나는 자동차 앞을 늘어서서 막아 보기도 했지만 어쩔 수 없는 일이었다.

나는 이분이 떠난 뒤 한동안 마음이 다시 편안치 않게 되어 학교가 파하면 마을 끝의 산 변두리를 쓸데없이 헤매 다니는 아이가 되었다. 돌아다니면서는 무슨 영문이었던지 산속의 돌멩이들을 주워 가지고 와서 뒤꼍 장독대 앞에 쌓아 모았다. 그러고는 물을 주면 자란다는 수정 돌멩이란 것들에 날마다 열심히 바가지로 물을 퍼다 먹였다. 그리고 4학년 때의 어느 여름날 누구한테던가 몇 포기의 국화 모종을 얻어다가 그 수정 돌멩이들 새에 심어 놓았다.

물론 이보다 전에도 국화라는 꽃을 나는 보아 왔지만, 손수 심은 국화가 꽃을 피우는 것을 보기는 이렇게 비롯했던 것이다.

국화가 그 맹랑하게 밝은 눈들을 떠서 피어나고 약 같은 냄새를 빚어내고 있을 때 내게는 또 우연처럼 좋은 친구가 하나 찾아왔다. '대롱댁'이라는 택호를 가진, 얼굴이 반곰보인 마흔쯤 되어 보이는 아주머닌데, 아이를 못 낳아서 남편이 첩을 두고는 박대가 심하여 살 수 없어 나와 가지고 이 집 저 집 돌아다니며 바느질품을 팔아 살아간다 했다. 특히 그는 수를 잘 놓아, 우리 집에서 새로 만든 여러 개의 베갯모에 수를 놓아 주려 들렀던 것이다.

이 아주머니는 새끼를 낳은 원앙새도 수놓고 또 모란꽃도 놓았지만 웬일인지 내가 새로 심어 놓은 국화꽃과 같은 눈부신 노랑의 국화꽃을 여러 개 바늘 끝으로 박아 내 놓았다. 내게는 아주 마음에 잘 들어맞는 장단이어서 적지 아니 신기했는데, 이 침모 아주머니는 어떻게 그렇게 됐는지 아주 사람을 잘 웃기는 이야기들과 웃음을 아울러 지니고 있어서 나도 어느새인지 그 수놓으시는 국화꽃과 너그러운 이야기와 웃음을 지켜보고 듣고 있는 동안 문득 쌩긋쌩긋 웃음을 터뜨리게 되었다. 그래 울 너머 갈대밭 위로 기러기들이 끼룩거리고 가는 서리 오는 가을밤들을 나는 이 아주머니의 익살의 제자가 된 덕으로 차츰 학교 성적도 올라가게 되었던 것이다.

그러고는 한 20년 가까이 국화꽃을 별로 가까이한 적이 없었는데, 1945년 해방이 되어서 또 우연한 기회에 국화를 가까이할 마련이 되었다. 국화가 싫어서가 아니라 모두가 마음 같지 않은 세월이라 절간으로 만주로 어디로 굴러다니노라고 그와 가까이할 겨를이 없다가 삼십이 넘어 해방이 되어서야 집 뜰의 국화꽃을 다시 차분히 보고 이것을 가꾸어 낼 겨를이 생긴 것이다.

1947년 가을 어느 날 밤, 잠이 잘 안 오던 끝에 나는 뜰에 피어 있는 국화꽃들을 생각하며 「국화 옆에서」라는 한 편의 시를 썼다.

한 송이의 국화꽃을 피우기 위해
봄부터 솥작새는
그렇게 울었나 보다

한 송이의 국화꽃을 피우기 위해
천둥은 먹구름 속에서
또 그렇게 울었나 보다

그립고 아쉬움에 가슴 조이든
머언 먼 젊음의 뒤안길에서
인제는 돌아와 거울 앞에 선
내 누님같이 생긴 꽃이여

노오란 네 꽃잎이 필라고
간밤엔 무서리가 저리 내리고
내게는 잠도 오지 않았나 보다

이 한 편의 시 속에는 삼십대 사내의 소년 시절의 흔적이 역시 묻어 있는 것이다.

믿음직한 무등산

—「무등을 보며」

    나는 광주의 무등산을 좋아한다. 미국의 어떤 선교사는 이곳을 좋아해서 여기 그의 유해를 묻기도 했지만, 나는 내 죽은 뒤의 몸뚱이는 깨끗이 불살라 즉시 하늘의 구름으로 날아가 버릴 작정이니까 묻힐 곳을 따로 정하지는 않으나, 무등산의 그 밋밋하고도 마음 놓이는 모습을 그려 보는 것은 내 딱할 때의 정신을 위해서는 크게 중요한 일 중의 하나이다.

    무등산은 금강산같이 기암괴석과 많은 물줄기를 가진 산도 아니고, 백두산이나 지리산같이 웅대한 규모를 가진 산도 아니다. 그러나 마치 흉허물 가릴 것 없는 중년의 부부가 휴식의 한때를 나란히 짝하여, 하나는 앉고 하나는 엇비슷이 옆에 누워 있는 상호로 놓여 있어서, 그 흉허물 없는 모습을 가끔 마음속에 그려 보는 것은 내게는 적지 않은 위안이 된다.

무등산은 산갈대의 빛이 눈부신 초록으로 빛나는 여름철 남광주의 천변에서 멀리 바라보는 것도 좋지만, 이 갈댓빛이 뼈에 사무치는 황금빛으로 변하는 음력 9월쯤 그 산 위에 얹히는 이내와 아울러 바라다보는 감동도 귀하다.

그러나 무등을 보러 가는 이는 아무래도 새벽에 일어날 줄 알아야 한다. 광주는 이름 그대로 아침 햇빛이 드물게 맑은 곳이라, 아침 해돋이 무렵의 구름의 색채들도 참으로 찬란하게 다색다채한 곳이다. 잘 맑은 날을 가려 남광주의 천변쯤에 서면 은빛, 녹둣빛, 붉저리콩빛, 보랏빛, 잉크빛 그 밖에 이루 셀 수 없는 구름의 빛깔들이 몰리고 뒤바뀌는 속에 마치 두세 살짜리 동자보살들이 수백 명 떼 지어 날뛰며 노래하는 듯이 맑디맑은 해가 돋아 오르면서, 무등의 그 서로 마음 놓고 의지하는 한 쌍의 부부 같은 모습이 한층 새롭게 솟아 나온다. 이때의 무등산 보기를 나는 무엇보다도 제일 즐겨한다.

가난이야 한낱 남루에 지내지 않는다
저 눈부신 햇빛 속에
갈맷빛 등성이를 드러내고 서 있는
여름 산 같은
우리들의 타고난 살결,
타고난 마음씨까지야 다 가릴 수 있으랴

청산이 그 무릎 아래 지란芝蘭을 기르듯
우리는 우리 새끼들을 기를 수밖엔 없다

목숨이 가다 가다 농울쳐 휘여드는
오후의 때가 오거든
내외들이여 그대들도
더러는 앉고
더러는 차라리 그 곁에 누어라

지어미는 지아비를 물끄럼히 우러러보고
지아비는 지어미의 이마라도 짚어라

어느 가시덤풀 쑥굴형에 뇌일지라도
우리는 늘 옥돌같이
호젓이 묻혔다고 생각할 일이요
청태靑苔라도 자욱이 끼일 일인 것이다

「무등을 보며」라는 제목의 시를 1954년 여름에 나는 썼다. 같이 늙어 가는 남녀 사이의 이런 영상을 우리에게 늘 일으켜 주는 산이 이 무등산이다.

내 인생의 화면
—「나의 시」

어느 해 봄이던가, 머언 옛날입니다.

나는 어느 친척의 부인을 모시고 성城안 동백꽃나무 그늘에 와 있었습니다.

부인은 그 호화로운 꽃들을 피운 하늘의 부분이 어딘가를 아시기나 하는 듯이 앉아 계시고, 나는 풀밭 위에 흥근한 낙화가 안쓰러워 줏어 모아서는 부인의 펼쳐든 치마폭에 갖다 놓았습니다.

쉬임 없이 그 짓을 되풀이하였습니다.

그 뒤 나는 연년年年히 서정시를 썼습니다만 그것은 모두가 그때 그 꽃들을 줏어다가 디리던—그 마음과 별로 다름이 없었습니다.

그러나 인제 웬일인지 나는 이것을 받아 줄 이가 땅 위엔 아무도 없음을 봅니다.

내가 줏어 모은 꽃들은 제절로 내 손에서 땅 위에 떨어져 구을르고 또 그런 마음으로밖에는 나는 내 시를 쓸 수가 없습니다.

내 시 작품 「나의 시」 속의 정경은 내가 지금껏 만들어 가진 내 인생의 화면들 가운데서 가장 중요한 것들 중의 하나다. 특히 이 화면만큼은 타인의 개입 없이 혼자서만 늘 조용히 호젓이 대하고 싶은 그런 것이다.

이 화면은 상상으로 만들어진 것이 아니라 1940년 봄 내게 실제로 일어난 것으로 내가 가진 정신적, 물질적 전 자산 가운데서도 가장 값진 것 중의 하나이다.

나는 그때 내 집을 찾아오신 친척 부인의 펼친 치마에 성안에 낙화하던 동백꽃들을 주워 담아 드리기를 아주 잘했다고 지금도 생각하고 있다. 이만큼 한 그득한 성실한 행위도 나는 빈약하여 많이 해 보지 못하고 살아왔기 때문이다.

그러나 '그 뒤 나는 연년히 서정시를 썼습니다만'부터 끝까지의 표현은 이 시의 성립을 위한 것이지, 그 뒤의 내 인생의 실재와 꼭 일치하는 것은 물론 아니다. 시란 언제나 작품으로서의 조화를 획책해야만 하는 것이니까 말이다.

이 친척 부인이 지금도 살아 계시다면, 또 한 번 봄에 그분을 모시고 성안의 동백꽃 낙화들을 주워다가 그 펼친 치마폭에 바쳐 담아 드리고 싶다. 그러나 그분은 늙어서 돌아가신 지 오래고, 성안의 큰 동백꽃나무도 웬일인지 없어지고, 그 빈터만이 남아 있는 걸 나는 몇 해 전에 보았다.

그 대신 동백꽃이라면 이 성에서 한 20리 밖에 있는 선운사에 지금도 많이 이어서 피고 지고 있어서, 봄이면 나도 이제는 선운사를 찾아가 보고 지낸다.

몇 해 전부터던가, 선운사 동백꽃들의 낙화 철에는 이 꽃들의 혼을 하늘에 천거하며 자비하는 동백제를 이 고을(고창) 사람들이 모여 지내고 있다. 그래 이 잔치의 정식 명칭을 어떻게 붙일 것인가 내게 물어와서 동백제의 '제祭' 자 대신에 '연燕' 자를 붙이라고 조언해 지금도 해마다 '동백연'이란 이름으로 제사를 치르는 걸로 안다. '제' 자는 저승만을 느끼게 하는 글자여서, 목숨들이 붉은 동백꽃같이 살아 있는 이승의 희비에는 잘 어울리지 않는 것 같아, 좋은 잔치를 뜻하고 또 그 반가운 제비들의 느낌도 아울러 담고 있는 '연' 자를 권한 것이다.

그야 하여간에, 나도 이제부터는 해마다 선운사 동백연에 참가해서 낙화한 꽃들의 넋들에게 내 마음을 전해 보내 저승의 친척 부인께 헌화하게 되어 다행이다.

꽃의 넋을 시켜 소원을 하늘로 전하는 고운 유풍은 신라 때부터—아마 그 이전부터 우리에게 전해져 오는 것이니, 우리 선인들의 오래 쌓인 넋의 세계에 동참해서 훈훈한 느낌으로 말씀이다.

(『현대시학』 1991.6.)

내 마음의 현황

―「인연설화조」

　나는 내 시에 관한 자가 변호라는 것은 안 하기로 작정해서, 이것을 이십대 이래 그대로 이행해 온 사람이다. 폴 발레리도 그의 작품 「해변의 묘지」를 어느 대학교수가 작자 자신의 본의와는 달리 강의하는 것을 듣고, '작품은 작자의 손을 떠나면 이미 독자의 것이어서 독자가 임의로 말하는 것이다'라는 뜻의 말을 한 일이 있지만, 나 역시 독자들의 정신의 천차만별한 관례를 짐작하기 때문에, 연전에 모 출판사가 우리 시 작가들에게 '나의 자작시 해설'이라는 것을 씌우고 나에게 그것을 구했을 때에, 거기 응하지 못하고 있는 것도 그런 심경에서였다.

　자연이 우리에게 주는 맛이라는 것도 그것을 맛보는 사람에 따라서 차등이 생기기 마련인데, 더구나 시와 같은, 그 입구와 출구가 꼭 하나씩만일 수 없는 걸 가지고 작자의 권위를 앞세워 독자들이 끼리 끼리 그 정신의 관례대로 맛보아 놓았을 것을 새삼스레 전복하는 수작을 감행하는 것이 쑥스럽게 느껴졌기 때문이다.

그러나 우리 시의 좋은 동문인 김종길 씨가 동아일보와 『문학춘추』지 6월 호에서 내 시에 대해 말씀하신 것을 보니, 이건 그냥 독자로서나 시편 해석자인 교수로서 하신 것도 아니고, 또 문제가 내 시를 구체적으로 설명하고 지시하면서 묻는 것도 아닌 독단이라 보이는 것이 있는 데다가, 또 작자가 가만히 있을 수는 도저히 없을 만큼 중요한 사건이 되는 점은, 작자의 정신의 근본태根本態에 대해서까지 '이건 시인이 안 할 점이다'라는 뜻으로까지도 나오고 있어, 여기에까지 가만히 있는 것은 오히려 일이 아닌 것 같아 몇 마디 해 두려고 한다.

김종길 씨는 '신비'라는 말로 내 근년의 시를 말씀하고 또 그것을 '영매', '접신술'이라 하고, 내가 영매자, 접신술가가 직접 되어 있다 하고, 대시인인 릴케나 예이츠나 엘리엇 등도 신비적 색채는 보이고도 있지만, 그들 스스로가 영매자나 접신술가 노릇을 하거나 이성과 현실감각을 완전히 포기하는 일은 없다고 말하고 있지만, 이런 분간들은 내가 근년 하고 있는 노릇과 어느 만큼 비슷한 듯하면서도 영 잘 안 맞는 초대석과 같아서, 거기 해당되어 있기가 많이 거북하다. 사실은 내가 근년 해 오고 있는 일은 김종길 씨가 말씀하는 바와 같이 그렇게 어마어마하게 큰 말로써 표현할 만한 것도 되지 못하는,

극히 미세한 부분적인 어떤 시험에 불과하기 때문이다.

김종길 씨는 내가 영매자나 접신술가로까지 나와서, 그 어디 동아일보 옆이나 『문학춘추』 근방에 복술방卜術房이라도 하나 열고 있는 것같이 말씀하고 있고 또 다른 비평가의 몇과 또 내 정신을 잘못 이해하는 지인의 혹자도 "거 서정주는 샤머니즘이야" 하기도 하지만, 나는 내 스스로 현실에서 떠나는 접신술가를 자임한 일도 없고 또 샤머니스트인 일도 없고, 앞으로도 아마 그런 일은 없을 것이다.

나는 그냥 신라적인 정신태의 한 두어 가지가 근년(자세히 말하면 1951년 1·4 후퇴 이래) 매력이 있어서 시험 삼아 본떠 보고 있었을 뿐이다.

그것은 대별하자면 두 가지로서, 하나는 '영통靈通'이나 '혼교魂交'라는 말로써 전해져 오는 것이고 다른 하나는 불교의 삼세인연과 윤회전생이다. 이 두 가지는 내게는 지금도 참 매력이 있는데, 앞으로도 아마 생전 그럴 줄로 안다.

왜냐하면 항시 취해 있을 수만도 없어 사람은 어느 자정 때건 거의 완전히 깨는 때가 있고, 이렇게 깨면 으레 생뿐만이 아니라 죽음도 생각하게 되고, 그래 또 저절로 영원한 일도 쓰리건 아리건 안 생각할 수도 없는 것인데, 죽을 때 섭섭할 것 없이 죽게 하고 또 뒤에 남는 끝없이 그리운 것들과 나보다 앞서 죽은 안 잊히는 것들 사이에 건널 다리를 놓아 주는 무슨 사상이 예에 있었다면, 옛것이라 해서 매력을 안 느낄 수가 있고 또 안 빠지는 재주가 있나?

형이상적 지향이라는 것이 예부터 사람들에게는 있어 왔지만, 또 인류에게 과거와 현재와 미래와 생과 사가 있는 한 앞으로도 이런 사상의 매력은 현실력을 가지고 되풀이되어 갈 것으로 안다.

형이상적 지향을 안 가질 수 없었던 모든 사색가나 종교가가 그랬던 것처럼 나도 마지막으로 택한 문제는 '어떻게 생각하고 느끼며 살다 죽으면 죽을 때 섭섭하지 않느냐?' 하는 문제였고, 앞뒤의 그리운 것들 가운데 나서 살다가 죽는 일을 인식하고 느끼니, '마음 전달의 영원한 계속'—즉 다른 말로 하면 '영통'이라는 것 속에 끼어서 안심하는 자의 자각을 안 할 수 없었고, 그런 영원한 참여자로 자기를 정하니, 죽을 자로서의 섭섭함은 서서히 감소해 가고 있다.

내가 살아 있는 동안 가장 사랑하는 자—나와 그, 둘 중 하나만을 내 의사대로 어느 공산군이 죽이기로 한다면, 내가 죽겠다고 자원할 수 있을 만큼 내 생전에 가장 사랑하는 자를 여기 이 땅에 남겨 두고 내가 죽어 갈 때, 섭섭하지 않기 위해서 불가불 나는 내 마음—영혼이라는 걸로써 '아!' 하고 그의 마음속에 외치고 따라가는 영통의 길을 따르지 않을 수 없었을 따름이다. 그렇게 해서 나는 소위 안 감기는 눈으로 죽는 처참을 면할 수 있는 것이다.

『대동운부군옥』 속의 이야기로, 어떤 사내가 자기 애인의 죽은 넋을 죽통 속에 담아 가지고 다니며 수시 호출해 대화하는 것이 보이지만, 내게는 물론 죽통에까지 이것을 담을 길이 없음은 김종길 씨가 잘 아실 것이다. 그러나 죽통까지는 몰라도 사후에도 사람의 마음—즉 혼이란 것이 언어의 그릇에 담겨, 뒤에 남는 사랑하는 사람들의 마음속에 들어가서 무형으로 대대로 이어 가는 사실의 수긍만은 하실 줄로 안다. 씨는 영매자니 하는, 퍽이나 나보다 상급으로 보이는 의미를 담은 말을 내게 적용했지만, 실상인즉 이런 씨도 충분히 수긍할 만한 사실 위에 기초를 두고 있음에 불과하다.

이런 일들은 무엇하러 꼭 예부터 오는 것이라 하여 현대와 관련해선 안 될 것이라고만 생각들 하는지 모르겠다. 이런 것은 원시적 샤머니즘이니 하여 현대와는 안 맞는 낡은 것이라고 말하는 사람들이 더러 보이긴 하지만, 샤머니즘 말고 기독교나 불교 등의 종교의 영통도 역시 공통하는 것 아닌가? 그리스도의 부활을 보는 막달라 마리아와, 불교의 그 많은 육체 없는 현신現身과, 아까의 그 죽통 속 혼과의 대화는 다 고대 이래의 정신 태도로서 공통점을 가진다.

그리고 이 혼교 없이는 역사라는 것은 바르게 이루어질 수 없는 것이라고 나는 생각한다. 막달라 마리아가 본 그리스도의 부활을 믿는 한 사람의 가톨릭 교도였던 케네디 미국 대통령을 잠깐 상기하시기 바란다. 지금 이대로나마 공산주의의 파괴에서 세계의 마지막 균형과 평화를 유지하는 것은, 그런 영통도 믿는 케네디 같은 유의 일련의 정치가들의 힘에 의해서 아닌가?

고대부터 있어 온 사유 태도거나 감응 태도라 해서 '고대부터'라는 이유만으로는 현대에 꼭 필요 없는 것이 되는 것도 아니다. 또 현대에서 아주 낡은 것이 되는 것도 아니다.

고대부터 내려오는 어떤 사유 태도나 감응 태도는 현대가 설정한 모든 것의 약이 되는 경우도 있다. 그 첫째가 지금 내가 말하는 '영통자로서의 역사 참여'다. 사후에 전하는 마음을 '혼령'이라 하여 제사

드리고 감접할 수 있는 것으로서 현실적 가치를 주었던 것은 고대 인류가 거의 공통으로 이행해 온 바로서, 그것—그런 정신 경영 태도는 현대에 작용하는 모든 큰 종교들 속에 그대로 남아 현대의 모든 병폐를 고치는 약이 되고 있다. 그것은 영원을 칸막이하는 모든 시대주의나 지역주의 또는 "죽으면 그뿐이지, 남는 게 있긴 무에 있어" 하는 모든 유물주의 등으로부터 사람들을 구제하여 영원에 바른 맥락을 주어, 역사의 체증을 풀게 하는 자이다.

역사적 전승을 혼교로 보고 느껴서, 상대부터 이어 내려오는 모든 좋은 진리와 교훈을 현실력 있는 것으로 제사하고 이어 가는 것이 잘못된 역사 참여자의 태도일까? "영혼이 무슨 영혼이야? 죽으면 그만인 것이지" 하여 고대와 현대와의 사이에 또는 어제 죽은 자와 오늘 산 자의 사이에 장벽을 쌓고, 육안에 보이는 현상만 가지고 좌충우돌하는 것이 바른 역사 참여자의 태도일까? 생각해 보시길 바란다.

삼국 통일 전 진평왕 때에, 지혜라는 이름을 가진 여승이 꿈에 선도산 신모(신라 제1대 왕 박혁거세의 어머니)가 현신해 타이르는 말씀을 듣고 깨어난 뒤, 타이른 대로 이행해서 그의 황폐한 사찰을 중수한 기록이 『삼국유사』에 보인다.

이런 정신 경영 태도와 역사 참여 태도는 요즘의 그 육체자肉體者들이나 현상체자現象體者들의 쇼트하고 흐리멍덩한 소위 '현실주의'보다 훨씬 밝고 간절하고 바닥에 닿는 일이지, 어찌 허망한 몹쓸 일이 돼야만 하는가?

박혁거세의 어머니로부터 진평왕 치세의 지혜의 때까지는 왕이 스물다섯 대나 바뀐 여러 백 년의 세월을 격하지만, 그때 사람들은 죽은 자의 마음도 영혼이라 하여 살아 있는 것으로 알고 느끼고 있었기 때문에, 본받을 만한 사람의 혼이면 몇백 년 뒤에도 항시 제사 드리고 감접해 살아서 혼이 꿈에 나타나 말하는 것까지를 현실력으로 받아들여 그 감화력으로써 부족한 현실의 약을 늘 삼아 왔었다. 이것은 영통이다. 영통은 미망이고 몹쓸 일인가?

그리고 영통의 인생 태도야말로 현존의 대종교들의 가장 큰 신조이며, 또 인류의 파멸을 막는 유일한 창구인 것을 어찌하는가?

꿈도 현실시했다는 것은 언뜻 생각하기엔 아닌 게 아니라 신비하기도 하다. 그러나 이것은 고대 불교의 일일 뿐이 아니고 현대 불교에서도 좋은 수행자들에게는 필연적인 일 중의 하나임에 불과하다.

지금도 이들은 꿈까지도 현실적 책임으로 자담하여, 꿈이 죄이거나 난잡하면 깬 뒤의 정신 수도를 새로운 반성 위에 다시 정진시키고 있다. 그래서 생시의 정신 수련의 일환으로 꿈이 아주 허튼 꼴을 그치도록까지는 쉬지 않는 것이다.

위에서 말한 '영통'은 다만 불교에만 있는 것이 아니라 고대에서 이어지는 종교에는 공통되는 것으로, 역사 참여 의식을 긴밀히 하여 우리에게 영원성을 실유케 한다는 뜻의 말씀을 나는 위에서 한 듯하다.

이 밖에 내가 신라 사람들에 준해서 배운 것은 별것이 아니라 불교에 조금만 길든 사람들이면 누구나 다 아는 삼세인연설과 윤회전생관이다.

이것도 내게는 '영통주의'와 아울러 지금도 크게 매력이 있다.

육체만이 아닌 영혼으로 살기로 하면 죽음은 없어지고, 그리운 것들을 두고 죽는 섭섭함도 견딜 만한 것이 되는 데다가, 이 혼이 영원히 거쳐 다닐 필연의 방방곡곡과 큰 길 좁은 길들을 생각해 보는 것은 참 재미있다. 혼뿐만이 아니라 물질불멸의 법칙을 따라서 사후 내 육체의 깨지고 가루 된 조각들이 딴것들과 합하고 또 헤어지며 순회하여 그치지 않을 걸 생각해 보는 것도 아울러 큰 재미가 있다.

어느 강 나루터의 이쪽 편에서 저쪽 편에 섰는 벗을 향해 "여!⋯⋯" 하고 불러 "여!" 하는 대답을 듣는 것도 재미있는데, 어찌 여기서 "여⋯⋯" 하고 한 번 소리쳐서 그것이 영원히 마음에서 마음을 건너 울려 갈 것을 생각해 보는 것이 재미없겠는가? 물질만이 불멸이 아니라 물질을 부리는 이 마음 역시 불멸임을 아는 나이니, 이것이 영원을 갈 것과 궂은 날 밝은 날을 어느 뒷골목 어느 연꽃 사이 할 것 없이 방황해 다닐 일을 생각하면 매력이 그득히 느껴짐은 당연한 일이다.

경주 석굴암을 지은 김대성은 한마을의 어느 가난한 늙은 여인이 외아들을 사별하고 오래 애통해하는 것을 보고, 불교의 인연법을 들어 "내가 바로 당신이 잃은 그 외아들의 후신이어요" 하고 아들을 자원하여 전생과 후생의 두 어머니를 섬긴 사실이 기록되어 보이거니와, 불교의 인연법은 첫째 이렇게 참 다정한 것이 좋다. 아니 다정의 눈을 그득히 크게 뜨게 해 주는 것이 좋다.

정도 정이려니와 또 물질의 거래와 상봉, 별리에도 필연성의 길밖에는 없는 것이니, 이 물질을 부르는 임자인 마음—즉 혼의 길에도 필연성 이외의 딴 길을 생각할 수 없는 것이라면, 이 김대성과 전생의 어머니와의 상봉도 필연일밖에…… 내가 내 육체를 가지고 고려대학교 영문과 교수실을 찾아가서 김종길 씨를 만나는 것이 필연이라면, 김대성이 전생의 어머니를 만나는 것도 필연일밖에…… 다만 김대성의 경우는 이것이 꼭 육체로만 다니는 길뿐만이 아니라 육체 없이도 가는 길을 가지고 있는 차이뿐이지……

일전에 어떤 물리학에 정통한 친구를 만났더니 "요새 에너지의 어떤 부분적 결합과 이산에선 필연성을 볼 수 없다고 하네, 이 사람!" 해서 잠시 깜짝 놀란 일이 있거니와, 이런 변덕은 원래 주인이 아닌 물질이니 그런 것이지, 마음의 필연성이야 어디 차위差違를 계출計出할 나위나 있는 것인가?

나는 일정한 목적지 없는 황혼의 산책 끝에 무심히 꺾어 든 한 떨기의 들꽃을 그 어디 길가에서 외로이 놀고 있는 소년의 손에 쥐여주고는, 이 외로운 정情의 수교手交가 후일 성장한 이 소년에 의해서 다시 딴 소년에게로 건네어지고…… 또다시 딴 소년에게로 건네어지고…… 그래서 영원을 되풀이할 것을 생각한다. 이러한 수교의 인연들이 상대上代 이래 사람마다의 마음에서 마음으로 이어져 내려오고 있는 것을 생각한다. 그러면 이 지상의 일들은 남의 일 같지가 않게 되는 것이다. 이렇게 생각하고 느끼는 한 형型을 나는 불교의 인연관에서 배웠다. 그리고 이렇게 된 걸 나는 지금도 불교에 감사하고 있다.

언제이든가 나는 한 송이의 모란꽃으로 피어 있었다.
한 예쁜 처녀가 옆에서 나와 마주 보고 살았다.

그 뒤 어느 날
모란꽃잎은 떨어져 누워
메말라서 재가 되었다가
곧 흙하고 한 세상이 되었다.
그래 이내 처녀도 죽어서
그 언저리의 흙 속에 묻혔다.

그것이 또 억수의 비가 와서
모란꽃이 사위어 된 흙 위의 재들을
강물로 쓸고 내려가던 때,
땅 속에 괴어 있던 처녀의 피도 따라서
강으로 흘렀다.

그래 그 모란꽃 사윈 재가 강물에서
어느 물고기의 배로 들어가
그 혈육에 자리했을 때,
처녀의 피가 흘러가서 된 물살은
그 고기 가까이서 출렁이게 되고,

그 고기를,—그 좋아서 뛰던 고기를
어느 하늘가의 물새가 와 채어 먹은 뒤엔
처녀도 이내 햇볕을 따라 하늘로 날아올라서
그 새의 날개 곁을 스쳐 다니는 구름이 되었다.

그러나 그 새는 그 뒤 또 어느 날
사냥꾼이 쏜 화살에 맞아서,
구름이 아무리 하늘에 머물게 할래야
머물지 못하고 땅에 떨어지기에
어쩔 수 없이 구름은 또 쏘내기 마음을 내 쏘내기로 쏟아져서
그 죽은 샐 사 간 집 뜰에 퍼부었다.

그랬더니, 그 집 두 양주가 그 새고길 저녁상에서 먹어 소화하고,
이어 한 영아를 낳아 양육하고 있기에,
뜰에 내린 쏘내기도
거기 묻힌 모란씨를 불리어 움트게 하고
그 꽃대를 타고 또 올라오고 있었다

그래 이 마당에
현생의 모란꽃이 제일 좋게 핀 날,
처녀와 모란꽃은 또 한 번 마주 보고 있다만,

허나 벌써 처녀는 모란꽃 속에 있고

전날의 모란꽃이 내가 되어 보고 있는 것이다.

졸한 작품을 가지고 종이를 소비해서 안 되었으나, 위에 예로 든
「인연설화조」라는 것은 그런 불교적 인연설과 윤회전생설의 영향을
담은 것이다.

그러나 이런 것들은 위에서도 말한 것처럼 고대부터 내려와 현대
에 공존하고 있는 종교들의 고대적 사유 태도, 고대적 감응 태도의
어느 면을 좋아 보여서 본뜨고 있는 것일 뿐 말씀하신 것 같은 그런
간판을 걸 생각이 없음은 물론 내 스스로 감히 그 큰 접신술가를 자
인하는 일도 전연 없다. 말하자면 고대의 몇 조박糟粕을 핥는 자에 불
과한 것이다.

이 점을 시우詩友 김종길 씨는 잘 이해해 주시길 바란다.

무엇이 모두 이야기가 잘되지 않은 것 같다. 소정의 지면도 끝났
으니 다음 기회로 미루기로 한다. 시의 언어의 문제 등 다음에 한 번
더 이야기하려 한다.

(『문학춘추』 1964.7.)

시평가가 가져야 할 시의 안목
— 「한국성사략」
「외할머니네 마당에 올라온 해일」
「비인 금가락지 구멍」

　최근 각 지상을 통해 시평을 상당히 열심히 전개하고 있는 김종길 씨로 말하면, 내가 그의 교양에 대해 가진 기대가 적은 것이 아니었고 또 우리 현 시단의 시론의 부진에 비추어 시평가詩評家로서 내가 누구보다도 촉망을 건 사람이었다.

　그러나 『문학춘추』 지난 8월 호에서 나에 관한 논평으로 말한 문자들의 상당수는 좋은 시평가가 당연히 가져야 할 안목의 한계에 미급한 채 발언되고 있는 것이 보여, 다시 몇 마디 대답하지 않을 수 없게 되었다.

　김종길 씨로 말하면 해방 후 그가 아직 우리 동국대학 교복 속에 있을 때부터 그를 아는 우리들에게 시인으로서의 그 전도를 기대케 하던 사람 중의 하나였던 만큼, 시를 아는 눈을 가진 사람으로서는 나는 아직 그를 의심한 일이 없었다. 그러나 『문학춘추』 8월 호의 나에 대한 그의 소론은, 몰라, 말수가 늘고 버티는 게 발달된 것인지는 몰라도 옛 소년 김종길의 시 안목마저도 어디다가 깜빡 잊어버리고 나온 것 같은 느낌을 내게 문득 주어, 적지 않은 서글픔을 주었다.

유식해진다는 것, 교수가 되고, 신문이나 잡지에서 논설도 많이 해 본 나머지에 오는 것은, 이와 같이 시와는 거리가 멀어져 가는 것인가?—하는 걸 생각할 때, 우리 시의 고독이 새삼스레 느껴졌다.

김종길 씨는 근년 신문과 잡지에서 하고 있는 시평의 어떤 것에서 나에게 영매자, 접신술가—즉 '점쟁이'라는 새 딱지를 하나 선사하곤, "이것은 서유럽의 시인들은 직접은 안 하고 간접으로 하는 사람이 있을 뿐인데, 서정주 씨의 근년의 작품 가운데는 그가 스스로 영매가 되어 버린 듯한 느낌을 주는 작품이 대부분이다. 대시인이 되는 것은 자기 스스로 영매가 되고 무당이 되고 접신술가가 되는 것을 의미하지는 않는다"고 말했기에 나는 거기 대해 『문학춘추』지에서 내가 하고 있는 것은 점쟁이 노릇이 아니고 기독교나 불교 등의 종교가 수천 년씩 해 오고 있는 영혼주의에 의한 것이란 사실을 말하고, 우리나라 영혼주의의 예로 신라인이 대다수 신봉했던 '영통주의'란 사실을 들고, 이건 점쟁이라는 근년의 개념과는 다른 것이라는 점을 설명해 주었다.

그랬더니 그는 다시 『문학춘추』 8월 호에서 "서정주 씨의 근년의 작품 가운데는 그가 스스로 영매가 **되어 버린 듯**한 느낌을 주는 작품이 대부분"(강조—필자)이라고 한 부분의 '되어 버린 듯'이란 뜻에는 유보의 의미가 있는 것이니까, 아주 점쟁이가 되었다고 말하는 건 아니라 하고 "씨의 이른바 신라적인 정신태의 두 가지 중 '영통이니 혼교라는 말로써 전해져 오는 그것'이 씨가 설명하고 있는 한에 있어서는 필자가 말한 접신술의 일종으로 볼 수 있기 때문이다"라고 하여, 그의 이상한 강제 선물을 '**볼 수 있기** 때문이다'의 유보적 문장으로 아직도 굳이 보류하려 하고 있다.

뿐만 아니라 그는 이번 글에서 그의 그런 언급이 내 시정신을 두고 한 말이 아니라 "필자가 근년의 씨의 작품에서 본 바와 같은, 시인 자신이 '영매가 되어 버린 듯한' 경향을 비판한 것은 사상이나 신념의 문제로서보다도 먼저 시의 문제로서 비판한 것이다"라고 새 논점을 제시하면서 내 작품들 중 세 편의 작품만을 골라 거기엔 '**난센스**'라는 제2차의 선물 딱지를 붙여 주었다.

그의 기억과 관찰과 주장에 의하면 '서정주 씨의 탁월한 30년의 아낄 만한 시력詩歷'에 있어, 최근 시집 『신라초』에서도 그런 난센스를 담은 작품은 꼭 한 편 「한국성사략韓國星史略」이라는 것뿐이지만, 그 시집 이후의 최근년의 작품 중 꼭 몇 개가 난센스이기 때문에, 나한테 꼭 그 두 개의 선물 '점쟁이'와 '난센스'의 딱지를 주는 것을 유보해야겠다는 것이다. 그리고 이런 사업이야말로 '비평이라는 문화 행동'이기 때문에 "개인 간의 사교와는 다른 분야에 속하는 것이요, 또한 속해야만 하는 것이기 때문에 왕왕히 면구스럽기도 하고 매정스러울 수도 있는 것이다"라는 것이다. '필자가 종래 찬탄해 온 시인'이지만 그렇게 이 사업은 되어야만 한다는 것이다.

그런데 시평가 김종길 씨가 내게 유보해서 주고자 무척 애쓰는 이두 개의 '점쟁이'와 '난센스'라는 선물을 한번 힐끗 보아하니, 나와 내가 아는 시인으로서의 김종길 씨에게는 이게 두 사람에게 다 불필요한 것 같아 이걸 내 소유로도 김종길 씨의 소유로도 삼지 않으려 한다.

내가 하는 시정신이 '점쟁이' 노릇이 아니라는 건 이미 설명했으니 또 한 번 정독하고, 그 선물을 보류하지 말기 바라며, '난센스'라는 새 선물의 제출은 아래 쓰는 것을 읽고 깨끗이 소각해 버리기를 바란다.

가령 나와 김종길이 시를 같이한 사람들이 아니고, 대바구니 장사를 같이해 왔다 하더라도, 종래 찬탄해 온 선배 대바구니 장수에게라면 함부로는 못 붙일 '난센스'라는 말을 어디에 대고 군은 함부로 남용하는가? 군의 전일의 시재詩才와 식견이 여일할 줄 알았더니, 이런 입놀림을 허하게 마구 하는 걸 보니, 사람, 거 험해졌군.

그래 '난센스'라는 영어를, 영국에 가서 보니 자기가 '찬탄해 온 시인'에게 그렇게 막 써먹고 놀던가?

몰라, 내 아직 영국에 안 가 봤기 때문에, 영국의 어느 구석에서 그런 식의 언어 사용이 되고 있는지는 모르지만, 우리나라에서는 대바구니 장수의 세계에서도 아직 그런 식의 말의 사용은 있을 수가 없다.

내 한 대바구니 장수였더라도 군이 기억하고 있는 바와 같은 '탁월한 30년의 아낄 만한 경력'을 가지고 있는 거라면, 최근의 한두 개

바구니의 제작이 군의 눈에 좀 거슬려 뵈는 점이 있다 하더라도, "너
난센스다"라는 발언은 감히 못 할 것인데, 한 경전으로서까지 시를
해 온 전통을 지니고 있는 우리가 예술가에겐 사형선고에 해당하는
'난센스'라는 말을 '30년의 시력을 찬탄해 온 시인'의 근작의 어태의
어떤 것이 자기 일개인의 마음에 좀 안 든다 하여 남발할 수 있는가?

더구나 그가 나를 난센스라고 고발하기 위해 주장하고 있는 이유
라는 것은 시를 조금이라도 해 본 사람이면 아무도 수긍할 수 없는
그런 것이다.

김종길 씨는 내 시집 『신라초』에서 "그의 고백을 보면 『신라초』에
수록된 작품 가운데서 시인 자신이 영매가 되어 버린 듯한 작품은
없다. 그리고 이성이나 현실감각을 완전히 무시한 듯한 작품도 거의
없다. 그러나 적어도 「한국성사략」 한 편만은 완전히 그러한 작품이
다" 하여 그가 내게 딱지 붙이고 싶어 무척은 집어내기에 골몰한 듯
한 언변으로 유독 이 한 편의 시에 한해 '광인의 잠꼬대'니, '일종의
섬어譫語'니 하는 욕을 히스테리가 되어 퍼부어 대고 있지만, 이 시를
두고 들려오는 이런 욕설은 내게는 완전히 처음인 것이어서, 김종길
씨가 자기만이 가진 듯 과시하고 있는 그 '이성理性'이라는 것은 사실
은 좀 어떻게 된 것이라는 느낌까지를 주게 하고 있다.

시를 잘 아시는 독자들에게 김종길 씨의 폭언의 정당성 여부를 묻
기 위해서 그 피해당한 「한국성사략」의 전문을 길지 않은 것이니 아
래 옮긴다.

천오백 년 내지 일천 년 전에는

금강산에 오르는 젊은이들을 위해

별은, 그 발밑에 내려와서 길을 쓸고 있었다.

그러나 송학宋學 이후, 그것은 다시 올라가서

추켜든 손보다 더 높은 데 자리하더니,

개화 일본인들이 와서 이 손과 별 사이를 허무로 도벽해 놓았다.

그것을 나는 단신單身으로 측근側近하여

내 체내의 광맥을 통해, 십이지장까지 이끌어갔으나

거기 끊어진 곳이 있었던가.

오늘 새벽에도 별은 또 거기서 일탈한다. 일탈했다가는 또 내려와

관류하고, 관류하다간 또 거기 가서 일탈한다.

장을 또 꿰매야겠다.

이 한 편의 시만이 내 시집 『신라초』에서 유독 '이성이나 현실감
각을 완전히 무시한 작품이고 **광인의 잠꼬대**'라고 씨는 말하지만 어
떤 대바구니 장수가 대바구니를 만들어 내는 마당에 있어서도 '탁월
한 30년의 경력'쯤을 가졌으면 한꺼번에 수십 개씩 만들어 내는 대
바구니들 속에 유독 한 개만을 그와 같이 욕 얻어먹을 것으로 만들
어 내는 사례는 없는 것이다. 몰라, 혹 주의력의 어떤 미달이 작은 결
점을 어느 만큼 가질 수는 있을는지? 그러나 그 많은 바구니들 속에
한 개가 그 도제나 후배의 눈에 좀 못마땅하게 보인다고 해서 그 도
제나 후배를 자청하는 자가 김종길처럼 '광인의 잠꼬대'니 '난센스'

니 하는 폭언을 퍼붓는 사례는 우리나라 관습에는 아직 어느 상가에
도 없는 걸로 기억한다. 그렇기 때문에 사리들과 사례들에 어긋나게
출발한 김종길 씨의 내 시 「한국성사략」에 대한 폭언은 출발의 각도
에서부터 이미 어긋나 있다.

그리고 그런 신풍습은 묻지 않기로 한다 하더라도, 이 시의 결점
의 이유로써 '광인의 잠꼬대'니 '이성의 무시'를 들고 대드는 것은 군
이 아무래도 잠시 정신을 아주 놓고 있는 걸로밖엔 안 보인다.

비록 전공이 사학은 아니라 할지라도 문과대학 교수직에 있는 김
종길 씨는 우리나라 역사를 전혀 모르는 이유로써 폭언가가 될 수는
없을 것이다. 씨의 내 「한국성사략」을 향한 폭언은 이유 불명의 고
의 아니라면 우리나라 역사에 대한 지나친 무지를 드러내고 있다.

신라 정신의 요핵에 불교 정신이 많이 침투해 있었다는 것, 그리
고 그 불교 정신은 천체나 신위를 인간 이상으로 삼는 것이 아니라
각성한 인간과 대등의 위치에 놓는다는 것, 이 두 가지의 명백한 사
실만을 아는 학생이라면 내 「한국성사략」의

천오백 년 내지 일천 년 전에는
금강산에 오르는 젊은이들을 위해
별은, 그 발맡에 내려와서 길을 쓸고 있었다.

는 처음 석 줄의 합리성은 알 수 있을 것이고 또 고려에 와서 우리나
라에 유교의 송학이 흥륭해지기 시작했다는 사실과, 유교가 불교와

는 달리 천체나 신위를 인간보다 높은 걸로 삼았다는 사실만을 알고 있다면, 그다음의 두 줄

　그러나 송학宋學 이후, 그것은 다시 올라가서
　추켜든 손보다 더 높은 데 자리하더니,

쯤은 사적 사실로 이해할 수 있을 것이고, 또 일본과 우리나라가 합병한 후 일본인이 우리를 가르친 교육 이념이 일정 말기의 그 허망한 신도 정신神道精神 이전에는 서양의 과학 사상에 있었던 것, 특히 그중에서도 찰스 다윈의 무신론적 진화론에 많이 입각해 있었던 것과 그런 무신론적 과학 사상이 우리의 공간과 시간을 종전의 신성 대신에 허무화했다는 사실만을 안다면 다음의 한 줄

　개화 일본인들이 와서 이 손과 별 사이를 허무로 도벽해 놓았다.

라고 한 것을 이성 없이 한 소리라고는 못 할 것이고, 이런 기본적 역사 지식과 시의 비유라는 것에 아주 생소한 사람이 아니라면 그다음의 잔부

　그것을 나는 단신單身으로 측근側近하여
　내 체내의 광맥을 통해, 십이지장까지 이끌어갔으나
　거기 끊어진 곳이 있었던가.

오늘 새벽에도 별은 또 거기서 일탈한다. 일탈했다가는 또 내려와 관류하고, 관류하다간 또 거기 가서 일탈한다.

이것이 의미하는—현대의 과학주의 부작용인 허무 속에서 어떤 한 개인이 옛 영성의 시간과 공간을 부흥하기 위해 어떻게 처참한 꼴이 돼 있는가 하는 것도 잘 알 수 있을 것이다.

무엇이 '광인의 잠꼬대'인가? 그리고 또 '난센스'인가? 김종길 씨의 센스와 이성이라는 것의 거처는 우리와는 다른 참 특별난 데인 모양이다.

이 시를 가지고 그런 욕을 하는 사람은 꼭 김종길 씨 하나였지만, 좋다고 하는 사람은 여럿을 나는 보아 왔다. 현 시단에서 남 잘 까는 시평만 가지고 살려는 사람들 속에서가 아니고, 번쩍번쩍 빛나는 시 작품들의 실제 생산 실력으로 좋은 상도 타고 하는 시인들 속에 여럿 보아 왔다. 그들은 내가 이걸 내세우지 않아도 자진해서 이걸 들고 와서 좋다고들 하는데, 김종길 씨 한 사람은 무슨 특별한 시력視力과 '문화 행동'을 그렇게 쓰고 있는가? 이 시를 미래에 놓아두니, 어디 두고 보자. 김종길 씨의 생트집이 맞은 것도 될 수 있나를 두고 보자.

김종길 씨의 시 안목은, 그러나 그가 다시 비난하기 위해서 내세운 내 시집 『신라초』 이후의 근작 「외할머니네 마당에 올라온 해일」과 「비인 금가락지 구멍」을 두고 말하는 데 이르면 문득 실소를 자아내게 하고 있다.

그는 먼저 「외할머니네 마당에 올라온 해일」을 그의 부당한 고집―'점쟁이' 딱지의 선물 강제 제출을 위해서 치켜들고 특히 그 시편 중의 한 줄이 무엇을 의미하는지 모르겠다 하고, 그러니까 이성적 구조가 이 시편에는 없다 하고, 그러니까 접신술이고, 그러니까 '작품으로 간주할 수도 없다'는 무의미한 의미의 논변을 펴고 있으나, 여기에 이르면 김종길 씨의 독자로서의 기본 능력까지를 의심케 한다. 불가불 문제의 피해물을 전문 옮기니, 김종길 씨의 논변이 어떻게 성립할 수 있는 것인지를 김종길 씨 자신이 다시 한 번 더 생각해 보길 바란다.

외할먼네 마당에 올라온 해일엔요.
예순 살 나이에 스물한 살 얼굴을 한
그리고 천 살에도 이젠 안 죽기로 한
신랑이 돌아오는 풀밭길이 있어요.

생솔가지 울타리, 옥수수밭 사이를
올라오는 해일 속 신랑을 마중 나와
하늘 안 천 길 깊이 묻었던 델 파내서
새각시 때 연지를 바르고, 할머니는

다시 또 파, 무더기 웃는 청사초롱에
불 밝혀선 노래하는 나무나무 잎잎에
주절히 주절히 매어 달고, 할머니는

갑술년이라던가 바다에 나갔다가

해일에 넘쳐 오는 할아버지 혼신魂身 앞

열아홉 살 첫사랑 적 얼굴을 하시고

　　　　　　　—「외할머니네 마당에 올라온 해일—쏘네트 시작試作」

이 글에서 김종길 씨가 특별히 이성적 구조가 없어 무슨 말인지 알 수 없다고 하고 "서정주 씨와 같은 시인에게 이러한 결여를 보는 것은 우리 시단의 중대한 사건이 되지 않을 수 없다"고 주의시킨 부분은 '주절히 주절히 매여 달고' 하는 곳이고, 그것은 무엇을 매다는 것이냐는 것이지만, 아무리 남의 글을 안 보기로 눈 가리고 흥분해 외치는 사람이기로소니 이런 질문은 무엇인가?

이 글의 4절에서 보이는 갑술년에던가에 바다에 나가 어복에 장해 없어진 신랑—그리고 그 뒤에 남은 사랑하는 과부는 무형으로 살아 있는 혼신이 어느 날 이 할머니의 마당에까지 넘쳐 온 해일 속에 돌아오고 있다고 느끼기 때문에, 여기 부활된 옛 신부 시절의 그리움과 환영과 흥분을 이 해일 앞에 나타내는 상징으로서 이 시구가 되어 있다는 것도 몰라서 묻는 말인가? 청춘 시절에 홀몸의 과부가 되면서부터 마음의 온갖 연지분과 청사초롱의 꿈들을 하늘에다 깊이 팽개쳐 묻어 두고 살았었기 때문에, 오랜만의 해일 속에 신랑의 혼이 합류해 옴을 느끼는 자리에선 그 오랫동안의 암장물들을 하늘에서 다시 파낸다고 시는 상징할 수 있는 것이다.

"하늘에 깊이 묻어 두었던 그 젊은 날의 청사초롱을 꺼내서 어디에다가 주저리주저리 매다느냐"고 묻는가? 그 앞줄에 보이는 바와 같이 '노래하는 나무나무 잎잎'에다가 불 밝혀서 매단다. 그렇게 해 일 속의 남편의 혼신을 맞는 할머니의 그리움의 불은 주위의 나무 나무 잎잎까지를 빛내고 있다는 느낌의 상징이다. 무엇이 모를 것이 있고, 무엇이 시적 이성에 어긋나고, 무엇이 그 때문에 작품으로 간 주할 수도 없는 일이 되고, 시단을 위해 중대한 사건이 되는 잘못인 지 알 수 없는 일일밖에 있나?

김종길 씨는 시의 상상이라는 것마저도 내게 비이성의 점쟁이라 는 딱지를 주기 위해 깜빡 어디에다 잊어버렸나? 더구나 남의 한 시 작품을 좋아올 만한 상상력도 영 모자라는 시평안을 가지고 '그러니 까 접신술이오', '그러니까 작품으로 간주 못 하겠소' 어쩌고 하는 식 으로 논리마저 뒤죽박죽을 만들고 있는 것은 딱하다 아니할 수 없다.

김종길 씨는 도대체 무슨 속셈으로 이런 짓을 하고 있나? 씨의 말 을 빌려서, 이런 '왕왕히 면구스럽기도 하고', '문화 행동'이기도 한 일은 처음 보겠다.

또 한 개의 내 다른 근작 「비인 금가락지 구멍」을 집어 들고 한 말 들도 전연 해당이 안 된다.

이 비인 금가락지 구멍에
끼었던 손가락은
이 구멍에다가 그녀 바다를 조여 끼어 두었었지만

그것은 구름 되어 하늘로 날아가고……

이 비인 금가락지 구멍에
끼었던 손가락은
한 하늘의 구름을 또 조여서 끼었었지만
그것은 또 우는 비 되어 땅으로 내려지고……

이 비인 금가락지 구멍에
끼었던 손가락은
인제는 그 어지러운 머릿골치를 거두어
이 금가락지의 왼켠 두 뼘쯤 내려간 데에 매달린
잠긴 주머니 속에 들어가 있는 것은 알겠다마는

누구냐
그 허리에 찬 주머니 속의 그녀 어질머리로
오동꽃 내음새 나는 피리 소리를
연거푸 연거푸 이 구멍으로 불어넣어 보내고만 있는 너는?

여기에서 김종길 씨는 제3절의 '이 금가락지의 왼켠 두 뼘쯤 내려
간 데에 매달린 잠긴 주머니'의 이미지의 구성이 상상의 논리에 접
근하지 못해 망치고 있다고 지적하고, 이 시의 제1절을 꼬집어 들고
는 "이렇게 하는 따위의 윤회설에 시인이 너무 개인적으로 경도함으

로써 시의 이성적인 구조를 망각했기 때문이다"라고 논란하고 있지만, 그것도 논란을 위한 논란으로밖엔 안 보인다.

임자가 죽은 뒤 휑한 푸른 구멍만으로 남은 금가락지를 앞에 하는 시객詩客의 감회 있어 그를 에워싼 상상을 펴 갈 때, '그 머릿골치 아프던 임자는 이제는 누구 눈에 안 보이는 이의 허리의 밀폐한 주머니 속쯤에 영원히 담겨 버리고, 그 피리장이만이 그의 주머니 속 노예의 쓴 가락을 오동꽃 내음새를 불어 음미하고 있다'고 하는 한 상상을 갖는 데 대해서는 그것의 미적 효과를 위해 좀 더 나은 이미지군의 재조직을 평가評家가 부탁할 수는 있는 일이겠지만, 그 상상에 논리가 없다고 말하는 것은 이것이 가능한 상상임으로 해서, 해당하지 않는다고 생각되기 때문이요, 후자, 이 시의 제1절을 두고 한 말도 시의 논평으로서는 성립될 수가 없기 때문이다. 시인이 너무 불교의 윤회설에 빠진다고 해서 시의 이성적 구조에 꼭 어긋나는 일이 어디 있는가?

김종길 씨는 제3절이 상징하는 이미지들이 좀 복잡해서 상상의 논리가 없다 한 걸로 보면, 이 시의 제1, 2절쯤은 비교적 그게 단순하니 거기서 상상의 논리를 쉬 알아, 그 순금의 견고히 작은 원형물 안에 인간 고민의 파랑의 바다가 죄어들어 끼어지는 상상쯤은, 바로 상상 그것의 교졸巧拙을 가지고 이야기해 줄 줄 알았더니, 이번에는 제3절에서와는 달리 시의 문제가 아닌 윤회설 책임 문제를 들고 나옴은 웬일인가?

사실인즉 나도 이 시의 3절에 대해서만은 다시 고칠 기회를 갖고

자 해 온 터로써, 김종길 씨가 이 이미지군의 미적 효과를 위한 다른 우위적 환치를 부탁했더라면 나도 여기선 수긍하고 "거참, 눈이 용하신데!" 했을 것이다.

그러나 가능한 상상이기 때문에 김종길 씨도 이해하고 있는 내용을 가지고 '상상의 논리'가 없고, '그건 윤회설에 너무 개인적으로 기울어진 때문'이라니 그 무슨 예술품 비평을 그렇게 하고 마는가?

어디, 이 작품의 가치가 그렇게 허망한 것인가 아닌가도 미래에 두고 길이 묻기로 하자.

이런 전도된 작품평에 아울러, 씨는 또 무슨 요량으로서인지 시집 『신라초』 발간 이후의 내 작품 발표가 돌연히 줄어든 것으로 강제 감산하고, 그 적은 수효에 '내가 논란한 이 두 작품이 이 꼴이니 아주 막혀 있다 단정하지 않을 수 없다'는 저의를 나타내고 있다.

그러나 이런 강제 감산의 태도도, 그 '점쟁이'니 '난센스' 딱지의 강제 선물 제출의 태도와 아울러 이해하기 곤란한 태도일 따름이다.

왜냐하면 나는 내 처녀시집 『화사집』 때부터 지금에 이르도록 다량 생산가는 아니지만 그래도 연 10여 편씩의 시는 늘 한결같이 써 오고 있어, 최근년도 그 산출량에는 별 가감이 없을 뿐만 아니라 그 것들은 또 모두 발표되어 오고 있기 때문이다. 나는 이것의 총 편수가 이미 한 권의 분량이 되어 금명간 새 시집을 내려 하고 있는데, 두루 내 발표되는 작품들을 다 본 듯이 기세 좋게 대드는 사람이 어찌 또 그렇게 극단적인 감량은 하고 있는가? 『현대문학』지에 발표된 작품만 해도 딴 현역들의 발표에 비해 특별히 적은 수는 아니요, 딴 잡지 신문 등에도 여전히 애써서 내놓고 있는데, 그 어찌 김종길 씨 혼자만의 계산인가?

또 한 가지 여기에 덧붙일 것은, 내 시 「외할머니네 마당에 올라온 해일」에서 내가 시험한 한 소네트로서의 외형의 모색에 대해서다.

나는 그것을 그대로 원만한 것이라고는 스스로도 말한 일이 없지만, 오늘날 구미의 시들이 자유시를 많이 지양하고 다시 정형시로 돌아가고 있는 기운을 두고 생각할 때 그 모색의 필요성만은 크게 있는 일이라고 보아야 할 것인데, 서양문학을 전공하는 김종길 씨가 문화 행동을 특히 강조하는 마당에서 "그 작품의 부기에서 소네트라고 썼다는 말을 하고 심지어는 남성운 여성운이라는 것까지도 시험해 본 양으로 이야기하고 있으나 그러한 형태적인 시험으로도 별로 의미가 있다고는 할 수 없는 데다가……" 어쩌고 하여, 마치 내가 한 이 일이 무슨 사기나 되는 것처럼 허위 선전하는 야비한 어세를 쓰고 있음은 웬일인가?

군은 군의 그 소거 불명의 야비한 구변으로 "심지어는 남성운 여성운이라는 것까지를 시험해 본 양으로 이야기하고 있으나……" 하고 마치 간교한 무고상습한誣告常習漢 그대로의 허위 악선전을 한바탕 벌이고 있지만, 그래 거기에 남성운 여성운의 시험을 하고 있는 게 안 보여서 하는 말이고 수작인가? 혹은 프랑스 시의 각운법도 전연 모르고 또 한 번 으스대 보는 것인가? 이런 야비한 입놀림은 군의 말한바 '탁월한 30년의 시력'을 가진 사람에게, '필자가 종래 찬탄해 온 시인'에게 어울리는 것이라고 계산하고 사는 그 버릇은 어디에서 무얼로 새로 마련했는가?

  공연히 허튼 입놀림 자그마치 하고 시의 고향으로 돌아갈 것을 나는 김종길 씨에게 당부한다. 그래서 깨끗이 씻고 앉아 '시가 무엇인가?'를 다시 숙고해 각성하라. 그렇지 않으면 이미 장님이 거의 다 된 씨의 시의 안목은 회복될 길이 없을 것이다.

(『문학춘추』1964.9.)

시상의 자리

—「재채기」

어디서

누가

내 말을 하나?

가을 푸른 날

미닫이에 와 닿는 바람에

날씨 보러 뜰에 내리다 쏟히는 재채기.

어디서

누가

내 말을 하나?

어디서 누가 내 말을 하여
어늬 꽃이 알아듣고 전해 보냈나?

문득 우러른 서산 허리엔
구름 개여 놋낯으로 쪼이는 양지.
옛사랑 물결 짓던
그네의 흔적.

어디서
누가
내 말을 하나?

어디서 누가 내 말을 하여
어늬 소가 알아듣고 전해 보냈나?

이것은 작년 1961년 12월 어떤 날이던가 쓴 내 졸작 「재채기」라
는 시의 전문이다.
쓰기는 12월의 어떤 날 썼으나, 시상詩想은 가을 맑은 날의 것이다.
그러니까 이건 삼한사온의 겨울에 살며 가을 같은 날씨도 가질 수
있는 한국 삼팔선 이남에 사는 사람이라서 그렇게 되었던 듯하다.
　어려울 것 없는 글이니 설명하고 마잘 것도 없겠지만, 편집자의
청이니까 그걸 해 보겠다.

가을, 날이 맑아 햇빛이 눈부실 때 우리한테선 재채기가 잘 나온다. 이 재채기에 대해서는 언제부터 그런 해석이 붙은 것인지는 모르겠으나, 우리나라에선 어디 눈에 안 보이는 데서 누가 그 재채기하는 사람의 말을 하고 있을 때 쏟아져 나오는 것이라는 해석들을 붙여 오고 있다. 우리들이 대개 여섯 살이나 일곱 살쯤 되면, 재채기를 할 때마다 어머니 아버지나 가까운 일가친척의 손윗사람들을 통해, "아이구 어디서 또 누가 네 말을 하고 있구나" 하는 주석으로 배우게 되는 이 지식은, 우리에겐 웬일인지 매력 있는 것이어서, 우리도 아이를 면하면 곧잘 이것을 써먹곤 한다.

이 해석이 전날의 나한텐 그저 신기하기만 했을 뿐 시를 쓰게 할 만큼 감동적인 것은 아니었다. 그것이 요즘의 나한텐 그렇지 않게 되었다. 공간상의 공존—특히 기류층의 공간상의 공존과 시간상의 영원한 공존을 생각하는 나머지, 불교와 어느 만큼 가까워져 있는 나한테는 몇천 리 밖에서 누가 내 말을 혹 하고 있을는지도 모른다든지 몇천 리 밖의 남쪽에서 시방도 꽃이 지고 있어, 그 움직임이 당석과 같은 동력으로서는 아닐망정 미동력으로서는 우주에 편만하고 있는 것이라든지—하는 유의 느낌은 절실한 것이 돼 있기 때문이다.

석가여래께서는 한 꽃잎의 빛이 만 리나 뻗쳐 간단 말씀을 『관무량수경』이라는 경전에서 벌써 옛적에 하고 계시지만, 이런 것도 내겐 실감이 있게 되었으니 말이다. '가시적 한계 밖에 있는 꽃빛을 어떻게 현존의 꽃빛이라고 하는가' 하고 질문할 분이 있을는진 모르겠으나 요즘 텔레비전이니 전송사진이 거리감을 없애고 있는 것 등에 비추어, 이런 느낌은 내게는 육안만으로 안 보이는 것임으로 해서 오히려 함축 있이 간절한 것이 되어 있기 때문이다.

이런 내 최근의 사상과 정서 속에, 12월의 어느 맑은 낮일 때 내게 선 문득 재채기가 쏟히고 그것은 내 생애 중의 어느 재채기 때보단 그 전래해 오는 해석과 아울러 절실하게 실감 있는 것이 되었다.

다만 이 시에서 4절의 소시상小詩想만은 이날에 얻은 것이 아니라 벌써 수년 전의 어떤 가을날, 서라벌예술대학이 남산에 있을 때 남 대문으로 향하는 비탈길을 내려오다 북쪽의 산에 비치는 유난히 밝 은 양지를 보고 느껴 마음속에 접어 두었던 것이다. 그것이 몇 년이 지나 이 「재채기」란 시에 와서 한 절로 놓여 제자리를 얻으리라고는 이 시를 쓰기까진 물론 꿈에도 생각지 않던 일이다. 나는 이렇게 접 어 두었던 시상들을 뒤에 재기억해 내, 부분적으로 놓일 자리를 찾 아 준 것이 상당히 많다.

손톱의 반달
—「우리 님의 손톱의 분홍 속에는」

　국민학교 3학년에 올라왔을 때 열두 살이었는데 2학년 때 성적이 7등인가 8등밖에 되지 못해 아버지의 꾸지람을 톡톡히 듣고 올라온 뒤라 마음이 마음이 아니었다. 1학년 때 3학기를 쭈욱 1등이었다가 2학년 성적이 그렇게 못나고 난 뒤라 실망과 기대 한가운데서 마음은 끊임없이 뒤뚱거리고만 있었던 것이다.

　그런데 우리 3학년을 새로 담임 맡아 온 여선생님은 1학기 성적통지표에서 내게 다시 잃었던 명예를 회복시켜 주었고, 여름방학에 내가 병으로 여러 날 누워 있게 되었을 때는 우리 집을 찾아와 내게 귤열매를 다섯 개나 위문품으로 갖다 주어서 나는 그중의 두 갠가를 여름방학 내내 만지작거리며 그 여선생 비슷한 모양과 얼굴의 그림을 거의 날마다 이어 그리면서 지냈다.

신문에 나오는 광고 속의 여인들 가운데서 비교적 우리 여선생님과 모양이 닮은 것만을 골라 창에다 대고 복사해 가지고 얼굴과 손같은 데만을 따로 우리 여선생님 것으로 고쳐 그려 가고 있었다. 이 그림을 되풀이하는 연습 속에서 제일로 내가 마음을 썼던 것은 눈과 눈썹 그리고 또 한 가지는 손톱 속의 이쁜 반달들이었다.

우리 여선생님이 1학기 때 가끔 사무실로 나를 불러서 들어가 보면, 그네는 그때마다 쬐그만 크롬의 휴대용 소독기에서 알코올에 적신 하이얀 탈지면을 아주 얌전히 꺼내 그걸로 두 손을 조용히 늘 닦고 있었고, 나와 얘기를 주고받으면서도 그 짓은 그네의 열 개의 손가락의 손톱 끝까지 가만가만히 파급되어 가고 있었는데 이러던 때의 그네의 그 좋은 분홍빛 손톱들 속의 이쁜 반달들—그걸 들여다보며 조용히 깜짝거리던 눈과 눈썹들이 내게 문병 위문품으로 준 그다섯 갠가의 귤 냄새와 함께 병으로 시름시름 앓고 있는 어린 느낌에 제일 소중하게 사진 찍혀져 있었다.

이랬었기 때문에 나는 물론 지금까지 어느 철에도 그네를 아주 잊어버리지는 않고 왔다. 그네는 단 한 해 동안 내 잃었던 명예를 복권시켜 놓고는 딴 데로 가 버렸지만, 나는 그네와의 작별 때 그네가 타고 가는 합승차 앞에 아이들과 함께 가로막아 서 보았던 것을 비롯해서 지금도 몇몇 가끔은 꿈속에서도 보고 있다.

그네와의 편지 왕래는 내가 서울에 와서 중학에 다닐 때의 한동안까지로 끝이 났지만 나는 작년인가 재작년의 어느 날 꿈에서도 그네의 내방을 받고 다시 놓칠까 봐 애태우느라 어쩔 줄 모르고 있었다.

우리 님의
손톱의
분홍 속에는
내가 아직 못다 부른
노래가 살고 있어요.

그 노래를
못다 하고
떠나올 적에
미닫이 밖 해 어스럼 세레나드 위
새로 떠 올라오는 달이 있어요.

그 달하고
같이 와서
바이올린을 키면서
아무리 생각해도 생각 안 나는
G선의 멜로디가 들어 있어요.

우리 님의
손톱의
분홍 속에는
전생의 제일로 고요한 날의

사둔댁 눈웃음도 들어 있지만

우리 님의
손톱의
분홍 속에는
이승의 빗바람 휘모는 날에
꾸다 꾸다 못다 꾼
내 꿈이 서리어 살고 있어요.

내가 오십이 다 되어서 쓴 「우리 님의 손톱의 분홍 속에는」이라는
제목의 이 시의 느낌의 본바탕도 말하자면 내 국민학교 3학년 때의
여선생님의 손톱과 그 속의 반달들에 뿌리박혀 있다면 뿌리박혀 있
기도 한 것이다.

그래 나는 여인들이 손톱을 짙은 빛의 매니큐어로 도배해서 그 분
홍의 아름다운 빛과 거기 떠오르는 반달을 막아 버리고 마는 것에
반감을 안 품을 수 없는 자가 되었고, 또 두 눈의 눈썹에 딴 가짜를
붙이거나 그 위의 눈썹을 칠하거나 그어 협잡하는 아름다움을 만들
어 내서 한몫 보겠다는 모든 여인들에게도 반감과 미움을 어쩌지 못
하는 사람이 되어 지금까지 오고 있다.

눈은 사람의 영혼의 창이라던가! 그렇다면 그 영혼의 휘영청해야
할 창의 바짝 옆에 겨우 붙일 게 가짜의 헛속눈썹이라야 하고 거짓
의 그림 눈썹이라야 될 까닭이 아무래도 이해되지 않아서다. 또 눈

을 영혼의 창이라 한다면 우리 육체의 창—그것도 분홍의 커튼을
늘어뜨린 신방의 창을 연상케 하는 은은한 연분홍의 이쁜 손톱 빛깔
과 거기 금시 떠오르고 있는 선명한 반달의 아름다움을 수은빛이나
짙은 핏빛 같은 걸로 막아야만 멋이라는 이유도 영 좋게는 알아줄
길이 없어서다.

　몰라, 이런 내 감각이 잘못된 것일까. 현대에 맞지 않는 뒤떨어지
기만 한 것일까?

　그러나 나는 믿는다. 짙은 매니큐어와 속눈썹 달기와 눈썹 긋기의
유행 같은 것은 아무래도 내가 보는 아름다움보다는 질이 옅은 것
이기 때문에 결국은 언젠가는 그쳐질 것이고, 그래서 우리 여인들의
아무것도 긋지도 붙이지도 않은 휘영청한 영혼의 창인 그 의젓한 눈
들은, 그들 손톱의 타고난 연분홍빛의 아름다움 속에 새로 솟는 칠
석날 밤의 반달처럼 이쁘게 솟은 그 반달들을 제일 큰 기쁨으로 볼
날이 반드시 다시 돌아올 것을.

애인의 자격
—「연꽃 만나고 가는 바람같이」

섭섭하게,
그러나
아조 섭섭치는 말고
좀 섭섭한 듯만 하게,

이별이게,
그러나
아주 영 이별은 말고
어디 내생에서라도
다시 만나기로 하는 이별이게,

연꽃
만나러 가는
바람 아니라
만나고 가는 바람같이……

엊그제
만나고 가는 바람 아니라
한두 철 전
만나고 가는 바람같이……

　　　　　　　　　—「연꽃 만나고 가는 바람같이」

　나는 대표작이라는 걸 따로 한 편 특별히 가지고 있는 것이 없다.
자기가 써 놓은 것들에 늘 어떤 불만족감을 가지고 살고 있는 것도
사실이지만 또 어느 것 한 편을 대표작으로 하고, 나머지 다른 것들
은 그만 못한 것이라는 가치 설정을 자기 작품들에 대해서 할 생각
은 조금도 없기 때문이다. 자기가 쓴 것은 자기에게는 어느 것이나
중요하고, 그렇기 때문에 어느 것이나 대표작이라고 할 수 있으니
말이다. 그래서 서두에 나는 다만 지금 내가 그것을 이야기하기에
스스로 흥미를 느끼는 한 작품을 골라 보이는 데 그쳤다. 사람은
그렇게 말문을 여는 게 제일 첩경이라 생각되어서이다.
　이 시는 쓰기는 한 3년 전에 쓴 것이지만, 내가 지금 살고 있는 정
신이 이것과 많은 관계가 있기 때문에 말해 볼 흥미가 있다.

나는 최근 10여 년, 저승이라는 것을 이승과 아울러 많이 느끼고 생각해 왔고 또 삶에서 죽음으로 넘어갈 때에 덜 섭섭하게 넘어갈 연습을 상당히 많이 해 왔다. 다른 사람들에겐 어떤지 모르겠으나, 사십 무렵부터 내게는 이 문제가 제일 중요한 걸로 내 앞에 놓여져서였다. 내가 사랑하는 모든 것들을 남겨 두고 나는 인제 머지않아 이승의 몸뚱이를 해체하여 저승에 들지 않을 수 없을 것이다. 그때에 나는 뜬 눈이 제대로 안 감기는 처참한 섭섭함을 안고 "살려 다오. 살려 다오" 몸부림치면서 가기는 싫다. 개장국집에 끌려가는 한국 개 끌려가듯이 발버둥 치며 끌려가기는 싫다. 그래서 죽을 때 너무 섭섭지 않게 죽어갈 연습은 미리부터 필요한 것이다.

그래 나는 불교 같은 데서 귀동냥해 배운 '집착 버리기'나 '체념' 같은 것을 적용하여, 내 치열한 청년기의 모든 격랑들을 잔잔하게 가라앉게 해야 하고, 누구 특별히 정을 준 사람에게로 외곬으로 쏠리는 그리움 같은 것도 인제는 멀찍이 멎어 견디어 조용히 관망하게 만들고—요컨대 내 젊은 때의 못 견딜 여러 애인의 자격들을 졸업시켜 한 체념의 학위를 줄밖에 별도리가 없는 것이다.

그렇게 해서 나는 내 애인의 집을 가지 않고 에워싸고 맴돌기만 하는 연습을 해서 성공하려 하고, 그와 나 사이에 있는 도중의 풀포기들에 주의력을 옮기어 성공하려 하고, 그래서는 마침내 애인의 자격을 진급시켜 할아버지의 자격으로 고쳐 가져야 하며, 마침내는 하늘 바로 그 자체와 같이 가장 머언 고향에 남아, 타관의 손자들을 생각하는 할아버지의 자리에 앉아 있어야 하는 것이다.

그렇게 해서야 죽음은 겨우 '그래도 괜찮을 것'이 되며 섭섭하지만 아주 못 견디게 섭섭한 것을 면하게 된다.

죽음이 어떻게 해서든 새로운 입학이라는 것을 알게 되고, 이것은 불가불 영원한 과정에 들어서는 것이라는 것을 알게 되면 육체가 아니라 결국 남아서 영원히 떠나가는 나그네는 마음뿐이라는 것도 알게 된다.

우리는 죽을 때 아무것도 제 마음대로 가지고 가지 못한다. 다만 마음을 남겨 딴 사람들이 남긴 여러 마음들 속에 한몫 끼어, 영원히 우리 후대의 마음속에서 살아갈 뿐인 것이다.

가까운 사람들에게 전해진 내 마음이 한 천년을 지난 뒤에, 어느 비 오는 오후쯤 어느 대폿집에 앉아 있을 어느 낯모를 청년의 마음속의 그 많은 내용들 가운데 한 극소수 부분으로서 이름도 없이 자리 잡고 있을 것을 생각하면, 그런 영원의 여행은 참 재미있다.

이렇게 생각하고 살아가지 않을 수 없어서, 그런 생각과 느낌의 한 토막을 가지고 「연꽃 만나고 가는 바람같이」라는 제목의 시를 써보았다.

이런 것들을 몇 개 써내면서 살아오는 동안에, 나는 인제 죽을 때 발버둥 치고 끌려가는 사람이 될 위험성에서는 구제받게 되어 가고 있다. 이것으로써 시가 내게 갚아야 할 의무는 다 갚은 것이다.

꽃을 보고 배우는 것
─「피는 꽃」

사발에 냉수도

부셔 버리고

빈 그릇만 남겨요.

아주 엷은 구름하고도 이별해 버려요.

햇볕에 새 붉은 꽃 피어나지만

이것은 그저 한낱 당신 눈의 그늘일 뿐,

두 번쨴가 세 번째로 접혀 깔리는

당신 눈의 엷디엷은 그늘일 뿐이어니……

　시집 『동천』에 들어 있는 「피는 꽃」이라 제목한 이 작품 속의 붉은
꽃은 애인의 고도하게 빛나는 눈의 깜작이는 그늘─그것도 바로 그
밑에 깔리는 그늘이 아니라 두 번쨴가 세 번째로 깔리는 그 그늘의

그늘일 뿐이라는 느낌과 이해를 담았거니와, 이건 물론 꽃이 하찮다는 뜻이 아니라 애인의 눈 그것의 너무나 눈부심과 그리움을 나타내려는 것이었다. 그리고 물론 애인의 눈은 지극히 신성한 것이니 그 그늘같이 피어나는 꽃도 두루 신성한 것이다.

그러나 석가모니는 그 꽃을 모든 목숨의 당연히 있어야 할 근본적인 모양으로 생각하고 계셨음을 『전등록』 등을 보면 알 수가 있다. '어느 날 석가모니께서 꽃을 잡으시니 수제자인 가섭이 그 뜻을 알아차려 빙그레 웃고 있었는지라, 이것을 마음에서 마음으로 통하는 것이라 한다(염화미소 이심전심)'—이것은 물론 상징이지만, 인류가 여직껏 해 온 상징들 가운데서도 가장 잘된 상징의 하나로 보인다. 가섭의 미소는 청정무구하게 아름다운 꽃과 같은 목숨의 근본적인 모습이었을 터이니 말씀이다.

기독교에서 보면 자기를 하나님의 눈이라고 느꼈던 일이 「시편」 속의 다윗을 비롯해 몇 사람에게서 보이는데, 이런 좋은 자각은 말은 하지 않지만 피어 있는 꽃들에게도 꼭 있는 것만 같다. 깨끗하고 이쁘게 피어 있는 꽃을 조용히 굽어보고 있으면 아무래도 그렇게만 느껴진다.

어이튼 맑고 맑게 아조 매력적으로 피어 있는 꽃을 보면 첫째 신성해 보이고, 또 이 신성성이야말로 모든 목숨 있는 존재의 첫째 번 존재 의의로만 생각되는 것이다.

(『문학사상』 1984.4.)

동천 이야기

—「동천」

내 마음속 우리 님의 고은 눈섭을

즈믄 밤의 꿈으로 맑게 씻어서

하늘에다 옮기어 심어 놨더니

동지섣달 날으는 매서운 새가

그걸 알고 시늉하며 비끼어 가네

이 다섯 줄밖에 안 되는 내 시 작품 「동천^{冬天}」은 쓰기는 한 10년쯤
전에 썼지만, 그 생각을 마음속에 간직해 오기는 그보담도 한 5, 6년
쯤은 더 먼저부터였던 것으로, 그 5, 6년 동안 나는 이 다섯 줄밖에
안 되는 것도 제대로 비쳐 바로 들여다볼 만한 마음의 거울을 닦아
갖지 못한 채 혼돈의 안개와 아주 뜨겁게 타는 붉은 불을 우선 가

라앉히기에만 골몰해 있었다.

'사십엔 불혹'이라는 공자의 말씀은, 사십엔 혹惑이라도 지독스런 혹이 생길 수 있는 가능성 때문에 말씀되어 나온 것일까. 인제 처음 고백이지만, 나는 마흔을 분명히 넘어서서 어떤 한 여인에 대한 연정의 불을 태우기 시작하여 이 학질을 아무도 모르게 나 혼자서만 한 5, 6년 마음속으로 앓고 있었다. 지금 돌이켜 생각하면 십대 말 여드름 시절의 이 늦은 재현, 대단히 쑥스러운 일이었음에 틀림없지만, 쑥인 대로 이것이 사실은 사실이었으니 골치였다.

나는 두 해의 겨울 동안 눈이 내린 아침이면 공덕동의 내 소굴에서 한 2, 3킬로쯤 밖에 있는 마포 서강의 얼어붙은 강둑을 헤매고 쏘아 다니며 물귀신이 된 사람들의 사당 앞 향나무 같은 것들에 마음을 식히는 연습을 되풀이하고 지내고 있었는데, 어느 아침이던가는 그 물귀신 사당으로 가는 도중 흐린 하늘 한복판에 묘하게도 눈썹이 매우 의젓하고 단호하게 느껴지는 꽤나 큼직한 새 한 마리가 유유한 곡선을 그으며 날아가고 있는 것을 보게 되었다. 그 날으는 곡선들도 무슨 이쁜 눈썹들만 같았다.

이리해서 「동천」의 시상은 싹이 트이기 시작했고, 여러 해 지내는 동안에 비밀히 내 마음속 연정을 가라앉혀 가면서 이 다섯 줄이 겨우 자리를 잡게 되었다.

여인은 이런 나를 눈치챘는지 안 챘는지 그건 모르지만, 어느 해 겨울 아침 나 혼자만 있던 내 집에 찾아와서는 갈 때 그네의 손을 내어 주며 나보고 잡아 보라는 눈치를 했다. 내가 잡지 못하니 그다음

에는 내 한쪽 어깨를 가벼이 한 두어 번 문질러 주었다. 나보단 나이
가 스무 살이나 가까이 아래였는데 무슨 할머니나 진배없이 그렇게
아주 썩 잘했다.

이런 덕 저런 덕으로 하여 겨우 내 다섯 줄짜리 시 「동천」이 쓰인
것이지만, 이것 그냥 덮어 둘 것을 괜한 고백을 해 감추어야 할 늦여
드름 냄새까지를 드러내고 만 거나 아닌가 모르겠다.

하여간 이 시가 어렵다는 이들한테 인젠 어려울 것도 없이 될 수
있다면 그 하나가 다행이라 생각해서 고백할 만큼 고백해 보았다.

(『샘터』 1972.1.)

진리의 호수
―「내가 돌이 되면」

   1978년 추운 정월 나는 세계 일주 여행 중에 캐나다에 들러서, 어느 밤 토론토의 백인 시인들의 자작시 낭독 모임에 참석해 영역한 몇 편의 내 시 작품을 누구를 시켜 낭독게 해 그들에게 들려주었다. 「국화 옆에서」니 뭐니 그런 것들을 읽었을 때에는 별다른 반향이 없더니, 「내가 돌이 되면」이란 시를 낭송하자 우레와 같은 박수갈채는 물론 어떤 털보 시인은 단상으로 뛰어 올라와서 나를 덥석 끌어안고 내 뺨에 뽀뽀까지 해 주었다.

   내가
   돌이 되면

돌은
연꽃이 되고

연꽃은
호수가 되고

내가
호수가 되면

호수는
연꽃이 되고

연꽃은
돌이 되고

이 시의 무엇이 그들을 그렇게 순간적으로나마 감동시켰을까. 나는 그 뒤 한동안 곰곰이 생각해 보다가 자연히 또 '이것을 어디서 어떻게 착상하게 되었던가?' 하는 기억을 불러일으키게도 되었는데, 그건 아래와 같이 된 일이었다.

1961년 겨울에 나는 충북 보은의 속리산 법주사의 큰 마당 한쪽에 서 있는 신라의 화강암제의 '석련지石蓮池'란 이름의 한 조각품에

반하여 넋을 쏟고 있었는데, 그것의 모양은 '세 마리의 사자가 뒷발들로만 일어서서 앞발들로는 한 송이의 잘 핀 연꽃을 머리 위에 이고서 떠받들고 있고, 그리고 그 연꽃 속에는 맑은 호수가 담겨 있다'는 내용으로 꾸며진 것이었다.

나는 우리가 흔히 아는 어느 논리에도 해당이 안 되는 이 매우 초현실주의적인 구성 앞에 넋을 뺏기고 우두커니 서 있었지만, 사실은 불교적인 논리를 가져다 대자면 이 구성은 또 명확한 논리를 따른 것이기도 했으니 이게 묘한 점이었다.

불교적 논리를 따라 보자면 '불교의 진리를 지키는 힘 좋은 사자명왕獅子明王이 불교의 진리를 상징하며 꽃 피어 있는 연꽃을 머리에 여 모시어 받들고 있고, 그 꽃 속에 고여 있는 건 맑힐 대로 맑힌 진리의 호수'라는 것이니, 이건 초현실주의의 무의식의 구성과는 아주 다른 묘미가 있어 나는 여기 몰두할밖에 없었고, 그런 나머지 내 알량한 소품 「내가 돌이 되면」을 만들게 되었던 것이니 말이다.

그러나 캐나다 토론토의 시 낭독 모임에서 내 뺨에 뽀뽀를 했던 그 털보 시인이 이런 불교적 논리까지를 이해하고 있었는지 아닌지는 모르겠다. 다만 그 엉뚱하게 바뀌는 요술 같은 초현실주의적인 상상의 발견적 변화가 좋다고 그랬던 것은 아닐는지? 그렇다면 먼저 불교적인 슬기의 논리가 빚어내는 상상의 비중이 초현실주의적인 상상보다는 또 다른 묘미를 갖고 있다는 걸 그가 빨리 공부해 내기만 바랄 따름이다.

요즘 사람들보고 "마음부터 잘 맑혀 내야 한다"고 말하면, "그럼 당신은 인간적인 욕망들까지도 두루 다 버리라는 것이냐?" 어쩌고 하면서 대들기가 일쑤이지만 내가 말하고자 하는 것은 '현대 사회―특히 현대의 도시인들이 갖고 있는 그 지저분한 타락상을 맑게 씻어 내는 데 마음을 써서 우리의 감각부터 꽃다움을 회복해야겠다'는 것이니 이 점 오해 없기를 바란다. 특히 현대의 건전한 시인이라면 이 것부터 건전성을 회복해야 할 것이다.

연꽃 마음을 내
그 연꽃 잎잎으로
백 가지의 좋은 빛을 내어 보아라.
8만 4천 이랑의 맥이
하늘의 그림같이 거기 있느니,
맥마다 나오는 8만 4천의 빛이
모두 다 눈을 떠 두루 보게 하여라.
아무리 작은 꽃잎사귀도
가로세로 뻗쳐서 만 리는 가느니……

―「관무량수경觀無量壽經」

위에 인용한 것은 석가모니 부처님이 연꽃을 보고 느끼신 감각의 실상의 일부분이다.

이렇게 못 되어서 한이지, 이렇게 맑혀져서 우리네 인생에 해로울게 어디 있겠는가?

1968년에 낸 시집 『동천』에서 내가 주로 추구했던 것은 이상과 같은 것들이었다.

(『서정주 문학앨범』 1993.12.)

베갯모의 학
─「님은 주무시고」

막내아들이 곤충채집을 한다고 좋은 나비를 잡아 와서 그걸 그릴까 했더니, 아내가 여섯 살짜리 손자 녀석을 데리고 들어와서 "여보, 할아버지가 나비는 그려 무얼 하려오?" 한다.

그래 "그럼 대추나무나 하나 그려 볼까" 하고 내 방 열어 논 유리창으로 얼굴을 들이밀고 대드는 대추나무를 한 수 그리려 해 보니, 이건 또 내 엉터리 화필력으론 힘에 겹다.

그래서 두리번거리다가 지금 방학 중이라 낮에도 항용 내려놓고 지내는 베개의 베갯모나 한번 그려 보기로 했다.

님은
주무시고,

나는
그의 벼갯모에
하이옇게 수놓여 날으는
한 마리의 학이다.

그의 꿈속의 붉은 보석들은
그의 꿈속의 바닷속으로
하나하나 떨어져 내리어 가라앉고

한 보석이 거기 가라앉을 때마다
나는 언제나 한 이별을 갖는다.

님이 자며 벗어 놓은 순금의 반지
그 가느다란 반지는
이미 내 하늘을 둘러 끼우고

그의 꿈을 고이는
그의 벼갯모의 금실의 테두리 안으로
돌아오기 위해
나는 또 한 이별을 갖는다.

—「님은 주무시고」

그렇기 때문에 이 베개를 베고 낮잠을 가끔 자곤 하지만 사실 마음은 어디 따로 주무시고 있는 내 고운 님의 베개의 베갯모 속을 나는 새처럼 항시 그를 에워싸고 맴돌고만 있는 형편인 것이다.

『동천』이후의 내 시편들
—「보릿고개」
「사경」
「내 데이트 시간」

　내 대표작을 자선 자평해 보라는 『문학사상』지의 요청이지만, 나는 내가 써 온 시 속에서 따로 몇 개만을 추려 대표작을 삼고 나머지는 그만 못한 것으로 스스로 못 박아 둘 생각은 없는 사람이니, 이 점은 작자가 하지 말래도 독자들이 그들의 기호껏 골라 낼 거니까 거기 맡기도록 하고, 여기선 1968년에 낸 다섯 번째 시집 『동천』이후에 내가 써 온 것들 가운데서 지금 이 시간에 그래도 내 마음에 드는 몇 편을 골라 그것들을 말해 보는 데 그치려 한다.

　사월 초파일 버꾹새 새로 울어
　물든 청보리
　깎인 수정같이 마른 네 몸에

오슬한 비취의 그리메를 드리우더니

어디 만큼 갔느냐, 굶주리어 간 아이.
오월 단오는
네 발바닥 빛갈로 보리는 익어
우리 가슴마닥 그 까스런한 까스라길 부비는데……

버꾹새 소리도 고추장 다 되어
창자에 배이는데……
문드러진 손톱 발톱 끝까지
얼얼히 배이는데……

이 「보릿고개」라는 시는 이걸 써 놓은 공책에 보니, 1969년 5월
25일 밤에 쓴 걸로 되어 있으니 시집 『동천』을 낸 바로 다음 해 첫여
름의 어느 밤에 잠이 잘 안 와서 써 놓은 것인 듯하다.

이것은 내가 직접 당한 일을 가지고 쓴 건 아니고, 이 무렵의 공기
속에서 우리가 공감 안 할 수 없는 가난의 서러움을 다룬 것이다. 물
론 사회주의 의식이나 무슨 그런 종류의 생각을 가지고 쓴 것은 아
니고, 그저 그렇게 가는 아이의 육신의 어버이 같은 공감이 일어나
서 쓴 것일 따름이다.

자비라든가 연민이라든가 그런 말로 할 수 있는 것이라기보단 역
시 아무래도 공감이나 공명선 같은 말이 거기 겨우 타당할 듯이 느

껴지는 이것은 시의 계기를 만드는 여러 원동력 가운데서도 가장 중요한 것의 하나로 나는 안다. 이것이 그래도 아주 메마르지는 않고 아주 조금이라도 남아 있었기 때문에 나는 이 앙상한 것이나마 잠 안 오는 밤에 쓰고 앉았을 수 있었던 것이다.

그러고 이제 이것을 다시 살펴보니 여기엔 내가 어느 만큼 읽어 온 중국 고대의 한시 수법의 영향의 흔적이 아무래도 있다.

말하고 있는 것의 가치보담도 말의 둘레와 밑바닥에 암시하는 것의 가치에 더 역점을 두어 왔던 그런 작시법의 두 유사점에서 말이다. 이거 혹 참고가 될까 해서 여기 말해 두는 것이다.

이 고요에
묻은
나의 손때를

누군가
소리 없이
씻어 헤우고

그 씻긴 자리
새로
벙그는

새벽

지샐 녘

난초 한 송이.

1969년 2월 2일 새벽 3시에 쓴 걸로 적혀 있는 이 「사경四更」이란
제목의 시에서 내가 다루고 있는 것은 물론 형체 있는 세계가 아니
라 내 마음속의 어떤 형이상의 경지다.

그러나 이것은 고정악이 있다고 하는 사람들이나, 선악과 시비를
가리기에만 골몰하는 그런 사람들이 빚어내는 형이상의 경지와는
다른 것일 줄 안다. 말하자면 나는 선악과 시비 이전과 이후에 한 송
이의 피어 있는 꽃을 놓고, 그걸 모든 선악과 시비의 가치 이상의 최
상의 생의 가치 상징으로 의식하여 살고 있는 한 거사니까, 이런 푼
수의 사람들 마음에 어느 조용한 때 문득 열릴 그런 형이상의 한 경
지인 것이다.

나는 물론 때라면 묻을 만큼은 묻은 사람이지만, 그 때문에 신문
사회면에 자주 게재되는 누구들처럼은 자살도 하지 않고 앉아 있는
데, 마음이 시끄럽게 어수선한 때라면 '이놈 죽여라', '저놈을 지옥
에 집어넣어라' 어쩌고저쩌고 하는 소리들이 나를 에워싸고 못살게
구는 것을 느끼기도 하지만, 아주 마음이 조용해지는 한밤중에 새벽
이 새로 눈뜨기 시작한 무렵쯤이면 또 내게 묻은 때들은 누가 예쁘
게 씻어 주는 듯 고스란히 씻겨 내리는 걸 느끼고 또 바로 거기 모든
선악과 시비 이전 이후의 모습인 양 한 송이의 꽃봉오리가 덩그렇게

솟아올라 내게 생의 참매력의 상징으로 격려하고 고무하는 걸 느껴 다시 살맛을 돌이켜 살아오고 있다.

이것을 나는 석가모니와 노자와 장자 또 그들 계통의 도인들 시인 들에게서 배웠고, 이건 지금도 내 인생을 타개하는 가장 큰 힘이다.

내 데이트 시간은
인제는 순수히 부는 바람에
동으로 서으로 굽어 나부끼는
가랑나무의 가랑잎이로다.

그대 집으로 가는 길
도중에 섰는 갈대
그 갈대 위의 구름하고도
깨끗이 하직해 버린 내 데이트 시간은

이승과 저승 사이
그 갈대의 기념으로
내가 세운 절간의 법당에서도
아조 몽땅 떠나와 버린 내 데이트 시간은

인제는 그저 부는 바람 쪽
푸르른 배때기를

드러내고 나부끼는

먼 산 가랑나무 잎사귀로다.

이 「내 데이트 시간」에서 나는 무엇을 하나 졸업한 셈으로 쓰긴
썼지만, 이제 다시 생각해 보니 사실은 일생 동안 무얼 하나도 졸업
한 것이 없는 내 통례 그대로, 이것도 원만히는 졸업도 못 하고 있는
성싶으다. 내가 지금 훈장 노릇을 하고 있는 내 모교 동국대학교의
학적부에 '휴학 중'이라고 근 40년을 아직도 쓰여 있는 것처럼 시 속
의 졸업한 듯한 것도 실상은 아마 휴학 중인 것인 성싶다.
  『삼국유사』에 보면, 관기와 도성이란 두 중의 이야기가 나오는데
이 두 사람의 상봉은 둘 사이의 시간 약속을 따른 것이 아니라 바람
이 부는 방향으로 굽어 팔랑거리는 잎사귀를 따라서 가다가 만나는
걸로 되어 있어, 여기서 힌트를 얻어 끄적거려 본 것이다.
  이것도 1969년에 쓴 것으로 7월 3일 오전 2시라고 끝에 적어 논
걸 보면, 이런 유의 생각에는 대개 새벽에 마음을 기울이고 있었던
것인가. 이런 것들은 하여간 이 무렵의 내 인생에 꽤나 대견했던 생
각이고 느낌이었던 것만은 사실이겠다.
  고서를 읽다가 그 구석의 무슨 이야기에서 시의 힌트를 얻는 일은
옛날부터 시인들에겐 적지 않게 있어 온 일로, 이건 실제의 생활에서
얻는 것과 아울러 빼놓을 수 없는 중요한 항목으로 아는데 어떤는지.
                                               (『문학사상』 1972.12.)

석남꽃 이야기
—「소연가」

머리에 석남꽃을 꽂고

내가 죽으면

머리에 석남꽃을 꽂고

너도 죽어서……

너 죽는 바람에

내가 깨어나면

내 깨는 바람에

너도 깨어나서……

한 서른 해만 더 살아 볼꺼나.

죽어서도 살아나서

머리에 석남꽃을 꽂고

한 서른 해만 더 살아 볼꺼나

내 글 써 논 공책을 뒤적거려 보니 「소연가小戀歌」라 제목한 이 시는 1969년 7월 15일 새벽 1시에 쓴 것으로 되어 있으니, 이건 내가 지금 살고 있는 관악산 밑으로 이사 오기 바로 한 해 전 일인데, 그때의 공덕동 집에도 나무와 풀섶이 꽤나 짙어 모기가 많아서 그 때문에 짧은 여름밤을 열어 논 창 사이로 날아드는 모기떼와 싸움깨나 하고 앉았다가 쓴 것인 듯하다.

그렇기는 하지만 이것은 내 육체의 꼴이지, 마음만은 그래도 그때도 지금이나 마찬가지로 한밤중쯤은 할 수 없이 그 영생이라는 걸 또 생각해야 견딜 마련이어서 물론 이런 걸 끄적거리고 버티고 있었을 것이다.

영생이란 말이 났으니 말이지만 아직도 마치 가을 으스스한 때에 홑옷만 겨우 한 벌 입은 푼수도 채 다 안 되는 내 영생의 자각과 감각 그것에 그래도 그 속빤쓰 하나 몫은 너끈히 되게 나를 입힌 건 저 『대동운부군옥』에 전해져 오는 신라 때의 석남꽃이라는 꽃 이야기다. 그래 으스스해 오는 싸늘한 이 가을날에 이런 홑옷, 이런 속빤쓰도 혹 아직 못 입은 사람들도 있을까 하여 아래 먼저 그 얘기를 옮기기로 하니 싫지 않건 잘 목욕하고 이거라도 하나 받아 입으시고 오싹한 신선이라도 하나 되기 바란다.

신라 사람 최항은 자는 석남石南인데, 애인이 있었지만 그의 부모가 금해서 만나지 못하다가 몇 달 만에 그만 덜컥 죽어 버렸다.

그런데 죽은 지 여드레 만의 한밤중에 항은 문득 그의 애인 집에 나타나서, 그 여자는 그가 죽은 뒤인 줄도 모르고 좋아 어쩔 줄을 모르며 맞이해 들였다.

항은 머리에 석남꽃 가지를 꽂고 있었는데, 그걸 노나서 그 여자한 테 주며 "내 아버지 어머니가 너하고 같이 살아도 좋다고 해서 왔다"고 했다. 그래 둘이는 항의 집까지 가서, 항은 잠긴 대문을 보고 혼자 먼 저 담장을 넘어 들어갔는데 밤이 새어 아침이 되어도 웬일인지 영 다 시 나오질 않았다.

아침에 항의 집 하인이 밖에 나왔다가 홀로 서 있는 여자를 보고 "왜 오셨소?" 물어, 여자가 항하고 같이 왔던 이야기를 하니, 하인은 "그분 세상 떠난 건 벌써 여드레나 되었는데요. 오늘이 묻을 날입니다. 같이 오시다니 어떻게 그럴 수가 있어요?" 했다.

여자는 항이 노나 주어 자기 머리에도 꽂고 있었던 석남꽃 가지를 가리키며 "그분도 이걸 머리에 틀림없이 꽂고 있을 것이다"라고 했다.

그래 그런가 안 그런가 어디 보자고 항의 집 식구들이 두루 알고 따 지게 되어, 죽은 항이 담긴 널을 열고 들여다보게 되었는데, 아닌 게 아니라 항의 시체의 머리에는 석남꽃 가지가 꽂혀 있었고, 옷도 금시 밤 풀섶을 거쳐 온 듯 촉촉이 젖은 그대로였고, 벗겨던 신발도 다시 차 려 신고 있었다.

여자는 항이 죽었던 걸 알고 울다가 너무 기가 막혀 금시 숨이 넘어 가게 되었다. 그랬더니 그 기막혀 숨넘어가려는 바람에 항은 깜짝 놀 라 되살아났다. 그래 또 서른 핸가를 같이 살다가 갔다.

이것이 『대동운부군옥』에 담긴 그 얘기의 전부를 내가 재주를 몽땅 다해 번역해 옮기는 것이니, 아돌프 히틀러의 비단 빤쓰보담야 한결 더 좋은 걸로 간주해서 입건 안 입건 읽는 쪽의 자유겠지만, 하여간 별 가진 것이 변변치 못한 내게는 이걸 읽은 뒤부턴 몸에 찰싹 달라붙은 대견한 것이 되어 있는 것만은 사실이다.

　그래 나는 이것을 읽은 뒤의 요 10여 년 동안 이야기 속의 그 석남꽃을 찾아 헤매다가 겨우 올봄에사 경상도 영주에서도 여러 날 걸어 들어가야 하는 소백산맥의 어떤 골짜기에서 나온 이 꽃의 쬐그만 묘목 한 그루를 내 뜰에 옮기어 심고, 이것이 자라 내 키만큼 될 날을 기다리며 신선반神仙班의 영생의 마음속 연습을 계속하고 있다.

　『대동운부군옥』이나 내 1969년 7월 어느 첫새벽의 시에는 한 30년만 더 살기로 겸손히 에누리해 놓았지만, 사실은 아무래도 영원히 살아야만 원통치 않을 이 석남꽃 이야기의 싱그러운 사랑의 기운을……

(『수필문학』1972.10.)

내 아내 본향 방옥숙
—「내 아내」

먼저 말씀해 두고자 하는 것은 이 글의 제목에 보이는 것처럼 내 아내의 아호인 '본향本鄕'에 대해서인데, 이것은 내가 환갑 되던 해던가 그다음 해던가에 내 스스로 지어서 그녀에게 주었던 것이다. 같이 고생하고 견디면서 살아 보니 그녀는 언제나 시골뜨기 모습을 벗지 못하는 여인이어서, 나도 고향은 두메의 시골인지라 거기에 대한 공감의 느낌으로 이 호를 붙여 부르기로 한 것이다.

내 총각 시절과 이분의 처녀 시절에는, 우리는 서로 전연 모르는 사이였다가 결혼하는 날에야 비로소 초대면을 했던 것으로, 그러자니 신부의 선을 보신 것도 내가 아니라 아버지였다.

선을 보고 오신 아버지께서 부르시기에 그 앞에 나아갔더니 말씀하시기를, "이번에 내가 선보고 온 정읍의 방 규수한테로 장가들어

라. 마침 그 댁 우물가에서 그 애가 김칫거리를 씻고 있는 것을 사랑에서 자세히 보았는데, 보통 여인네들이면 두세 번 씻기가 예사인 것을 이 애는 다섯 번 여섯 번도 더 아주 꼬부라져서 깨끗하게 씻고 앉았더라. 이런 애가 우리 집에 와서 같이 살면 집안일을 두루 다 깨끗하게 만들어 낼 것이니, 딴생각 말고 이 애한테로 장가들 작정을 해" 하시면서, 명함만 한 그 처녀의 사진 한 장을 주시기에 나는 그걸 받아 들고 아무 말도 없이 물러나서 내 방으로 돌아가 그 사진을 음미하기 시작했다.

이때는 1937년 11월이거나 12월 언저리니까 내 나이는 만으로 스물두 살 몇 개월인가가 되어 있었고, 1936년 1월 1일 당선이 발표된 동아일보 신춘문예 출신의 한 신진 시인으로 『시인부락』이라는 동인지의 편집 발행인 노릇도 해 본 경력까지도 가졌던 터라, 내 마음에 들어 반해 빠졌던 처녀도 하나 있었으나 그 여자는 나보다도 좀 더 멋쟁이고 미남자인 딴 사내에게로 기울어져 버려서 많이 괴로워하던 중이어서, 이 사진의 음미는 이때의 내게는 꽤나 힘이 드는 일이었다.

만 열일곱 살밖에 안 되는 한복 치마저고리에 스웨터를 걸쳐 입은 순진키만 한 방 규수의 사진을 앞에 놓고 나는 여러 날을 망설이며 화투의 패라는 걸 연거푸 떼어 보고 있었다. 팔월공산이 넉 장 한 몫 떨어져 나오면 그리운 님을 나타내는 것이니까 이것은 안 되겠고, 중신아비를 나타내는 홍싸리 넉 장이 떨어져 나와야 이 혼인을 아리건 쓰리건 받아들이기로 한 것인데, 나를 버리고 간 님 쪽보다는 홍싸리 쪽이 여러 번 더 많이 떨어져 나와 주어서, 나는 드디어 어머니를 통해 결혼 승낙의 뜻을 아버지에게 전했다. 막다른 곳에 가면 저절로 의지하는 이런 미신의 습관에 나도 끼어들어서 결정을 내려, 1938년 3월 24일 나와 아내의 결혼식은 정읍의 처가에서 순 구식의 차림새로 이루어졌다.

그러나 그 뒤 나는 아내와 함께 오랜 결혼 생활을 계속해 오는 동안에 이 방 규수를 내가 고르게 된 것은 썩 잘한 일이라고 인식하게 되었다. 왜냐하면 내가 한동안 그렇게도 쫄딱 반했던 일본의 대학생이기도 했던 미인은 그 뒤 사내를 몇 차렌가 바꾸어 지내다가 드디어는 공산당을 따라 북쪽으로 넘어가 버렸다고 하니, 이 여자에게 소원대로 장가를 들었더라면 어쩔 뻔했던가?

특별히 좋은 것이 따로 없다는 철학을 나는 여기에서 깨닫게 되었다.

1941년 4월 1일 학교의 새 학년이 시작되는 달부터 나는 서울의 동대문여학교라는 여자만의 국민학교의 한 교사가 되어, 비로소 아내와 돌을 겨우 넘긴 큰아들과 함께 서대문구 행촌동이란 곳의 어느 집 셋방에서 내 직계가족만의 새살림을 시작해서 지금까지 여러 직장과 주소를 옮겨 다니며 살아오고 있거니와, 그동안 술에, 신경질적인 가난한 나를 따르기에, 남다른 고생살이를 해낸 건 아내였다.

그런 속에서도 그녀가 가장 길들기 어려웠던 건 내 남권주의 그것 아니었던가 한다. '남자는 무난한 경우에는 딴 여자와 시시덕거리거나 오입까지도 해도 괜찮지만 아내는 절대로 그래서는 안 된다'는 인습적인 고정관념, 이것을 나도 말로는 가끔 버려야 한다고 주장하면서도 실제로는 아주 버리지도 못하고 있었으니, 아무리 구식의 전통 속에 잘 절은 그녀라 하더라도 이런 남편에 길들어 살기란 정말 어려웠을 것이다.

'어느 경우에도 주부는 늘 깨끗한 열녀여야만 그 집이 온전하다. 그러니 남의 아내 된 자는 딴 사내와 눈을 맞추거나 마음속을 나누어서는 안 된다'는 고집으로 딴 사내와는 마음 터놓고 하는 이야기도 잘 나누지 못하게 늘 단속하고 지냈던 것이니, 이게 어떻게 자유로운 그녀의 삶이 되었겠는가?

이런 내 단속은 날이 갈수록 더해져서 마침내는 그 의처증이라는 것에까지 빠지고 말았다. 아무런 근거도 없는 의심으로 드디어는 그녀에게 손찌검까지 가끔 하게 되었다.

그러나 그녀는 한마디의 대꾸도 없이 "당신이 병이오" 하며 조용히 눈물만을 흘리고 지냈다.

그러다가 내 나이 사십대가 되었을 때는 집에 드나들면서 나하고 사귀고 지내던 어떤 여인을 아내 쪽에서 질투하기 시작해서 그 때문에 몸져눕기도 하더니, 다시 정신을 차리자 새벽마다 장독대에 맑은 냉수 사발을 괴어 놓고 하늘을 향해 남편 바람나지 않게 해 달라는 기도를 드리기 시작하여 하루도 거르지 않고 되풀이해 오셨다.

그래 나는 비로소 이런 아내에게 무엄하게도 의처증으로 손찌검까지 했던 난폭함을 마음속으로부터 사과하고, 「내 아내」라는 제목의 시도 한 편 썼었다.

나 바람나지 말라고
아내가 새벽마다 장독대에 떠 놓은
삼천 사발의 냉숫물.

내 남루와 피리 옆에서
삼천 사발의 냉수 냄새로
항시 숨 쉬는 그 숨결 소리.

그녀 먼저 숨을 거둬 떠날 때에는
그 숨결 달래서 내 피리에 담고,

내 먼저 하늘로 올라가는 날이면
내 숨은 그녀 빈 사발에 담을까.

이 시 속의 삼천 사발의 냉수는 꼭 숫자 그대로 삼천 사발은 아닐
테지만, 이 지성을 20년쯤 가까이 그네가 나를 위해 드려 온 건 사실
이니 실상은 삼천 사발보다는 좀 더 많은 것인지도 모르겠다. 처음
엔 단순히 나를 위해 그렇게 해 왔지만, 뒤에는 두 아들과 자부와 손
자의 무사함을 빌어 이렇게 오래 이어 온 걸로 알고 있다. 복이라야
아무리 큰 복이라도 내 생애에서는 겨우 돈 10만 원쯤의 상이나 두
어 번 받은 게 그거였을 거니 무슨 복이라는 걸 탐내서 그런 건 아니
고, 그저 나와 내 자손들이 무사하기나 빌어 그래 준 걸로 안다.

이렇게 아내에 대한 깊은 믿음이 비롯하면서 내가 교수로 있던 동국대학교에서 다달이 주는 월급을 비롯해서 고정적인 수입 일체에 대한 몰수권을 아내에게 주었다. 월급 같은 걸 손수 받아 가 보니, 친구들과 어울리기에 빈 봉투만 남겨 오기도 쉬워서, 이 결단을 써 집안 살림과 자녀들의 교육비에 좀 더 보탬이 되려는 마음을 내게 된 것이다.

그 뒤 오랫동안 아내의 노력으로 두 아들은 저희들 소원대로 미국으로 유학을 가서 공부도 하게 되었고, 지금 살고 있는 이 집도 한 채 새로 지어 들게도 되었다.

그래 나는 아내의 본심의 깨끗함을 배우기 시작해서 어느 결인지 남권주의의 잔재가 담긴 고정관념들을 애써 버리기로 작정하고, 많이 견디고 참아 온 나머지 육십대 후반기 무렵부터는 '남편도 아내처럼 정조를 지켜야 한다'는 신념과 실천도 꾸준히 쌓아 오게 되었으니, 이게 모두 아버지가 선을 보시고 "그 애 김칫거리 여러 번 씻는 것을 보니 집안을 두루 잘 맑힐 것이다" 하셨던 아내의 덕으로 여긴다.

그런데 한 3년 전부터는 이분의 기억력이 아주 침체해서 돈을 어디에다 넣어 두었는지, 물건들을 어디다 두었는지 그런 걸 영 잘 알아차리지를 못해 내가 도와 비서 노릇을 하고 지내게 되었다. 그 너무나 좋은 기억력의 힘으로 학교의 훈장살이 푼돈 수입들을 그렇게도 잘 계산해 모아서 우리 집을 새로 살게 만들어 놓더니만 그게 너무나도 지겨웠던지 인제는 깡그리 돈이나 물건들까지를 흥미 없는 양 잊어버리게 된 것이다.

작년 가을 어느 땐가는 잡지사에서 원고료 30만 원을 가져와서 용돈으로 지니고 있으라고 그녀한테 주었는데 어디에다가 깊이 넣어 놓았는지 지금까지도 알지를 못하며, 우리 집을 아래층에서 지키는 이가 내 속옷 같은 걸 빨아 오는 경우에도 그런 걸 낱낱이 내가 알아차려 받아 일정한 곳에 넣어 두고라야 꺼내 입을 수가 있게 되었다.

그러나 아내의 기억력은 어렸을 때 어머니에게서 재미나게 들었던 옛날이야기 같은 것을 기억해 되풀이해서 내게 거듭거듭 들려주는 경우에는 자잘한 부분도 빼놓는 일이 없을 정도로 자세해서, 나한테 "그래도 좋은 것은 잘 기억하고 있으니 되었소" 하는 칭찬을 늘 듣고 있으니 이건 오히려 잘된 일로 생각이 되기도 한다.

또 우리 늙은 부부가 함께 수풀 속을 산보할 때, 내 눈에는 잘 안 뜨이는 으슥한 곳에 숨은 이쁜 풀꽃들을 발견해 내는 눈기운이나 또 숨어서 나직이 울고 있는 새소리들을 잘 알아듣는 귀의 능력도, 그녀는 오히려 젊었을 때보다 더 초롱초롱해져서 나를 아주 반갑고 기쁘게 해 주고 있다.

이렁저렁해서 근년에 와서는 우리 부부는 뭐라고 할까, 오래 참고 이해하며 길들어 온 애인이라고 할까, 그런 것이 어느 사이엔지 되어 있다. 그래 밤에 같이 누워서 잠자리에 들 때에도 손 하나씩은 서로 마주 잡고서야 잠이 들곤 하는 것이다.

인제는 도리어 아내 쪽에서 "딴 여자한테 한눈을 팔아서는 절대로 안 된다"는 말을 하기가 일쑤가 되었고, 또 나는 나대로 여기 따르기로 하며 살다가 보니, '이만하면 죽어서 내생에 가서도 다시 이어서 같이 살아도 되겠다'는 생각이 들기도 한다. 인제는 화장실에 드나드는 시간까지가 늘 거의 일치해서 생리도 거의 비슷하게 된 모양이니, 내생에 같이 가서 살 수 있는 물리적인 윤회전생의 가능성도 될 만큼 되어 있는 것 아닐까?

그녀가 나한테 시집오던 해에 내 아버지가 써 주셨다는 '성신誠信' 두 글자의 붓글씨와 결혼 첫날밤에 입었던 초록빛 저고리만은 그녀는 지금도 잘 간직하며 어느 때는 문득 꺼내 보기도 한다. 첫날밤 초록 저고리와 같이 입었던 다홍치마는 우리가 젊었던 때의 가난살이 속에서 입어 다 닳아져 버리고 없으니, 머지않은 회혼식 때에는 그 치마는 보충해 달라고 그녀는 말한다. 물론 나는 그렇게 할 생각이다.

(『가정조선』 1992.3.)

내 시의 소재 하나
—「뻐꾸기는 섬을 만들고」

꼭 요즘 와서 새로 생긴 것은 아니지만, 요 몇 해 동안을 두고 내 마음이 제일 많이 이끌려 있는 것 중의 하나는 저 먼발치의 산에서 봄부터 여름까지 울어 대는 뻐꾸기의 소리다.

내가 겨울밤의 텔레비전 앞에서 〈보난자〉라는 연속극을 가끔 찾아 집안 아이들과 같이 앉는 것도, 사실은 거기 나오는 이야기들보다 거기 자주 들리는 산의 뻐꾸기 소리를 들으려는 것이고, 히틀러를 주인공으로 한 무슨 영화에선가도 내가 제일 감동한 건 히틀러의 영웅적 발작이 아니라 그의 영웅적 발작의 틈틈이 멀리 들려오는 그 뻐꾸기 소리였다.

뻐꾸기 소리를 듣고 있으면, 내 갈 길은 한정 없이 먼 것이 다시 생각나고, 먼 길을 두고 쓸데없이 도중에서 한눈을 팔고 있던 것이 생각히고, 두 귀는 훨씬 멀리로 튄다. 누구한텐가 붙잡혀 와서 개 새끼들 틈에서 얼쩡거리고 살던 한 마리 사자 새끼가 어느 맑은 날 사막 너머 어미 사자의 으르렁거려 부르는 소리에 귀를 곤추세우듯, 아니 그보다도 훨씬 더한 자력으로 그 소리는 나를 이끌어 간다.

나는 수요일마다 춘천에 있는 어느 여자대학엘 출강한답시고 꼭 5년 동안이나 오르내렸지만, 그것도 잘 생각해 보면 이 뻐꾸기 소리나 드문드문 어느 산기슭에서 차분히 들어 보려는 소원밖에 별 딴것도 없었다.

한 달에 교통비와 막걸릿값 빼면 몇천 원 남을까 말까 한 강사료라는 것 그것은 물론 핑계일 뿐이다. 강의의 효과—솔직히 말해서 그것도 역시 가는 길에 하고 오는 여벌이었을 뿐이다.

팍팍하고 빽빽한 서울살이에 이레 만에 하루씩의 빈칸을 만들어서 강원도 산수 바람이나 쐬어 본다는 것—그 속에는 봄 석벽의 진달래나 가을의 단풍, 소양강의 맑은 물도 물론 들어 있지만, 그 속의 동맥이 되는 것은 역시 뻐꾸기 소리를 듣는 일이었던 것이다.

춘천에서 두어 정거장을 가평 쪽으로 내려오노라면 강촌이란 마을이 있다. 이곳은 경춘가도에서는 그 물과 그 산이 뻐꾸기 소리를 귀 죄어 듣기에 제일 알맞은 곳이다.

나는 여기를 가끔 순전히 뻐꾸기 소리만을 들을 목적으로 혼자서 봄여름의 귀로에 들른다. 영원을 구획해서 하나도 아이러니나 농담을 섞지 않은 이런 소리를 듣기 위해선 강촌 같은 데는 알맞은 듯하다. 강촌의 강가에는 나뭇잎만 한 나룻배가 매여 있고, 해 질 무렵에 보면 흔히 두 모녀가 산골 마을에서 나와서 딸을 나룻배에 태워 저 편으로 보내곤 어머니는 이편에서 딸이 배에서 내려 언덕 위의 길로 사라져 가는 것을 지켜보는 일도 있다.

　그래 나는 무슨 옛날 한시 속의 고별리苦別離와 같은 이런 정경을 얻어 뻐꾹새 소리를 다시 그런 데 맞추어 들어 보는 연습도 하게 된다. 그리고 집에 와선 열일곱 살짜리쯤의 문학소년이 다시 되어 노트에다 무얼 끼적거려 보기도 한다.

　뻐꾸기는
　강을 만들고
　나루터를 만들고

　우리와 제일 가까운 것들은
　나룻배에 태워서 저켠으로 보낸다.

　뻐꾸기는
　섬을 만들고
　이쁜 것들은
　무엇이든 모두 섬을 만들고

　그 섬에단, 그렇지
　백일홍 꽃나무나 하나 심어서

먹기와의 빈 절간을……

그러고는 그 섬들을 모조리
바닷속으로 가라앉힌다.

만 길 바닷속으로 가라앉히곤
다시 끌어올려 백일홍이나 한번 피우고
또다시 바닷속으로 가라앉힌다.
                              —「뻐꾸기는 섬을 만들고」

그러나 이런 문학소년 같은 연습쯤 가지고는 영 닿을 수도 없이
아득하기만 한 것이 뻐꾸기의 소리다.
    제일 중요한 소재인 대로 아마 내가 앞으로 내 생애를 다해도 영
풀이해 보지 못하고 말 것이 이 뻐꾸기 소린 것 같다.

내 시의 중요한 이미지 하나
―「기억」

1926년 봄 4월 1일에 나는 전북 부안군 줄포라는 곳의 국민학교 3학년을 시작하게 되었는데, 담임선생님은 삼십대 전반기의 일본 여성으로 이름은 요시무라 아야꼬였다.

갸름한 타원형의 흰 얼굴에 맑은 눈과 곧은 코와 흰 이빨을 가진 날씬한 몸매의 알토의 음성을 내는 분이었는데, 내가 이분에게 배우는 동안에 가장 많이 관심을 쏟은 것은 이분의 너무나 깨끗하고도 이쁜 타원형의 열 개의 손톱들이었다. 손톱의 아래쪽마다 맑은 산 위에 떠오르는 초생달을 처음 보는 매력 때문이었다.

이분은 알토의 음성으로 옛날이야기도 곧잘 하셨는데, 그 깨끗한 손톱 밑의 초생달을 보며 옛날이야기를 듣는 것은 내게는 더없는 매력이 되었다. 그래 어느새인지 나도 손을 깨끗하게 씻고 손톱들도 잘 깎는 습관까지 새로 가지게 됐다.

여기에서 발전되어 그 뒤 나는 여자들의 아름다움을 살필 때에는 반드시 그 손톱과 발톱의 모양을 아울러서 음미하는 버릇이 생겼고, 또 시를 쓰게 된 뒤에는 이것의 표현도 더러 해 왔다.

아래에 보이는 「기억」이란 작품도 그중의 하나다.

그 애는 육날 메투릴 신고
손톱에는 모싯물이 들어 있었지.
고구려 때 모싯물이 들어 있었지.
그 애 손톱의 반달 속으로
저녁때 잦아들던 뻐꾹새 소리
나와 둘이 숨 모아 받아들이고,
그 애 손톱의 반달 속에서
다시 뻗쳐 나가는 뻐꾹새 소리
나와 둘이 숨 모아 뻗쳐 보내던
그 계집아이는……

위의 소품에 보이는 낱말들을 잠시 살펴보자면, '육날 메투리'는 식물의 섬유로 만든 우리나라의 옛 신발 중에서는 가장 정교하게 만든 것으로 일정 시절에도 1930년대까지는 촌사람들은 더러 신고 지내던 것이었고, '모시'는 물론 여름 옷감인 모시베의 원료가 되는 일년생의 모싯대를 뜻하는 것이니 이것의 섬유가 담긴 껍질을 손으로 벗기는 동안에 손과 손톱들에 든 모싯물의 푸른빛을 이 시 속의 그 애는 가지고 있는 것이며, 모시가 많이 생산되는 고장인 충청남도나 전라북도는 옛날엔 백제 땅이었는데도 '백제 때 모싯물'이라고 하지 않고 '고구려 때 모싯물'이라고 한 까닭은 '백제 때'라고 발음할 때보다는 '고구려 때'라고 발음할 때의 음조의 유창함을 느껴 그리 한 것이니 이 점 잘 양해하시길 바란다.

그리고 이 시의 소년인 '나'와 소녀인 '그 애'는 산에서 우는 뻐꾹새 소리만이 들리는 아조 고요한 곳—일테면 칙칙하게 키 높게 자란 모시밭 속 같은 데 나란히 숨어 앉아 있는 걸로 상상해 주었으면 좋겠다. 바짝 줄여서 표현하노라고 그들이 있는 데가 모시밭 속이라는 것까지는 다 말하지 않았지만 말이다.

'한 쌍의 소년 소녀가 함께 숨을 모아 들이쉬면서 먼 산 뻐꾹새 울음소리를 그들의 손톱의 반달을 통해 마음속으로 받아들이고, 또 둘이서 숨을 모아 내쉴 때에는 마음속에 들어와 있던 뻐꾹새 소리를 다시 손톱의 반달을 거쳐 내보내고 있다'는 것이 작자인 내가 노린 심미적 역점이었던 것인데, 모르겠다. 어느 만큼이나 그 표현에서 성공한 것인지 그건 독자들이 알아서 결정할 일일 따름이다.

하여간에 빤히 나를 염탐하려 들여다보고 있는 예쁜 여자의 눈은 나를 당혹게나 하지만 그럴 것도 없이 안타깝게만 어여쁜 반투명의 손톱들과 그 밑의 반달들—특히 이쁜 여자의 그것들은 아직도 내 인생에선 아조 중요한 매력이다.

(『현대시학』 1993.8.)

모성의 참모습
—「할머니의 인상」

할머니는 처음부터 끝까지 지독스런 두메의 촌사람이어서 사진 한 장도 찍어 남긴 게 없지만, 생기기는 일테면 레프 톨스토이와 칼 마르크스의 만년의 사진 얼굴을 합해 놓은 것 같은 모습으로 지금 내게는 기억된다.

여자 것으로는 너무나 오래 고려되어 본 일이 없는 아무렇게나 내 버려 둔 더벅머리, 넓은 이마, 오뚝하게 높은 코, 톨스토이의 그것과 같이 송곳 끝같이 날카롭고 아주 작은 두 눈, 수그림이라는 것을 영 모르는 꼿꼿한 상반신, 그 뭉클하고 무한정한 침묵—이런 것을 두루 합친 인상이면 비슷하지 않겠는가?

깎는 게 아니라 일로 저절로 우뻑지뻑 닳아진 그 거친 손의 손톱 들까지를 합하면, 성도 이미 완전히 없어진 무슨 대단스런 귀신 같기만 한 생김새의 할머니였다.

지금 계시면 백이십여 세일 것이니, 내가 어려 애기 때에도 벌써 환갑 나이를 지나 있었다. 그러나 머리털빛만큼은 내가 열여덟 살엔가 그분이 세상을 뜰 때까지 3분의 1도 다 세지는 않았었다.

> 할머니는 단군 적 박달나무 신발을 신고
> 두루미 우는 손톱들을 가졌었나니……
> 쑥 같고 마늘 같고 수숫대 같은
> 숨 쉬는 걸 조금 때 가르쳐 준 할머니는……
> ―「할머니의 인상」

이것은 그분의 인상을 근년에 내가 시로 쓴 것이지만, 여기 보이는 것처럼 그분이 항용 신으시던 것은 그 단단한 박달나무의 나막신이었다.

일에 파묻혀 시간과 공간의 밑바닥에 완전히 몰입함으로써 시간과 공간이 있는 걸 철저히 잊어버리고 사는 그런 생활자의 모습으로만 내게는 이분이 기억될 뿐이다. 너무나 이른 꼭두새벽에 식구들이 아직도 깊은 잠에 들어 있을 때 항용 홀로 깨어 방 웃목에서 물레를 잣고 계시던 모양에서도, 여름 한낮의 콩밭 머리에 손자인 애기 나를 놓아두어 잊어버리고 거듭거듭 흙에 진한 땀으로 잦아만 들어 있던 모양에서도 그렇게만 느끼어진다.

해가 뉘엿뉘엿해져서 밭일이 끝날 무렵이면, 이분은 밭에서 찾아

낸 야생의 토마토 '쥐감'이며 노란빛 꽈리 '때알'이라는 것을 한 옴큼
씩 가지고 나와 내게 먹여 주었는데, 이보다 더 맛있는 과일을 나는
아직 먹어 본 일이 없다.

　내가 어렸던 어느 비 내리는 날, 식구들이 콩을 볶아 나누어 먹고
도란거리고 있었을 때 그분이 말씀했던 혼불 얘기를 나는 지금도 가
끔 생각한다. 사람이 죽으려면 숨넘어가기 전 어느 땐가에 그 사람
에게서 혼불이 나와 공중으로 솟아올라서 천천히 멀리 날아가는 것
이라는데, 우리 할머니는 그걸 많이 보셨고, 우리 집에서 바로 개울
하나 건너에 있는 조 선달 영감이 죽기 좀 전에도 조 선달의 혼불이
하늘로 날아가는 것을 두 눈으로 똑똑히 보셨다는 것이다.
　1년 내내 하시는 말씀을 모두 합해 본대야 보통 사람 하루치도 다
못 할 만큼 침묵만을 많이 지키시던 그분도 이걸 말하실 때만은 무
척 열심히 아마 2백 자 원고지 서너 장쯤은 넉넉히 되게 말씀하셨던
듯하다.
　그래 이런 일에 거짓말이란 있을 수 없는 이분의 주장이었기 때문
에, 나는 아직까지 그런 걸 본 일은 없지만, 장성하면서부터 임마누
엘 칸트만큼은 불가사의의 가능성을 믿게는 되어 있는 것이다.
　나는 그분의 마음눈의 빈틈없이 자상한 시력을 믿기 때문이다.
　어느 날 어른들이 들밭으로 모두 일을 나간 뒤, 어린 나 혼자서 집
을 지켜보고 있다가 마루에 다듬잇돌을 베고 낮잠이 들어 있었는데,
"아이고 내 새끼야!" 할머니가 외치는 소리에 깜짝 놀라 깨어 보니

나는 어느 사이 놀란 할머니의 눈과 팔에 떠받들어져 안기어 있었다. 내가 잠든 동안에 밭에서 일찍 돌아와 있었던 할머니는 집안일을 하면서도 그 마음과 눈으로는 항시 내가 마루에서 구울러 아래로 떨어지지 않나 주의하고 계시다가, 예감 그대로 내가 구울러 내리자 냉큼 재빨리 쫓아와서 나를 떠받들어 안은 것이다.

이런 마음과 눈을 가지고 살던 분이기 때문에 나는 그분이 하셨던 말을 믿는 것이다.

내가 어려서 지독한 학질에 걸려 서너 직 실컷 앓고 나서 곤죽이 되어 있었을 때, 할머니가 내게 베푼 일장의 활극도 나는 잊을 수가 없다.

곤죽 다 되어 늘어져 있는 애기 나를 할머니는 몸소 안아 내서 흙마당의 한복판에 하늘이 몽땅 잘 보이게 반듯이 뉘어 놓고는, 머슴이 쓰는 낫을 찾아 꺼내 들고 나와서 새파랗게 날선 낫 끝으로 내 둘레 바짝 가까운 마당 흙땅을 나를 뼹 둘러싸게 득득 긁어 선 그어 가며 "엇소, 잡귀들 썩 물러가거라! 엇소, 잡귀들 썩 물러가지 못하겠느냐?" 있는 소리를 다해 외치면서 이마에 땀을 비죽비죽 짜내고 있는 것이었다.

마을의 무당들보고도 "행실이 너절한 저따위 것들이 빈다고 얼마치나 효험이 있겠느냐"고 무당도 잘 집에 들여놓지 않으시던 할머니가 이건 참 특별한 별일이었다. 이것은, 그래도 혼의 무형의 거래만은 철저히 믿던 그분의 정신의 힘 때문 아니었는가 한다. 애기들까지 못살게 구는 잡귀 따위는 그분의 정신의 힘에도 잘 굴복하지 않을 수는 없을 것이라 믿는 자신 때문이었으리라.

나는 할머니의 제삿날을 비롯해서 가끔가끔 할머니의 이런 이야기들을 아내와 또 내 집의 젊은 여아들에게 하기를 즐긴다. 그러면 그들은 그 무엇엔가 공감하고 감동하는 눈빛을 보인다. 내 아내는 어느새인지 숫제 그분 비슷하게 되어져 가고 있다.

이분의 질기게 빈틈없는 모습이 우리나라 모성의 참모습이고, 그런 분들의 덕택으로 우리가 오히려 이어 자라나 살며 한민족이라고도 할 수 있기 때문 아닐까.

꽃피어 참 새롭다
—「한국 종소리」

종소리는

오월에 깐 수만 마리 새끼들을

팔월에 다 데불고

왼 바다를 일렁이는 에미 고래의 힘—

그게 무서 칭얼대는 해안의 짐승

포뢰蒲牢의 울음이라 한 것은

아직도 단수 유치한 중국인들의 귀요.

이 고래 이 포뢰가 한국 와서 살라면

위선 천 년쯤은 잘 흙 속에 생매장돼야 하오.

그래 때가 되어 캐내서 울려 보면

아직도 살기는 살아 있지만
언제 그렇게는 둔갑했는지
한 송이 새로 피는 꽃만 보여요.

　　　　　　　　　　　—「한국 종소리」

　지난 7월 내가 좀 바람이 나서 떠돌아다니다가 우연히 변산반도 안쪽의 내소사라는 데를 들렀더니 아침저녁 예불 때의 종소리가 참 이뻐, 마침 여기 여러 가지를 탁본하러 온 우리 동국대학교 불교미술과 학생들에게서 종명鐘銘 탁본한 것을 한 부 받아 보았다.
　종명은 두 가지가 다 한문으로 새겨져 있는데, 첫째 것은 이 종을 처음 주조하던 때의 취지를 말한 것이다. '진한辰韓 전에 세운 절인 청림사가 황폐하여 그 터에 다시 이 절을 중건해 세우면서 이 종을 만드는 것'이라는 취지 속엔 중국 사람들이 옛날부터 종소리를 표현할 때 써 오던 비유를 본떠서 '경음鯨音' 운운하고 있고, 둘째 것은 그 뒤 세월이 지나는 동안에 중건한 청림사마저 또 오랫동안 폐허가 되어 빈터로만 남아 있었던 듯, 그 빈터에서 어느 때 한 은사가 우연히 땅에 묻힌 이 종을 캐어 내 지금의 내소사 마당에 옮기면서 부친 것으로, 이것엔 이 취지와 아울러 '꽃피어 참 새롭다花開實新'는 종소리를 다시 울려 본 느낌의 표현이 있어, 이 '화개실신'과 앞의 '경음'의 대조에 유의하게 된 것이다.
　그래 사람이건 종이건 항시 노골적으로 드러나게만 할 게 아니라 꽤 오랫동안씩 이유야 무엇으로건 생매장을 시켜 두었다가 그럴 만한 때 꺼내어 들어 보는 것은 한결 더 실감 있는 일이라는 생각이 지배적이 되면서 나는 이것을 한 편의 시로 해 보기로 한 것이다. 오래 생매장되었다가 또 한 번 꽃피어 울어 보는 이 종소리의 명銘은 내 선인들의 살던 모양과 또 내 사는 모양을 되게는 잘 상징하고 있는 것 같아 이걸 써 보기로 한 것이다.

그래 대충대충 소학교 아이가 연필로 깨작거리듯 우선 깨작거려 본 것이 위의 졸시「한국 종소리」다.

하여간 이 졸고의 소원인즉 오래 땅속에 묻혔다가 꺼내어져 또 한 때 울고 있는 내소사의 종 옆에 나도 같이 좀 끼어 있으려는 것밖에 딴것은 절대로 아니다.

(『문학사상』 1974.10.)

마음의 여유

─「시론」

바닷속에서 전복따파는 제주해녀도
제일좋은건 님오시는날 따다주려고
물속바위에 붙은그대로 남겨둔단다.
시의전복도 제일좋은건 거기두어라.
다캐어내고 허전하여서 헤매이리요?
바다에두고 바다바래여 시인인 것을……

위에 인용한 것은 내가 지은 소품의 시 「시론詩論」의 전문이다.

나는 술을 좋아하는 사람이고 술안주로는 바닷속 바위에서 따 내
는 전복이라는 것을 특히 맛있게 먹어 온 사람이라, 어느 해 제주도
에 갔던 길에도 이 살캉살캉한 전복을 안주로 해 맥주를 마시고 있

던 판이었는데, 내 옆에 앉아 있던 제주도 출생의 후배 하나는 전복을 따서 파는 해녀들 사이에서 빚어진, 대략 다음과 같은 이야기를 하나 내게 들려주었다.

'제주도의 해녀들은 거의 날마다 바닷속에 잠기어 물속 바위에 붙은 전복들을 따 내다가 비싼 값으로 팔아서 생활을 하지만, 그 전복을 따 낼 때에 그중에서도 유난히 크고 좋은 것이 발견되면 그것만은 마저 따지를 않고 바위에 붙은 그대로 놓아둔다'고 한다. 왜냐면 '해녀 그네가 사랑하는 님이 찾아오는 날에 그 남겨 두었던 특별히 크고 좋은 것을 냉큼 가서 따 내다가 대접해 맛보이기 위해서'라는 것이다.

그래 나는 이 이야기를 듣고 "나도 그런 제일 좋은 전복으로 술안주나 한번 해 보았으면 좋겠다"고 농담 반 진담 반으로 웃어넘기고 왔거니와, 드디어 서울 내 집으로 돌아와서 곰곰이 이 이야기를 되씹으며 생각해 보니, 이렇게 사는 것은 역시 아조 썩 좋은 일 같고, 내가 쓰는 시의 정신이라는 것도 또한 그 비슷하게 되는 게 괜찮겠다는 자각이 일어나서 짤막한 한 편의 시로 만들어 보았다.

이 시의 뒷부분인 석 줄에서

시의전복도 제일좋은건 거기두어라.
다캐어내고 허전하여서 헤매이리요?
바다에두고 바다바래여 시인인것을……

한 것은 물론 우리 시 쓰는 사람들이 갖는 마음속의 여유—언제나 다 바닥나 버리지 않고 남김이 있는 그 여유를 뜻하려 한 것이다.

이 비슷한 이야기는 기독교의 『구약성경』 어디엔가에도 보인다.

들에서 가꾼 곡식을 추수해 들일 때, 땅에 널린 이삭만큼은 모조리 다 깡그리 줏어 들여서는 안 된다는 것이다. 이 밭 옆을 지나가는 배고픈 나그네가 그거라도 줏어서 요기하게 남겨 두는 게 좋다는 이야기다.

이 이야기의 여유도 역시 '다 깡그리 줏어 들여야만 한다'는 각박함보다는 어딘지 인정의 넉넉한 여지를 두는 마음이 보이는 점은 아까의 제주도 해녀의 이야기와 일맥상통해서 여간 반가운 게 아니다.

그러나 요새 사람들은 위에서 내가 말한 두 가지의 여유와 같은 것은 "그런 님도 없고, 또 너무나 가난해서 못 하겠습니다" 할는지도 모르겠다.

그래 그런 사람들을 위해서 나는, 하다못해 다음과 같은 여유라도 가져 봄이 어떠냐고 권하고 싶은 것이다.

이건 옛날의 실리주의적인 중국 사람들이 만든 이야기의 하나인데, 그걸 들어 볼 것 같으면—옛날 옛적에 원숭이 두 마리가 있었는데, 가을에 그들이 줏어 모은 밤을 그 뒤에 먹고 살며 지낼 때, 그중의 한 마리는 버레가 먹지 않은 좋은 걸로만 먼저 골라 다 먹어 치워 버리고, 뒤에는 버레 먹은 언짢은 것만 먹고 지내면서 낑낑거리고, 원망하고, 갖은 지랄을 다 하며 신세 팔자 한탄까지 늘어놓으며 기분 나쁜 나날을 보냈다는 것이다.

그런데 다른 한 마리는 이와는 정반대로 뒷일을 먼저 생각해서 우선은 맛이 좀 덜하더라도 버레 먹은 밤들을 골라 참고 먹으며 지내다가 드디어 그 언짢은 밤이 다 동난 다음에는 나머지의 토실토실 성한 밤들만 날마다 이어 까먹으며 희희낙락 사는 것이 매양 기쁘기만 했더라는 이야기다.

어떻는지? 앞서 말한 두 큰 여유가 너무나 어려워서 잘 안 되게 생긴 이들은 좋은 밤은 아꼈다가 뒤에 먹은 원숭이의 여유부터라도 먼저 본떠서 실천해 보는 것도 좋은 일 아닐까?

그러다가 깨달아 보면 앞서 말한 그 큰 여유들도 지닐 수 있을 만큼 되기도 하겠지.

(『건강 다이제스트』 1985.10.)

『산시』와 그 뒤의 시들
—「몬타나 주의 산중 인상」
「일본 산들의 의미」

　내 나이 칠십이 넘으면서부터 나는 저절로 내 몸의 늙음과 아울러 기억의 침체에 마음을 쓰지 않을 수가 없게 되어서, 그 대책으로 몸의 건강을 위해서는 체조와 산책과 여행을, 기억력의 유지를 위해서는 세계의 좋은 산들의 이름 1628개를 골라 외워서 그걸 아침마다 되풀이해 암송하고 지내는 걸로 효력을 보아, 그 덕으로 글도 이어서 쓰고 또 공부 모자라는 것도 보충해 오며 살아오고 있다.

　그래 이야기를 좋아하는 내가 칠십대에 들어와서 새로 광범위로 읽어 낸 것은 이 세계의 신화들과 전설들과 민화들이었는데, 이 재미나는 공부는 인류사의 근본정신을 이해하는 데 있어 내게는 큰 도움이 되었다고 생각한다. 왜냐면 인류 역사의 각 시대를 통해 여러 사람들의 슬기와 느낌으로 자연 발생적으로 만들어진 이런 이야기들은 역사 속의 삶의 실질을 잘 표현하고 있는 것이라고 생각되니 말이다.

그래서 내가 아침마다 외고 지내는 산 이름들 밑에 그 산들이 놓인 고장들의 신화나 전설이나 민화를 잘 배합하면 시가 되겠다는 착안을 하게 되어 시험 삼아 표현해 본 것이 1991년 정월에 발행했던 『산시山詩』라는 시집의 원고들이다.

여기서 내가 또 한 가지 마음을 많이 안 쓸 수가 없었던 것은 '한 나라 안의 산들 이름의 의미를 망라해서 한 시의 의미를 만드는 경우, 합리적인 조화가 잘 안 되는 이미지들의 조화는 어떻게 해서 빚어내야 하느냐?' 하는 것이었다. 일례를 들어서 미국 몬타나 주의 '들소Bull', '사슴Elk', '깜둥이Black', '매카트니McCartney', '스팀보트Steamboat', '나수코인Nasukoin', '수오Souaw', '슬라이드 록Slide Rock', '일리노이Illinois' 등 9개의 산 이름들의 잘 어울리지 않는 의미들을 배합하여 일종의 '부조화의 조화'랄까 그런 것을 꾸미려고 애쓴 나머지로

들소와
사슴이와
검은 매가트니 씨가
함께
똑딱선 나룻배로
뱃삯 동전을 더 벌러 나가시면

수오 족의 인디언은

일리노이스 주를 향해

사파이어가 박힌

바위를 굴리며

걸어가시었도다.

걸어가시었도다.

날마다 날마다

걸어가시었도다.

그리하여서 해 질 녘이 되어서

산그늘에 사슴이가 점점점 검어져 가면

스팀슨 씨와 스타인 군과 이디스 양도

점점점점 가마귀가 되어 갔도다.

—「몬타나 주의 산중 인상」

와 같은 표현을 만들기도 한 것은 그런 노력의 일종이었다.

　이 짓을 하다 보니 미안하게 된 것은 '나수코인Nasukoin'이란 산 이름을 가지고 '동전을 나수 더 번다'는 뜻으로, '수오Souaw'라는 산 이름을 가져다가 수오라는 족속의 한 인디언으로 내 시의 편리를 따라 임의로 날조해 내지 않을 수 없었던 점 같은 것이다.

　그리고 또 가령 일본의 산 이름들—'도카치(토끼털과 무명으로 짠 옷감)', '보로시리(누더기를 걸친 엉덩이)', '이와데(바위 손)', '쓰

루기(칼)', '핫켄(발견)' 등의 다섯 개를 연결해서는

> 토끼털에 무명을 섞어서 짠
> 옷들을 입혀 가지고
> 중들을 군데군데 놓아두었던 것인데,
>
> 그 옷들이 그만 다 낡아 빠져서
> 스님들의 엉덩이들이 드러나고,
> 거기서 뜻밖에도
> 바위가 생겨나면서
> 날카로운 일본도가 발견되니
>
> —「일본 산들의 의미」 중에서

하고 표현해 놓은 데서 한 스님을 등장시켜 그 '도카치' 옷을 입혀 놓은 것 같은 것도 물론 내 임의니, 이런 점들에 대해서는 두터운 양해가 있기를 바란다. 부조화의 조화는 왜 만드느냐고? 물론 그건 이 세상을 살자면 많이 필요하다고 생각해서다.

『산시』 이후 근년의 내게는 아직 그 철이라는 게 들지 않은 어린 이들이야말로 사람들이 당연히 가져야 할 좋은 인간 본성의 임자들로 생각하는 버릇이 생기면서, 내 유년 시절의 추억에 몰입해서 그걸로 시 작품들을 만들어 오고도 있다.

어떤 사람들은 말하기를 "사람들 가운데는 본래 악의 씨로 태어나는 자도 있다" 하기도 하지만 나는 그렇게 생각하지 않고, '나쁜 버릇이 아직 들지 않은 어린이들은 두루 천사 그대로다'라고 생각하기 때문에 79세의 이 나이에 마음에 묻은 때들을 말끔히 씻어 어린이 천사 시절에의 환원을 이루어 보려 하는 것이다.

그리고 또 한 가지 작정이 있으니, 그것은 그동안 내가 내 시에 묻힌 산문적인 안이한 타성을 떠나 시 본래의 율조와 암시력과 함축미를 다시 회복하는 길이다.

이것은 아무래도 바짝 줄여 간추린 짤막한 구성을 다시 회복하는 노력에서 시작해야겠다.

(『서정주 문학앨범』 1993.12.)

바이칼 호수를 찾아서
—「바이칼 호숫가의 비취의 돌칼」

1994년 6월 어느 날 나는 시베리아 동쪽의 도시인 하바롭스크의 공항에서 서쪽으로 세 시간쯤을 날아 이르쿠츠크 시에 도착했었다. 여기는 몽골의 수도인 울란바토르에서 별로 멀지 않은 북쪽에 자리한 곳으로서, 내 여행의 목적지인 바이칼 호수로 가는 관문으로 그 호수까지는 약 두 시간쯤의 자동차 운전으로 닿을 수 있는 거리에 있었기 때문이다.

왜 바이칼 호수가 그렇게까지 중요한 여행의 목적지가 되었느냐고? 물론 그 이유들은 크고도 즐비하게 있다.

첫째, 이 바이칼 호수의 주변은 20만 년 전부터 이어 내려온 구석기시대의 대표적인 유적지일 뿐만이 아니라 또 예니세이 강의 동쪽에 위치하는 이 지대는 아조 먼 옛날부터 퉁구스족의 샤머니즘 신앙

이 발생하여 이루어져 온 곳이기도 하니, 퉁구스의 샤머니즘이 우리나라 국초國初의 샤머니즘의 원류라는 것을 생각 안 할 수 없는 우리로서는 그 본고장인 여기를 모른 체하고 지나칠 마음은 아무래도 생기지 않으니 말씀이다.

난생처음 보는 바이칼 호수는 내가 본 어떤 호수보다도 맑게 개어 있어서 그 바닥까지가 환하게 드러나 보이는 듯했는데, 가장 깊은 곳은 1742미터나 된다고 하니 이것이 바로 이 지구에서는 제일로 깊은 호수이며, 그 둘레는 2200킬로미터로서 이 세계에서 여덟 번째로 큰 넓이를 차지하고 있는 호수인 것이다.

소나무 수풀이 좋은 바이칼 호숫가의 호텔 식당에서 이 호수의 특산인 '오물'이란 물고기 요리를 반찬으로 해 점심을 마친 다음에 나는 따라온 안내인의 안내를 받아 호수에서 멀지 않은 곳의 매우 고요한 수풀 속 빈터에 접어들어 갔는데, 그 빈터 가의 무성한 나뭇가지들에는 울긋불긋한 비단 쪼각의 헝겊들이 여기저기 걸리어 바람에 나부끼고 있어서, 마치 우리나라 시골의 산골길에서 가끔 만나는 성황당 그대로의 모습을 방불케 해서 반가웠다.

그게 무엇이냐고 안내인에게 물어보았더니 "그것들은 신랑과 함께 이곳을 찾은 신부들이 머리에 맸던 리본을 끌러 산신령께 바치고 부부의 장래의 행운을 빈 것들입니다" 하는 것이었다. 이런 오래 이어져 온 듯한 여기 사람들의 신앙의 풍습도 우리나라 민간의 전통적인 그것과 같아 매우 큰 관심이 쏠리지 않을 수가 없었다.

안내인의 자동차로 그다음에 내가 간 곳은 리스트반카라는 이름의 구석진 촌마을이었는데, 이 마을의 눈에 언뜻 들어오는 특징은 그리스 정교회의 러시아식 성당이 하나 언덕 위에 우뚝 솟아 있는 것과, 바로 그 아래로 참 맑디맑은 시냇물이 갈증을 돋우며 자갈 바닥 위를 흘러가는 것이었다.

그런데 이 맑은 개울가의 성당이 없는 쪽의 언덕을 두루 살펴보니, 한곳에서는 꼭 메뚜기같이 깡마른 소년 몇 녀석이 좌판에 무얼 벌려 놓고 우두커니 서 있는 게 보여서 관심이 쏠려 그리로 가 보았던 것인데, 가서 보니 좌판에 벌려 놓은 것들은 뜻밖에도 아름다운 쑥빛의 비취옥으로 만든 여자의 목걸이와 돌칼들이어서 많이 반가울밖에 없었다. 더구나 이 언저리가 저 아득히 먼 구석기시대의 대표적인 유적지의 하나인 걸 잘 알고 있는 나에게는 비취옥의 돌칼들의 출현이야말로 반가운 꿈속처럼만 반가웠던 것이다. 이 엉터리인 20세기 현대의 철기시대의 온갖 소음과 공해에 시달려 병들어 온 나에게 이 반가움은 자연스런 일 아닌가?

그래 나는 그 메뚜기 같은 아이들이 부르는 값대로 러시아의 종이돈을 한 옴큼 집어 주고 비취옥의 목걸이를 하나 사서는 즉시 내 늙은 아내의 목에 걸어 주고, 내 것으로는 같은 비취옥의 돌칼을 하나 사서 대견하게 품에 지니고 와서 지금도 서재의 책상 위에 늘 올려놓고 모시고 지내나니, 모조품인 대로의 이것이 「바이칼 호숫가의 비취의 돌칼」의 주제가 된 것이다. 이해 있으시길 바란다.

공부하며 시를 쓰고 살다가
마음이 너무나 울적해질 때,
생각하며 느끼고 있다가
가슴이 그만 두근거릴 때,
그대 그리워 애태우고 있다가
두 볼이 불그스레 달아오를 때,
나는 할 수 없이 구석기 시대의
싸늘한 돌칼을 집어 뺨에 댄다.
이십만 년 전의 구석기 문명 때에
우리 퉁구스 족이
바이칼 호숫가의 바이칼 산맥에서
캐내인 비취로 만든
그 싸늘한 쑥빛의 돌칼을
더운 내 두 뺨에 대고 또 대며
내 감정과 사상을 식힌다.
1742미터 깊이의
이 세상에서 가장 맑은 바이칼 호숫가의
바이칼 산맥에서 캐낸 비취옥의 돌칼!
이것을 뺨에 대고 또 대어
내 감정과 사상을 식힌다.

그러면 그 구석기 문명 시절의

그 맑은 해가 떠올라 와서

나를 제대로 일깨워 세운다.

—「바이칼 호숫가의 비취의 돌칼」

(『시와 시학』 1996. 봄)

미정고 의식
—「숨 쉬는 손톱」[*]

그 계집애는 단군 적 박달나무 신발을 신고
손톱으로도 가만히 숨을 쉬고 있었지.
우리 둘이 떡갈나무 그늘에 숨어
그 계집애가 숨을 속으로 들여 쉬면
그 계집애 손톱의 분홍 속으로
먼 산 뻐꾹새 소리도 고스란히 잦아들고,
그 계집애가 숨을 또 밖으로 내어 쉬면
그 계집애 손톱 분홍 속에 몰려왔던
뻐꾹새 소리는 다시 하늘가로 퍼지고……

—「숨 쉬는 손톱」

---

* **편집자주**—「숨 쉬는 손톱」 이하 5편의 시는 서정주 시집에 미수록된 시들이다.

이 지지리도 하잘 나위 없는 시의 말 묶음은 그렇지만 사실은 벌써 1969년 2월 8일에서 3월 10일 사이의 어느 때부터 지금까지 3년 몇 개월이나 두고 가끔이지만 마음 내키면 다시 보고, 줄이고 덧붙이고, 뜯어 고쳐 온 것이다.

근년의 내 작시 공책을 펴 보니 「춘궁」을 쓴 게 1969년 2월 8일, 「내 아내」를 쓴 게 같은 해 3월 10일의 날짜가 적히어 있고, 그 사이의 여백에 써 놓은 이 「숨 쉬는 손톱」 초고에는 날짜까지도 아직 써 놓지도 못하고 있던 걸로 보아, 이건 내가 항용 내 시 작품들에 대해 느껴 오는 미정고 의식未定稿意識 속에서도 특히 더한 미정고 의식으로 그 초고를 우선 써 놓았던 걸 알 수 있다.

그러나 그 쓴 날짜도 아직 차마 못 써 놓을 정도로 안심치 않은 것이나마 그대로 적어 놓지 않고는 못 배겼던 걸 보면, 이게 내 인생에 중요하면 꽤나 중요한 것이긴 했던 모양인가.

아닌 게 아니라 지금 다시 생각해 봐도 이것의 원상原象이 되었던 것—그게 중요키야 지금도 마찬가지는 마찬가지다. 그러니까 나는 결국 원상의 매력 때문에 여기에 매달려 포기하지 못하고, 이어서 이 수다를 떨지 않을 수 없는 것이다.

에즈라 파운드도 아끼던 후배 T. S. 엘리엇에게 충고해서 어디선가 말했던 듯하지만 시인은 인생의 실제의 매력을 에누리하고는 시를 하고 살 맛대구리도 아무것도 없는 것인 줄 안다. 여자의 이쁜 한 개의 손톱뿐이 아니라 거지 발샅의 때에서라도 시의 공명선이 찌르르르 울릴 수 있는 불가피의 매력과 인력을 느낀다면, 시인은 모든 것 다 놓아두고 그것을 시정신의 제일의 재보財寶—제일의 원상으로 삼아야 함은 물론이다.

나는 내 산문 어딘가에서도 고백했지만 국민학교 때부터 여자들의 그 밝은 반달이 선명한 분홍빛 아스라한 손톱에 많은 매력을 느껴 온 자다. 몰라, 이것은 우리 집이나 이웃들의 손톱들이 거의 모조리 손톱 밑에 새까만 때를 간직하고, 거기 반달도 제대로 닦아 드러내지 못하고 살던, 때 낀 사람들투성이였던 데도 까닭은 있겠지만, 하여간 나는 국민학교 3학년 때 여선생님의 깨끗한 반달과 그것을 에워싼 아스라한 분홍빛 손톱에 매력을 느낀 뒤 쭈욱 지금까지 그건 그렇다. 그래 나는 지금도 내 말이 통달할 수 있는 모든 여인들의 손톱에선 그 늘 새로 떠오르는 반달의 상징이 이쁜 거기에 짙은 매니큐어는 절대로 하지 못하게 하고 있는 것이다.

사람의 두 눈을 마음의 창 같다고 느껴 온 감각의 버릇은 이 땅 위의 사람들의 오랜 옛적부터의 습관이지만, 우리들의 손톱 특히 여자들의 그 이쁜 반투명의 손톱들을 나는 연분홍의 커튼 친 창 같다고 성인 되면서 언제부턴가 감각해 왔고, 거기 반달은 그러니까 또 그 커튼 사이로 열려 보이는 지극히는 아까운 것이 되었다. 그래 나는 이것을 우리 육체와 정신 사이의 묘하디묘한 중간막—건드려 도배할 수 없는 미묘 신성한 것으로 매력을 느껴 오고 있다.

그리고 또 한 가지 이야기는 초서의 『캔터베리 이야기』에 나오는 아프로디테(비너스)의 손 위에 앉아 있던 뻐꾹새다.

깊고 넓고 맑은 바닷속의 크디큰 조개가 그 껍질을 두 쪽으로 벌리면서 거기 아프로디테는 고스란히 성숙한 채로 탄생하고, 그네의 한쪽 손엔 내 느낌으로는 저 영원 향수의 근본적인 시계 소리 같은 울음을 이어 우는 한 마리 뻐꾹새가 앉아 있는 걸 초서는 써 놓았다.

이런 매력 있는 영상들의 어울리는 배치는 아무리 우리나라 사람 아닌 딴 나라 사람들이 해 놓은 거라도 역시 참 매력 있는 것이다. 그래 그걸 본떠 먹고만 마는 것은 그야 물론 하잘것없는 얌체지만, 이런 원상에서 출발하여 초서 같은 이가 아직 못한 진경進境을 새로 만드는 것은 어느 나라 시인이건 하고 싶으면 당연히 할 만한 일이라고 나는 생각했다.

말하자면 그래서 된 것이 「숨 쉬는 손톱」의 뻐꾹새와의 관계다.

그러나 물론 나는 두루 잘 아시는 것처럼 전폭적인 초서주의자도 아니고, 무슨 여자의 이쁘장한 손톱에만 입술을 바짝 대고 사는 편 절 음란증 환자도 아니다. 초서는 아프로디테의 손등에 그저 뻐꾸기를 얹어만 놓았을 뿐이고 또 나는 여자의 육체 가운데서 손톱뿐이 아니라 딴 부분들도 좋은 건 두루 다 좋아해 오고 있으니 말이다.

앞서 말할 걸 순서가 좀 뒤바뀌었지만, 나는 젊어서나 시방이나 한 신화주의자임에는 다름이 생겨 있지 않는 것 같다. 이십대의 헬레니즘과 지금의 불교주의까지의 사이에는 많은 변모도 있기야 있었겠지만, 사람을 그 공동의 고향—영원과 자연 속에 놓고 거기 100프로의 존재의 존엄을 주어 모든 에누리에서 면제시키려 해 온 내 시정신의 의도에는 변함이 없다.

나는 때로 따분하고 절망하는 것도 썼고, 왜소해져 가는 자기와 이웃들에 대한 자학도 더러 표현해 오긴 했다. 그러나 이것들도 주인위主人位요 신위神位인 인간 가치관과 영이별하고 그런 것은 하나도 없다.

나는 이 소품 「숨 쉬는 손톱」의 얼마 안 되는 문장 속에 역시 단군 이래 하나도 이지러지지 않고 에누리당하지 않은 한 계집애의 전형적인 한 부분의 모습을 부각해 보려고 의도했을 뿐이다.

우리 육체의 대신성大神聖—성전 거기에서 손톱엔들 왜 영원을 숨 쉬는 호흡로가 없겠고 뻐꾹새 소리같이 간절한 것이 또 왜 이 손톱들의 호흡로에서 제외될 수나 있겠는가.

(『문학사상』 1972.10.)

혼자 먹기 아까운 향미
—「통영의 미더덕찜」

소문에만 들었던 통영 미더덕찜을
아침 통영 장에서 노처와 함께 찾아내
하이얀 비니루 봉지에 얌전히 넣어 들고,
남해로, 하동으로, 지리산 아가리로,

뱃길 산길 삼백 리를 유치원 짝같이 와
묵계라는 여울가에서 해 어스름 노나 먹으며
"야! 참 맛 좋다!"고
아마 난생처음으로 둘이 몽땅 탄복해 보다.

　　　　　　　　　　　　　　—「통영의 미더덕찜」

1976년 5월 6일

오늘 오전 11시에 여제자 진소희 양의 결혼식이 거제도 장승포에 있는 그네의 친가 뜰에서 있어서 주례를 마치고 노처와 동반하여 낡은 버스로 툴툴거리며 거제 통영 사이의 해상교를 건너 통영에 오후 3시쯤 도착했다.

통영이나 한산도를 나는 그전에도 가 본 일이 있지만 아내가 아직 못 보아서 통영 명소 일주 합승의 배를 타고 황혼에 한산도를 갔으나 이곳은 지금 보수와 정지 공사가 한창이어서 출입 금지를 하고 있어 먼발치로만 바라보고 그냥 돌아올밖에 없었다. "왜 출입 금지 사실을 선주들은 숨기고 손님을 싣고 오느냐?"고 나직이 잠시 투덜대는 나그네들도 보였지만, 선주에게 그걸 탓해 대드는 사람까지는 안 보였다. 먼발치만으로도 한산도는 그만한 영향력을 가진 섬임에 틀림없다.

5월 7일

아침에 여관에서 눈이 뜨이기가 바쁘게 우리 내외는 늘 이름으로만 들어 오던 '통영 미더덕찜'이라는 걸 찾아 장거리로 나갔다. 청과물점 여주인 할머니의 생김새에 순 통영의 전통의 그늘이 짙어 있는 것만 같아 참외 한 개를 사서 벗겨 아내와 나눠 먹으며 '미더덕찜'의 소재를 물으니, 마침 운 좋게도 그 가게에 볼일이 있어 와 있던—통영 제일의 미더덕찜 가게 명지자明知者인 아주머니를 소개해 주어서 그네 뒤를 따라가 손쉽게 구할 수 있었다.

찹쌀가루에 미더덕이라는 바닷속 벌레와 방앗잎에 상추, 미나리를 넣어 만든 묽은 범벅인데, 맛을 보니 혼자 먹기엔 정말 아까운 참 희한한 향미이다. 천 원어치를 샀더니 비너스 젓통보다도 숫제 좀 더 큰 하얀 비닐봉지에 하나 그뜩한 게 참 믿음직했다.

요걸 뒤에 맛있게 먹기 위해 우리 부부는 아침은 전복죽으로 가벼이 때우고, 10시 45분 엔젤호 쾌속정 편으로 먼저 남해에서 내린 뒤, 하동을 거쳐 지리산 청학동 방면으로 가는 버스를 갈아탔다. 시골 주례에서 돌아오는 길의 여벌로 아직 못 가 본 지리산의 한 새 방면을 찾아드는 것이다.

(『문학사상』 1976.7.)

마음의 주민등록증
—「내 주민등록증」

나의 주민등록증은
아무리 카메라로 찍고 찍어 보아도
끝없이 일렁이며 춤추는 바다.
거기 얼려 춤추는 섬의 소나무.
그 못 참아 또 춤추는 갈매기 날개.

엄지손가락의 지장이라면,
보일 만 안 보일 만 낮달이 한 개
바다 솔 갈매기 위에 떠서 있어라.

「내 주민등록증」이라 제목한 이 한 편의 졸시는 지난 10월 9일부터 며칠 동안 홍도라는 서해의 섬에 배로 여행할 때에 보고 느낀 것을 짜서 표현해 본 것이다.

이것은 말하자면 정부가 발급해 주는 주민등록증 밖의 또 한 개의 내 정신의 소속을 보이는 주민등록증으로서, 민족이나 인류 사회의 외연으로 우리를 늘 에워싸고 있는 자연과 영원에 자기가 위치하고 있는 것을 느낄 때 생긴 또 다른 주민등록증인 것이다.

생과 사가 되풀이 되풀이 한정 없이 이어지는 윤회의 바다에서 나는 자기의 마음을 한바탕 죽어 버리고 말 것으로는 아무래도 가질 수 없어 출렁이는 물결 같고, 그 풍랑의 운율에 맞추어 나부끼는 섬의 소나무 같고, 또 그 사이에 날개를 파닥거리며 날아다니는 갈매기 비슷하다는 생각이요 느낌이다. 또 때마침 바다 위의 하늘에는 낮달이 한 개 보일 만 안 보일 만 떠서 있는데 그것은 일테면 내 스스로 이 자연의 생사고해 속 춤을 확인하여서 엄지손가락으로 눌러 찍어 놓은 지장 같은 느낌이라는 것이다. 이런 주민등록증도 그것 역시 한 주민등록증인바에는 아무럼 또한 지장도 그 어디 하나 찍혀 있기는 있어야 할 것이니까 말씀이다.

이런 또 하나의 주민등록증은 요새 세상에서는 절간의 스님들이나 마음속에 하나씩 가지고 다니실까, 그 밖엔 가지고 있는 이가 드물지만 옛 신라 때에는 일반 사회에서도 정신 속에 깊이 지니고 살던 이들은 참으로 많았던 것이니, 가령 신라 시조 박혁거세왕의 어머니 사소 그분부터도 이 주민등록증은 분명히 소지하고 살았다.

내가 나름대로 사적들을 보며 요량한 걸로는, 사소 이분은 처녀 때에 경주 언저리서 연애해서 애를 뱄기 때문에 그 당시의 신라 국법으로 선도산이라는 산으로 추방형을 당했던 것 같은데, 못난 사람 같으면 '죽겠다, 절망이다, 자살이다' 하고 지랄법석을 떨었겠지만, 이분은 그렇게 못나 버리고 말 수는 없어 또 하나의 주민등록증을 마음속에 단단히 만들어 지니고 선도산의 험준한 자연 속에 살면서 일테면 패륜으로 낳은 아들 혁거세를 신라 맨 처음의 왕이 되도록까지 잘 길러 낸 것이다.

사소가 받아 지니고 실행해 낸 아버지의 부탁은 '매를 따라가서 그 매가 멈추는 곳을 네 집으로 삼아라' 하는 것이었다고 전해져 오는데 매가 날아가서 멈추는 곳이란 어디겠는가? 인가에서는 멀리 떠난 험한 산골일 것이니, 인간 사회가 아니라 자연의 요소를 가르치고 있는 것이다. 즉 인간 사회의 법에서 쫓겨난다 하더라도 죽어 버리지 말고, 자연이라는 큰 외연 속의 주민등록을 하고 끝까지 끈질기게 살아 내야 한다는 뜻 아니겠는가.

어떤가? 아무리 요새지만, 이런 또 하나의 주민등록이 필요한 사람이건 서슴지 말고 어디 한몫 쓰윽 등록하고 살아 보아.

이건 사람의 마음이 만들 수 있는 힘 중에서는 그래도 제일로 힘 있는 일이니까?

(『불광』 1976.12.)

한 송이 장미꽃
—「잔」

술도

음식도

어떤 사랑 노래도

불쌍해 불쌍해 견딜 수 없는 날은

비라도 주룩주룩 왔으면 하련만

하늘도 제 얼굴 가리지 못하고

파랗게 파랗게 파랗게만 질려

할 수 없는 장미꽃 또 한 송이 피우네.

이 어쩌자는 잔인고

또 한 송이 피우네.

—「잔」

금년 가을의 어느 맑은 오후, 내 마음과 육신이 마침 잠이나 술이나 모든 혼탁에서 거의 70프로쯤은 깨어나 있었을 때, 또 그리고 그 잡념이란 것이 거의 자취를 감추고 말았을 때, 내 눈에 문득 비쳐 온 한 송이의 분홍빛 장미꽃—내 뜰 앞에 서 있는 한 그루 장미나무의 한 송이 잘 핀 장미꽃을 보고 느끼고 생각한 것을 다룬 것이다.

이것을 나는 천지와 영원이 내게 주는 생명의 술의 무슨 황홀한 잔처럼 감동해서 느끼고 생각하게 되었던 것인데, 그게 글로 표현해 내다가 보니 이쯤밖에는 되지 못하고 말았다. 미안스러운 일이다.

이 감동은 이런 잔의 느낌을 굉장하게 황홀히 담고 싶었던 것인데, 말이란 늘 부족한 것이어서 아무래도 내 그런 감동을 제대로 다 나타낸 것 같지가 않다. 뒤에 또 이걸 몇 번이건 새로 써 볼까 한다.

(『문학사상』1977.12.)

바람 불면 만나는 친구
—「난초」

옛 신라의 이야기에는 다음과 같은 것이 있다.

북쪽 산 밑에 사는 사내와 남쪽 산 밑에 사는 사내는 둘이 서로 절친
한 친구였는데, 그들은 바람이 아주 잘 부는 날만을 골라서 만나기로
하고 살고 있었다.

거세지도 않고 또 너무나 미약하지도 않은 적당하게 좋은 북녘 바람
이 남쪽을 향해 불어서 산골짜기 수풀의 나뭇잎들이 두루 남쪽으로 구
부러지면, 북쪽 친구는 남쪽 친구를 그리워하며 그 바람결을 따라 만
나러 나섰고, 또 남쪽 산 밑에 사는 친구는 이 아름다운 북풍 속에 북
쪽 친구가 자기를 찾아오고 있음을 알아차리고 마중을 나가서, 그 도
중에 참 반가이 만나게 되었다.

그리고 그와 반대로 좋은 남풍이 남녘으로부터 불어서 산골 수풀의 나무 잎사귀들이 북쪽을 향해 구부러지며 너울거리는 날은 남쪽 친구가 북쪽 친구를 찾아 나서고, 북쪽 친구는 또 마중을 나와서 기쁜 상봉을 했었다.

말하자면 이것은 '모년 모월 모일 어느 때에 만나자'는 등의 인간의 법도를 따른 것이 아니라 순 자연의 움직임의 좋은 법도에 합류해 실렸던 신라 사람들의 마음의 한 단면을 잘 나타내고 있는 것으로서, 우리도 고스란히 이래 보자는 건 아니지만 요즘 현대의 도시 중심의 문화생활이라는 것에 많이 지친 나머지 자연을 그리워 향수하는 사람들의 수가 나날이 늘고 있는 실정에 비추어, 이 이야기가 이유 없이 생긴 건 아니라는 생각이 들어서 여기 간략히 되풀이해 놓았다.

그렇다. 이상의 이야기에는 큰 이유가 있어 보인다.

현대 도시의 따분하기만 한 구석에서 너무나 피곤하여 우리가 지쳐 있는 무더운 여름날에 문득 자연이 보내 주는 시원한 바람의 효험은 참으로 무슨 약의 효험보다도 우리에겐 더 달갑게만 느껴지기도 하는 것이니 말이다.

나는 여름에는 화장실에 들어가면 먼저 한쪽 유리창을 열어 놓고라야 일을 보는 습관이 있는데, 이때마다 내가 즐기는 것은 새로 갈아들이는 바깥의 공기만이 아니라 사실은 열어 놓은 유리창 바짝 가까이까지 가지를 뻗고 있는 뒷집 감나무에 풋감 열매들이 싱싱하게 열려 자라고 있는 것을 가슴과 온몸으로 느끼는 일이 내게는 대견하고 늘 좋아서 그러는 것이니, 이 경우 내가 이렇게 사귀는 이웃집 감나무의 건강한 풋감들의 매력과 만나는 것은 어느 약보다도 더 약이 되는 것같이만 느껴진다.

이래서 세상살이에 바빠 광대한 자연을 찾아 늘 호흡을 같이할 겨를이 없는 사람들이 자연이 그리운 나머지 뜰에다 나무와 풀을 심고, 또 그럴 뜰도 없는 사람들은 하다 못하면 한두 개의 화분이라도 방에 놓아 가꾸어 온 걸로 안다. 아닐까?

하늘이
하도나
고요하시니
난초는
궁금해
꽃피는거라

위의 쬐그만 시는 내가 몇 해 전에 「난초」란 제목으로 쓴 것인데, 나도 난초 화분이나 몇 개 방에서 기르며 우리의 자연을 향수하고 지내다가 또 그 향수를 달래기 위해 이렇게 겨우 끄적거려 본 것이다.

나는 이렇게 해서 겨우 살아왔는데 여러분은 아닌가 모르겠다.

하여간에 자연은 우리네 사람들이 두루 다 생겨난 본고향이고, 또 죽어서 돌아갈 마지막 터전이다.

그러므로 우리네 사람들이 만든 문명이란 것에 너무나 지치고 고단할 때 이리로 향수를 보내는 것은 너무나 당연한 일이라고 나는 생각한다.

그리고 이 향수를 괜히 막아 버리지 말고, 되도록 두루 길을 터놓아 잘 사귀어 가는 것만이 우리 인생의 실제를 많이 덕 되게 하는 일이라고 생각한다.

문학정신

세계문학 속의 한국문학을

내가 이 나라에서 처음으로 편집 겸 발행인이 되어 『시인부락』이라는 문학잡지를 창간했던 것이 1936년 11월이었으니, 이번에 내는 『문학정신』지의 창간보다는 꼭 49년 11개월 전의 일이다. 그만큼 한 세월을 겪어 온 경험도 있으니, 이번 것은 좀 더 나은 잡지가 되게 하겠다. 항다반한 군것이 되게는 하지 않을 작정이다.

지금의 이 역사적 시점에서 우리 문학인들에게 최긴요사는 문학정신의 방향을 민족사적으로나 인류사적으로 어떻게 유리하게 파악해 나가느냐에 달렸다고 나는 생각하고 있으므로, 첫째 이 점에 대해서 우리 잡지는 문단 제대방가諸大方家의 의견들을 늘 두루 구체적으로 수렴하고 종합해서 그 활로를 타개해 가는 데 전력을 다할 것이다.

아울러서 나와 우리 편집진이 많이 노력하려고 하는 것은, 이 잡지가 세계문학 속의 한 의의 있는 문학잡지로서의 구체상具體像을 꾸준히 이루어 가려는 데에 있다. 유력한 외국 현대문학의 작품들이나 이론의 빈틈없는 번역 소개는 물론, 우리 문학의 우수한 것들을 해외에 이식 보급하는 책의 출판(외국의 저명 출판사들과 제휴한 출판)에도 착실하게 손대어 나갈 작정이다. 인제부터는 우리 문학도 한국에서만의 한국문학으로만 있을 수는 없는 것이니, 이미 함께 출발한 현대 세계문학의 대양에서 우리 문학 선수들의 핸디캡이던 챔피언십을 되도록 많이 획득할 수 있게 우리는 그 뒷받침의 노력을 다해 갈 생각이다.

그러나 물론 문학의 실질적인 향상 발달이란 두말할 것도 없이 단체 구성 등에 의한 표면적인 운동에서 되는 게 아니라, 문학인 각자가 정신 이면에서 정밀하게 추구하는 표현 미학의 성불성에 달려 있는 것이니, 이 근본적인 관점을 에누리하지 않는 데서도 우리는 성의를 다할 것이다. 우수한 질의 문학잡지가 되겠다는 말씀이다.

그러고 또 우리가 바라는 것은, 이 잡지가 누가 읽거나 재미나는 잡지가 되려는 것이다. 저열과 정반대의 쪽에서 이 잡지는 또 심심치 않을 뿐만 아니라 아조 재미나는 것이 되고자 한다.

많은 편달 있으시기 바란다.

(『문학정신』 1986.10.)

문학자의 사관

민족이나 인류의 역사 진행 속에서 한 사람의 문학자가 어떤 사관을 가지고 작품을 쓰고 비평을 해 가느냐 하는 문제는 특히 오늘날의 우리 한국 문단의 현상 속에서는 최중요한 일로만 보인다.

문학자뿐이 아니라 역사의식을 어느 만큼씩이라도 가진 모든 사람들은 그 사관이라는 걸 조만간 안 가질 수는 없기 망정인데, 여기에는 대략 세 가지의 큰 유형이 있어 온 걸로 보인다.

즉 그 하나는 역사의 바른 영원성이라는 감각을 위주로 해서 생각을 전개하여 현 사회 현황의 여러 애로들을 타개하고 발전시켜 가야겠다는 의지를 갖는 사관이고, 다른 하나는 현재의 사회현상을 유일한 상대치로 하여 결함이라고 생각하는 것을 타도함으로써 그 직후에 올 내일을 앞당겨 보자는 것이고, 또 다른 하나는 말하자면 적극

적으로는 전 이자前二者의 어느 편에도 가담하지 않는 매우 영리하다면 영리한 일파로서, 그 시세時勢라는 것을 주로 눈치로 살살 살펴 가면서 자기에게 불리하지 않은 입장을 늘 누려야만 하겠다는 기회주의 사관이 그것이다.

이 세 가지 유형 중에서 어느 것을 우리 문학자들이 더 많이 취택해 가지느냐 하는 것은 참으로 우리 문학의 장래의 운명에 관한 문제로 보인다. 아래 여기에 대한 내 생각을 간략히 말해 보려 한다.

위의 세 가지 사관 가운데서 아무래도 재고 삼고를 요하는 문젯거리는 사회 혁명파적 사관이라고 보이는데, 이것이 점점 더 파급되어 그 수를 늘려 갈 경우에 올 두 가지 효과에 대해 나는 문학 외적인 입장에서까지도 심한 우려를 여기 표명해 두지 않을 수 없다.

첫째는 아직도 철이 덜 든 학생들이나 공장 근로자의 군중심리를 선동하여 '민주 민족 민중은 아시안게임도 망국 아시안게임이라고 몰고 우방 미국까지도 따돌리고…… 때려 부수자. 돌이다. 화염병이다. 마구 던져라!'의 파괴의 편이 되어서, 유사 이래 새 발전의 여러 계기들이 눈앞에 마련되어 와 있는 민족사적 호운의 이 시점을 위태롭게까지 하는 데 일조를 하지 않을까 하는 것이 그것이요, 둘째는 (이것이 더 큰 염려이지만) 그런 일조의 힘이라는 게 의식적이건 무의식적이건 북한 김일성 일파의 한반도 적화통일 야욕을 고무하여 제2의 6·25 참변을 이 민족에 다시 가져오는 촉진제가 되면 어찌하겠느냐 하는 것이 그것이다.

문학 내적인 입장에서 보자면 더구나 물론 이런 유의 문학 운동의 업적이라는 것이 인류의 역사 위에서 문학적 주색主色을 제대로 나타내 본 일은 없기만 했던 만치, 그런 과거사의 전례들에 비추어 볼 때 앞으로도 또한 그럴 것으로만 보이니 그게 걱정이다.

여러 가지 예를 들 것도 없이, 중세 기독교의 교조주의의 집단 운동 정신 속의 문학까지도 성서의 가치와는 달리 너무나 미미했던 것을 우리는 너무나 잘 알고 있고, 또 러시아의 꽤 오랫동안의 사회주의 문학이라는 것을 두고 보더라도 문학 외적인 의도를 가지면 가질수록 맛대가리 없는 것이 되고 만다는 자각만을 우리에게 불러일으켜 왔던 것도, 우리는 또한 잘 알고 있으니 말이다.

문학이란 무엇보다도 첫째 정교하게 효과적으로 독자에게 전달되어야 할 모국어를 통한 표현 미학의 창출의 길이다. 딴전을 보아 덕 보려고 한다고 잘될 수도 없는, 영원 속의 사람 노릇의 에누리 없는 표현의 길인 것이다.

(『문학정신』 1986.11.)

문학작품의 현대성과 영원성

　일전에 영국 시인 앨런 로스 씨와 동석한 자리에서 내가 "당신네 영국 문학사에서 가장 훌륭한 시인은 누구라고 생각하느냐?"고 물었더니 그는 서슴지 않고 "셰익스피어다"라고 대답하였고, 또 "금세기 영국의 대표적 시인은 누구라고 보느냐?"고 했더니 역시 주저함이 없이 "윌리엄 버틀러 예이츠다"라고 했다.

　현 영국 시단의 중진 중의 한 사람이고 또 『런던 매거진』이라는 저명한 문학잡지사의 대표자이기도 한 그의 이 단정을, 나는 일개인의 주관일 뿐이 아니라 문학을 아는 영국인들 일반이 갖는 통념의 하나라고 생각하는 사람이거니와, 여기에서 우리에게 문제가 되지 않을 수 없는 것은 다름이 아니라 '셰익스피어는 왜 영국 문학사에서 가장 위대한 시인이며, 또 예이츠는 왜 금세기 영국 시단에서 첫째가는 시인이어야 하느냐?'는 그 가치 설정의 기준에 있다.

그래 생각이거니와, 현대 사회가 갖는 그 현대성만을 중요시하는 입장에서 보기라면 셰익스피어는 옛날 사람이니까 물론 논외로 해야겠고, 예이츠만을 보더라도 그에게 현대의 '모더니티'가 특별나게 많지도 않았던 점이다.

'그럼 무엇이 셰익스피어와 예이츠를 오늘날에도 영국의 가장 큰 시인으로 만들고 있는가?' 하는 것을 좀 더 깊이 생각해 보자면, 그것은 그들 생존 시의 현대성보다도 그들이 인생의 시적 체험을 통해서 이해한 인간 가치의 지속성의 표현에 더 역점을 두고 있었던 것이 보인다. 그들이 살아 있던 당대에서뿐이 아니라 사후에도 가급적 오래 사람들에게 공통된 감동을 줄 수 있는 인간 가치를 더 많이 추구하면서 표현한 것이 보인다는 말이다. 말하자면 그런 의미의 영원성을 그들은 생각하고 살았던 걸로 보인다.

그러므로 여기에서 우리가 세울 수 있는 결론으로서의 시인의 존재 의의는 그가 육신을 가지고 살아 있던 당대의 현실을 누구보다도 정밀하게 사랑해 이해하고, 또 그 이해에 되도록이면 오래 지속할 수 있는 가치를 주어 표현하여서 이것으로 역사 속에 한 전형적 의의를 이루게 하는 데 있다고 생각된다.

오늘날 우리가 한국에서 하고 있는 시의 노력이 정신 면에서나 표현 면에서나 과연 그만큼 한 사적 전형성을 띨 수 있는 것인지 아닌지 많은 반성이 필요한 줄로 안다.

(『문학정신』 1986.12.)

문학작품과 독자

　근년, 우리나라의 '민주화 운동'에 발을 맞추어 문단에서도 '민중 문학 운동'이라는 것이 꽤나 활발하게 일어나면서 문학작품들도 '대중을 위하여'라는 슬로건 밑에 상당히 많이 생산되어 나오고 있는 것만은 사실이 아니라고 할 수 없는데, 또 이 '대중을 위하여'라는 것이 명실공히 우리 민족 대중의 정신적 양식으로서 좋은 효용을 거둘 수 있는 능력을 갖춘 것들이라면 우리는 여기에 대해서 문학적인 별다른 이의도 제기할 필요는 없을 것이다.

　그러나 '민중을 위하여'라는 명분을 내세우고 나오는 작품들의 실상을 자세히 살펴보면, 그것들이 잘 지은 쌀밥 같기보다는 함부로 지은 꽁보리밥만 같거나, 아주 싼거리 대중음식점의 라면이라든지 그런 것들처럼 맛이랄 게 너무나 적은 데에는 아연실색하지 않을 수 없다. 다수 민중을 위한다는 주장이 민주주의 사회에서 제아무리 잘 영입된다 하더라도, 다수 민중을 위하는 문학작품들마저 이렇게도 싸고 허술한 남조품들이 되어야만 한다는 논리도, 윤리도, 심미 기준도 생겨 있어서는 안 되기 때문이다.

아시다시피 세계문학사를 회고해 보자면, 다수 민중의 이름 밑의 교조의 전제 정신을 문학 이념으로 군림시키는 제도의 작용 아래서는 문학작품들은 조제품으로서만 남조되어 나타났을 뿐이었다. 중세 서양의 영혼을 정화하는 데 절대적인 효험을 주었던 기독교적 다수 교권의 군림까지도 이념의 강요 때문에 좋은 작품의 생산에는 위축만을 초래했고, 소련이나 중공이나 북한의 사회주의 이념의 다수 인민을 빙자한 전제가 문학작품들을 얼마나 무미한 기형물로 많이 만들어 왔는가 하는 것은 전 시대의 작품들과 대조해서 읽어 본 경험이 있는 이들이면 누구나 잘 알고 있는 일이니 말이다.

그러므로 잔사설 다 빼고 우리나라 문학사의 바르고 실효 있는 발전을 위해 여기 나는 충심으로 우리 시인들과 작가들에게 권고하거니와—'민주주의라는 다수의 이름의 그늘 밑에 숨어 인기를 얻기 위해 다수에 아첨하는 싼거리의 음식 남조해 내기 같은 작품 제작 태도일랑은 되도록 빨리 지양하고 문학 창작의, 언제나 발견적인 정밀 탐구의 본도本道로 돌아오라'는 것이다.

샤를 보들레르도 프랑스 혁명 때에는 다수 민중의 편이 되어 시가전의 전위 대열에도 참가했으며 또 그들의 신문 발간에까지도 앞장 서기도 했었다. 그러나 그의 시집 『악의 꽃』이나 산문시집 『파리의 우울』을 통독해 보라. 거기 어디에 다수의 군중심리에 아첨하여 인기를 얻으려 한 작품이 단 한 편인들 보이는가? 거기에는 시의 발견 노력자 보들레르 개인의 구전興率의 자유와, 정밀한 심미 탐구와 그래서 도달한 상징적 표현의 선각자로서의 면면한 창작 노력의 흔적들만이 역연할 따름인 것이다.

또 우리 신문학사 속에서 1925년부터 1934년에 이르는 10년 동안 일본이 정책적으로 조선프롤레타리아 예술동맹 산하의 사회주의 민중문학을 합법화했을 때 양산되어 나왔던 그 조악하기만 했던 문학작품 활동이라는 걸, 가령 그들의 대표적 시집이었던 『카프 시인집』 한 권만이라도 읽고 재음미해 보라.

그러면 1930년대 초기부터 우리 시를 시의 표현의 본도로 회복시키기 위해 분연히 일어섰던 순수시 운동의 크나큰 고마움도 알게는 되리라.

문학 창작인들은 어느 경우에도 독자를 정신적 조식가粗食家로 만들 권리는 없는 것이다.

(『문학정신』 1987.2.)

창작 문학의 지성

　문학 중에서도 시, 소설, 희곡(시나리오 포함)으로 표현되는 창작 문학의 지성이 학문상의 순 이론적 지성이나 일상생활상의 상식적 지성과는 판이해야만 했던 것이 동서양의 창작 문학사에서 우리가 잘 알게 된 사실이었음에도 불구하고, 오늘날에도 오히려 등하불명으로 우리 문인들 사이에는 이 식별마저 제대로 하고 있지 못한 이들이 상당히 눈에 뜨여서 여기 그 기본적인 전통적 차이점에 대해 몇 마디 말해 두려 한다.

　고대 그리스의 철학자 플라톤이 『국가』라는 책에서 저 유명한 '시인 추방론'을 내놓아, '시인이라는 감정적 속물들에겐 사물의 본질을 통찰하는 이성(지성)의 눈이 박약하므로 철학자가 이상적으로 세우려는 국가에는 참가시키기 곤란하다'는 취지의 말씀을 했던 것은 아직도 우리들의 귀에 새롭거니와, 이것도 이미 철학 정신이 숭상하던 순수 지성과 창작 문학 정신의 특성인 감동 전달의 차이점을 두고 순수 지성의 편을 들어 주장한 것임에 불과하다.

플라톤은 창작 문학 정신에도 전연 없을 수는 없는 지적 이해 전달의 면에 대해서는 등한에 부쳤었지만, 19세기와 20세기 시문학의 가장 정밀한 이해자였던 스테판 말라르메와 폴 발레리 등에 오면 명확한 이해의 해답은 나와 있다. 이 정신적 사제師弟는 생각을 나란히 하여 '시의 언어 전달이 일상적 용무에서의 언어 전달과 그 직능이 다른 점은 전자가 인생 경험에서 감동한 것을 전달하는 데 반해 후자는 그저 사실의 용건만을 서로 말해 충족시키는 데 그치면 된다'고 함으로써, 감정적 감동과 아울러 지적 감동까지를 포함하는 창작 문학 특유의 정신적 특징이 작자와 독자가 서로 무언가 매력을 공동으로 느끼며 감동할 만한 것을 가져야만 한다는 것을 플라톤과는 달리 표현해 보이고 있으니 말이다.

그렇다. 작품을 창작하는 문인들의 정신에도 느낌과 아울러 지적 이해가 필수적이지만 시인이나 작가의 지적 이해가 학설상의 순리적 추구나 일상생활의 용건 수행상의 상식적 한계 밖의 그 감동적 이해에 있는 것만은 사실이다. 수학이나 물리학의 공식이나 정리, 철학, 경제학, 정치학, 법학 등의 학문이 갖는 순리적인 이념, 이론들—그런 것들과 다른 인간적인 정감을 대동한 깊은 이해들이라든지, 새로운 자각과 발견의 황홀성을 대동한 창의적인 이해 같은 것은 창작 문학인의 지적 이해에 해당하는 것이다.

인간적인 정감을 충분히 대동한 지적 이해의 경우를 시에서 찾자면, R. M. 릴케의 사물에 대한 육친적인 사랑을 점점 더 깊이 함으로써 도달하는 인정미 넘치는 시적 이해를 예로 들 수 있겠고, 사물에 대한 창의적 재인식에의 노력의 끝에 도달하는 발견적 재인식의 황홀의 예를 가령 시에서 또 찾자면 폴 발레리의 시의 지성의 가장 중요한 특징은 여기 부합하지 않을까 생각한다.

창작 문학이 지녀 온 이런 사랑과 발견의 전 자유의 지성의 권한을 함부로 유행 사조의 무슨 이념 따위의 노예로 만드는 일이 없도록 시인이나 작가는 늘 마음을 써야 할 것이다.

(『문학정신』1987.3.)

생의 매력과 감동

어느 날 석가모니께서 옆에 피어 있는 꽃을 손으로 만지시니, 그 옆에서 보고 있던 가섭이란 제자가 그 뜻을 알아차려 빙그레 웃었다는 이야기가 『전등록』이라는 책에 전해져 내려오고 있다. 한문으로는 '염화미소拈華微笑 이심전심以心傳心'이라고 표현해 놓은 것이 그때 그 일을 요약한 것이니, 요즘도 우리들이 가끔 써먹고 있는 '이심전심'이라는 말씀은 물론 여기에서 유래된 것이다.

석가모니께서는 왜 이 꽃을 새삼스레 좋아해서 만지셨으며, 제자 가섭은 또 무엇에 공명하고 감동하여 흡족히 미소 지었는가? 물론 이 '염화'와 '미소'의 서로 좋게 연관되는 두 사람의 두 가지 일은 부정의 성질이 아니라, 어디까지나 긍정과 찬송의 느낌과 생각을 무언중에 나타내는 것으로서, 말하자면 청정무구하고 순수무잡한 인간 생명의 상징같이 찬란하고 황홀하게 피어 있는 이 꽃의 매력에 대한 공감의 감동을 표시하고 있는 것이라고 보여진다.

그런데 왜 내가 지금 새삼스레 옛날의 사실을 끄집어내느냐 하면, 우리나라 문인뿐이 아니라 모든 사람들의 삶에서 무엇보다도 더 많이 숭상해야 할 기풍은 바로 이런 생의 근본적인 긍정과 찬양이어야 한다고 생각하기 때문이다. 부정해야 할 것들도 물론 많겠지만 모든 부정보다 앞서서 생명 있는 자 누구나가 다 먼저 지녀야 할 생에 대한 근본적 긍정이 선행되어야 한다고 자각되기 때문이다.

그러나 우리나라 사람들의 인생의 실상들을 살펴보면 이런 긍정적 감동이나 공감보다는 부정적 거부나 대립이나 시비 싸움이 아직도 어떤 데서는 득시글거리고 있는 것이 서글픈 일이지만 사실인 것 같다.

꽃들이나 마찬가지로 어린아이들은 그렇지 않고, 사랑에 깊이 잠긴 고요한 곳의 연인들도 그렇지 않고, 자기가 좋아하는 전공의 일이나 공부에 열중하는 사람들, 최선을 다해서 운동하는 운동선수들, 목숨을 내걸고 내 나라의 일선을 지키는 군 장병들은 그렇지 않지만, 그 참으로 딱한 부정과 대립의 시비 싸움은 아직도 여전히 어떤 구석들에서는 깃들여 판을 치는 것을 안 볼래야 안 볼 수도 없으니 말이다. 인생의 신성한 긍정적 가치를 먼저 가르쳐 지시해 주어야 할 성직자들까지가 '우리 편 아닌 자들은 사탄이로다!' 하며 어린아이들 앞에서까지 울분이나 터뜨리고 있는 광경이 적지 않게 목격되는 것이다.

그래 첫째 문학의 일인데, 우리 문학이라는 것은 인간 정신의 전면—지혜나 감정이나 의지 지향 등의 모든 면을 체험적으로 고차원화하며 다룰 수 있는 표현 능력을 전통적으로 지녀 온 부면이니까 말씀이거니와, 인생의 근본 긍정의 시험적 패턴들을 되도록 많이 창출해 내서 어지러운 사회에 작품들로 제공하는 일을 아무래도 시인이나 작가들이 앞으로는 맡아야겠다는 것이다.

　'보아라 여기에 생의 참 매력이 있다'고 석가모니가 황홀한 꽃을 만져 보이듯이 보일 수 있는 작품들이 좋은 언어예술품으로서 먼저 많이 창작되어 나오기를 바랄 뿐이다.

(『문학정신』 1987.4.)

쑥과 마늘

이 봄에도 나와 내 아내는 저녁 밥상에서 쑥국을 꽤나 많이 먹고 지냈다. 어렸을 때부터의 습관이라 칠십이 넘은 노년의 이 봄에도 쑥국의 맛을 저버리지 못하는 것이다.

쑥만이 아니라 마늘도 또한 마찬가지다. 새로 자란 풋마늘을 그대까지 아울러 숭숭 썰어서 고추장에 버무려 만든 마늘장이라는 걸 쑥국에다 한두 숟갈씩 떠 넣어 알큰하게 만들어서 땀을 흘리며 먹어대고 있으니 말이다.

쑥과 마늘에 대한 어느 민족과도 다른 나의 이 편애를 생각하다가 내 기억이 또 저절로 달려가는 곳은 단군의 어머니인 웅녀 신화의 암유 속이다. 우리나라에 처음으로 내려오신 하느님의 아드님—환웅에게 시집을 가고 싶던 암호랑이 한 마리와 암곰 한 마리가 신의 모습을 닮은 여인네로 다시 생겨나고 싶어 신의 분부대로 쑥과 마늘 두 가지만 먹고 삼칠일 금기의 수행을 하고 지내던 중, 호랑이는 자발머리가 없어 참지를 못하고 그 기일 전에 뺑소니를 쳐버렸기 때문에 그만이었고, 곰은 그래도 쓴 것과 매운 것만을 먹고 삼칠일을 잘 참아 견디었기 때문에 뒤에 달덩이 같은 처녀가 되어 그리운 환웅의 영부인이 되었다는 바로 그 이야기의 암시 속이다.

그런데 내가 왜 여기에다 우리 어린애들까지도 두루 다 잘 아는 이야기를 꺼내서 적어 놓았느냐 하면, 이걸 누구더러 다시 한 번 외워 두라고 권고하려고 그러는 게 아니라, 지금 우리의 이 역사적 시점에서도 이 이야기가 암시하고 있는 의미를 바로 자각해 사는 것이야말로 단군 시절이나 그 뒤의 여러 왕조보다도 더 절실히 필요하다고 생각하기 때문이다.

쑥같이 쓰고 마늘같이 매운 여러 가지 고초를 참지 못하고 후다닥 뺑소니를 쳐서 짐승 같은 온갖 행패와 파괴를 일삼는 사람들보다는 오늘의 이 시대야말로 곰같이 잘 견디고 참아내서 사람다운 일들을 꾸준히 이어서 이루어 내는 사람들이 더 많이 많이 필요한 것을 우리는 지력과 감력으로 너무나 뚜렷이 잘 알고 있기 때문이다.

논밭에서 농사를 짓는 겨레들이나, 공장에서 실을 만드는 사람들이나, 쇠붙이의 기계를 만드는 사람들이나, 바다에 있는 사람들이나, 땅 위에 있는 사람들이나, 교육자거나, 학생이거나, 정치가거나, 경영자거나, 학자거나, 문인이거나, 예술가거나, 이 나라에 살고 있는 누구거나, 무엇보다도 우리들이 먼저 해야 할 일은 온갖 고생을 잘 참으며 꾸준히 사람다운 일들을 이루어 내는 것이지, 뺑소니친 암호랑이처럼 딴전을 보고 다니는 일이어서는 안 되겠다는 것이 그 것이다.

우리나라의 지혜 있는 이들이 누구나 다 입을 가지런히 하여 말씀해 오고 있는 것처럼 금년 1987년과 명년 1988년을 세계를 겨루어 우리가 잘 합심해서 일들을 성실하게 치러 내기만 한다면 단군 이래의 이 나라 역사에서 가장 뛰어난 업적의 한 고봉을 이루어 낼 수 있는 때에 와 있는 것을 나도 알고 있다. 문학도 물론 그 속에서 잘될 것이다.

무엇 때문에 꽁무니를 빼고 도망친 암호랑이와 같은 딴전이 필요한가?

(『문학정신』 1987.5.)

문학작품의 뉘앙스

한 그루의 느티나무에 소슬하고 시원한 그늘이 있어 느티나무의 감칠맛을 자아내듯이 사람들의 생활도 빤하게 드러나는 것만이 아니라 그늘의 은은한 감칠맛까지를 겸해서야만 진진한 생활의 맛을 다하는 것이니, 인간 생활의 방방곡곡의 온갖 간절한 정취와 도저한 이해를 다루는 문학작품이 여기에서 등외의 것이 되거나 무지한 것이 되거나 미달한 것이 될 수는 아무래도 없는 일이라 생각된다.

그런데 근년 우리들의 문학작품에 나타나 보이는 '민중문학' 운운의 그 '가난하고 불행한 대중을 위한다'는 사람들의 작품들, 특히 대량 생산되어 나오는 시 작품들을 읽어 보면, 이것들은 아직도 소재적 구체성마저도 제대로 갖추지 못한 것투성이여서 우리 문학의 건전한 장래의 발전을 염원하는 입장에서 보고 있자면 참으로 암담한 일이 아닐 수 없다.

똥구멍이 말라붙을 만큼 가난한 옛날의 어떤 농부가 돌아가신 아버지의 제삿밥을 지어 올릴 마련이 감감해서 헤매던 끝에 설사 난 개가 누어 놓은 똥 속에 보리쌀들이 상당히 섞여 있는 것을 한 무더기 발견하고 그걸 잘 움켜 가져다가 정성껏 깨끗이 깨끗이 맑은 물에 씻어서 제삿밥을 한 사발 지어 올리고 제사를 모셨다는 이야기도 있긴 있지만, 이 보리밥 같으면 소재가 빈곤한 대로나마 많이 배고픈 사람이면 눈 질끈 감고 먹어 볼 수나 있을까, 요즘 나타나고 있는 민중시民衆詩라는 것들의 상당수는 뜸도 제대로 들이지 못한 것들이 많음은 물론 어떤 것들은 너무나도 볼품없는 빈약한 소재 나열에만 그치고 있어서 이 작자가 과연 시작의 초보라도 제대로 이해하고 있는 사람인가까지를 의심케 하고 있다. 이 나라의 발전을 위한 내 핍으로라면 조식粗食이라도 해낼 각오도 없지는 않지만, 그래도 무얼 먹을 만큼 만들어 내놓고 먹어 달라고 하는 염치는 있어야 할 것 아닌가?

도대체가 요즘의 민중문학파 시인들의 상당수는 시작 형성의 근본인 구성의 노력까지도 전연 생략해 버리고 마구잡이로 후려갈겨써 내던지고 있는 것만 같다.

아시는 이들은 두루 다 아시다시피, 모든 예술 작품은 무엇보다도 먼저 그 효과적인 구성에 예술 생명의 기본을 두고 있다. 그것이 동서양의 예술 작품의 역사가 그 초보들에게 각 시대를 통해 무엇보다도 먼저 주시케 해 오고 있는 엄연한 사실이다.

그림은 명암과 원근을 통해 나타나는 물상들의 적절한 배치 구성의 효력을 통해서, 음악은 소리의 고저장단의 잘 조화된 멜로디의 하모니를 통해서, 시나 소설이나 희곡은 언어의 매력과 의미와 영상들의 효율 높은 구상—구성을 통해서, 시는 또 산문의 언어 사용량의 무제한성과는 다른 단축되는 언어 사용권의 필연인 언외의 암시 함축미의 구성의 노력에 의해서 성립되어 온 사실을 우리는 어떻게도 거부할 수는 없다.

그래 문학작품의 작가—특히 시의 작자들에게 부탁이거니와, 시상詩想이랄 것이 대충 머릿속에 떠오른다고 해서 이것을 되도록이면 효과적으로 독자들에게 전달하기 위한 면밀한 구성의 노력 없이 바로 좍좍 붓 가는 대로 함부로 갈겨써서 내던져서는 안 된다는 것이다. 이런 양산이 후일 무엇으로 평가되겠는지 옷깃을 여미고 깊이 생각해 봐야 한다.

요컨대 좀 더 뉘앙스 있는 작품들을 써야겠다는 이야기다.

(『문학정신』 1987.6.)

문학자와 사관

　무릇 낫 놓고 기역 자도 그릴 줄 모르는 무식한 농부가 있다 하더라도, 그는 나름대로 자기 집안을 바로 이끌어 가기 위해서는 오직 그날그날의 생활 현상에만 질질 이끌려 가기만 하는 것이 아니라, 이미 이 세상에는 안 계시는 부조父祖의 유지遺志도 때때로 기억해 내서 귀감으로 삼기도 하는 것이며, 또 자녀들과 손자 손녀들의 미래의 발전에 도움이 되도록 뒤대어 주고 준비하며 살기도 하는 것이다.

　이것이 바로 역사 속에서 바로 사는 길이니, 무식한 사람이 사는 것도 이러하거늘, 무얼 공부했다는 사람들이 복잡한 사회현상 그것만을 유일한 시야로 하여 역사에 대한 바른 관점도 제대로 마련하지 못하는 것이 보임은 참으로 염려스러운 일이 아닐 수 없다. 특히 요즘 우리나라 문학자들의 일각에 그런 부족한 모양이 나타나는 것은 한심스러운 일이다.

물론 사람들은 식자거나 무식자거나 간에 현재의 현실 사회에서 살고 있는 것이니 각자가 처해 있는 그때그때의 사회현상에 먼저 정통할 필요가 있다. 그러나 정통이란 각자의 자기와 자기 집과 자기 민족이 좀 더 양질로 발전 향상하면서 잘살기 위한 노력 속의 정통이라야지, 포말처럼 일어나며 부침하는 일시적인 유행 풍조나 근거가 확실치 못한 군중심리에 아부해서 좌왕우왕하는 그런 정통이어서는 안 될 것이다.

현대는 어느 나라에서나 매스컴의 저널리즘을 발전시켜 정선精選되지도 못한 이쪽의 유행을 틈타면 그 인기 남녀라는 것이 되기는 어렵지도 않은 듯하지만, 이런 군중 속의 인기놀음의 바람이란 봄바람 난 시골 처녀가 마침내 왕대풋집에서 젓가락 장단의 니나노 노랫가락의 인기바람이나 타고 있는 것과 오십보백보의 경우가 많은 것 같은데 어쩔 것인지.

우리 겨레의 이 역사적 현시점에서 우리가 무엇보다도 먼저 노력해야 할 일은 각자 자기가 해 온 전공의 일들을 각자가 놓인 자리에서 성실히 침묵 속에 꾸준히 이행하여 이 결과의 합계로서 민족의 흥륭을 가져오게 하는 것이라고 생각되는데, 일은 접어 두고, 전연 불필요한 자유 과잉의 풍조 속에 정권 탈취의 야망의 발산만 음으로 양으로 온갖 꾀와 폭력까지 다하여 전개하고 있는 식자라는 사람들도 적지 않게 있으니 웃고 넘어가기에는 너무나 거슬리는 꼴이 아닐 수 없다. '이 사람들 속셈은 베트남의 말로와 같이 이 나라를 새빨갛게 하려는 것이나 아닌가?' 하는 의심까지도 안 생길 수가 없는 것이다.

말씀이 아니라 누구나 이목구비와 건전한 마음 가진 사람은 수긍하지 않을 수 없는 뚜렷한 사실로, 우리나라는 지금 유사 이래 처음으로 세계 경제 속의 흑자 생산 제2연도를 통과하고 있고, 또 여러모로 일대 약진의 계기가 될 게 분명한 세계 올림픽 개최 1년 전의 바쁜 준비기에 처해 있다. 전 국민의 획기적인 합심 노력만이 요청되는 이 중차대한 역사적인 시점에서 왜 무슨 바람으로 등 돌리고 뒤돌아서서 딴전을 보며 힐난과 불화 조성과 혼란과 파괴만 일삼고 있는지 참으로 이해해 줄 수 없는 일이다.

문학자들이란 특히 민족과 인류의 사회현상 속에 간절하게 살면서도 그것들이 주는 의미와 느낌을 선택하고 또 선택하여 여기 역사적 영원성의 가치까지를 부여해야 하는 능력을 가진 사람들이라야 하는 것인데, 정말 신중해야 될 줄로 안다.

(『문학정신』 1987.7.)

문학과 한의 처리

　인류는 동양인이거나 서양인이거나 옛날부터 지금에 이르도록 무슨 일이 잘 안 되면 슬픔이나 원한을 만들어 가지기도 하면서 살아와서 그런지, 신선神仙이라는 일컬음을 들어온 한국 사람들에게도 이것은 아직도 뿌리 뽑히지 않은 채 첩첩이 쌓여 있어, 우리는 이 슬픔과 원한을 합쳐서 범벅하여 '한恨'이라고 말해 오고 있다.

　'우리나라 향악의 가락은 한을 주조로 하고 있다'느니, 심지어는 '우리 서민층의 마음에는 오랜 세월 누적된 한이 쌓여 있다'느니, 또는 '야, 저 한 많은 여인은 한이 많아 더 기가 막히게 이쁘거든' 하는 식으로까지 한을 과대평가해 오고 있으니, 오늘날 우리의 생활 의식에도 적지 아니 세력을 부리고 있는 '천 년 묵은 이무기'인 한에 대해서도 우리는 직시해 보지 않을 수는 없겠다.

이 괴물의 정체는 무엇이며, 과연 이 괴물은 이천 년대에 접어들고 있는 우리 역사의 현시점이나 미래를 위해서 공헌할 일꾼으로도 내세울 만한 것일까?

'울어라 울어라 새여. 자고 일어 울어라 새여. 널라와 시름한 나도 자고 일어 우니노라' 하는 고려가사 「청산별곡」 속의 노래를 비롯해서, 서도의 〈수심가〉, 남도의 〈육자배기〉 등의 노래의 가락과 그 말씀들에는 아닌 게 아니라 그 한이라는 게 첩첩해 있고, 일정 치하의 유행가를 비롯해 해방 후 오늘날에 이르도록까지의 유행가에도 이것은 상당히 많이 도사려 은신해 오고 있고, 특히 근년의 소위 민중문학 주장의 작가 시인들의 작품 속에서는 도도한 권위 행세까지 하고 있으니 이걸 가벼이 무시해 외면해 버리고 말 수는 아무래도 없게 되었다.

이것의 모태는 무엇이며, 생성 과정은 어떻게 이루어진 것이며, 과연 열심히 배울 만한 것이냐? 아니면 그저 한 교육의 대상이냐?

내 생각으로는 이 천년 묵은 이무기를 만든 사상적 근거는 우리나라에 자리 잡은 유교의 '하늘이 인간 운명을 마련한다. 그러니 사람들은 좋건 나쁘건 그렇게 된 푼수에 맞추어 살아야 한다'는 가르침과, 여러 왕조—특히 이 왕조李王朝를 통해서 철저했던 양반과 쌍사람 계급의 지독한 차별 대우와 또 한 가지는 몽고 침략 등의 외구의 습래에 의한 가족들의 이산, 남은 한 가지는 다수한 쌍사람들의 무지에 있었다고 본다. 그래서 이 네 가지 이유가 합쳐져서 앞서락뒤서락하며 원한 많고 설움 많은 '한'의 정서랄까 감정의 병이랄까를 키워 왔다.

그러니까 이 '한'이라는 건 어느 모로 보아서건 지난날의 왕조와 일정 치하의 유물일 뿐, 모든 것을 더 많이 창의로써 발전시키고 긍정적으로 합세해 만들어 가야 할 우리 민족사의 현시점에서는 잘 타일러 이끌어 가야 할 교육의 대상일 뿐인 것이지, 여기 주권을 주어 날마다 한풀이 노름이나 일삼게 해서는 우리의 건설적인 모든 일들에 쓸데없는 멍이나 들게 하기가 고작인 것으로 나는 안다.

구멍가게를 하다가 좀 실패해도 남만 원망하며 설움을 키워 '한많은 이 세상 타령'에나 젖어 비척거리는 조무래기가 되어서는 안 될 것이요, 더구나 동포들의 이런 한이나 부채질해 아첨해서 오도하려는 문학자가 있다면 우리는 그를 정말 엉터리라고 안 볼 수 없을 것이다.

(『문학정신』 1987.8.)

문학 하는 정신의 자유

　'문학 하는 정신은 자유다'라는 말들을 해 오고 있다. 물론 나도 여기 반대까지 할 생각은 없지만, 여기에는 또한 지켜야 할 조건들이 꽤나 많아 보여서, 그중 가장 중요하다고 생각되는 몇 가지를 아래에 적기하여 독자의 참곳거리로 드릴까 한다.

　아시다시피, 문학작품을 쓰는 일은 일반의 이론 학문들처럼 지적 사고만을 다루는 게 아니라 감정의 소용돌이와 우여곡절까지를 다루는—말하자면 인간 정신의 전폭을 다루는 것이라서 지켜 내야 할 조건은 더 많아지는 것이니 그것들을 일일이 지시하기란 참으로 하늘의 별을 세기만큼 어려운 일이겠지만 그중에서도 가장 커 보이는 조건들은 아래와 같은 것들 아닐까 한다.

　첫째 한 문학작품이 갖는 지적 의미 부여에 관해선데, 이것은 작자가 의미적 의미를 부여하려 하건 무의미적 의미를 부여하려 하건 간에 작자의 지적 발견의 노력이 각지^{覺知}해 이해해 낸 지적 감동의 매력을 겸비해 가질 때만이 그 기능과 가치를 비로소 이룰 수 있는 것으로 보인다. 여기에는 대범 두 개의 유형이 있으니 하나는 시인 폴 발레리의 경우같이 순수 지성으로서 도달하는 이해요, 다른 하나는 R. M. 릴케의 경우처럼 깊은 사랑으로서 대상을 따르다가 마침내 차지하는 육친적인 이해와 같은 정미^{情味}도 있는 이해의 매력의 세계이니, 후자의 자유의 가치는 그것이 되도록 더 깊고 두두룩한 깊이의 체적을 가질 때만이 더 많이 이루어지는 것으로 보인다.

다음은 물론 감정 경영의 자유인데, 이것은 19세기 낭만주의의 경험을 통해서도 우리가 잘 알고 있듯이, 허드렛물 퍼 쓰듯이 함부로 막 퍼 써서는 안 되는 것이다. 이렇게 함으로써 정서는 평준 차원에도 못 미치게 안가^{安價}한 것이 되고, 싱거워 빠진 것이 되고, 있으나 마나 한 것이 되고, 또 이것이 과만^{過滿}하여 폭발하는 경우 쓸모없는 사고만 빚어내는 것이니, 여기엔 정말로 많은 지혜의 견제가 필요하다. 그 견제 속에 우리는 지조 있는 것, 허망하지 않은 것, 간절한 것으로 차원을 높이어 가야 할 의무가 있다.

이 정서의 안가화^{安價化}의 버릇이 잘 고쳐지지 않는 경우, 나는 이것의 사용을 중단하고 차라리 시각, 청각, 후각, 촉각, 미각 등의 천여^{天與}의 감각 생활 속에서 신성성을 누리고 사는 데 먼저 골몰할 것을 권한다. 그리하여 새로운 정서의 싹들이 이 천여의 감각 토대 위에서 쓸 만한 것으로 돋아나 자라기만을 바란다.

그다음은 문학 하는 의지의 자유의 문제인데, 우리 인생은 아무래도 무얼 생색 있게 잘 해내 보자고 생겨나 있는 만치 가장 기본적으로 필요한 긍정 의지가 선행되어야 함은 어쩔 수도 없는 일로 보인다. 꽃이 좋게 피어 있듯이, 새가 좋게 노래하며 날듯이 하는 그 긍정 의지 말씀이다. 이것이 먼저 있은 다음에 이것을 저해하는 요인들에 대한 부정 의지도 발산돼야 할 텐데, 어찌 된 일인지 시작부터 끝까지 부정 의지 하나만을 가지고 덤비는 걸 잘난 의지 노릇처럼 여기고 있는 듯한 문학인들도 보이는 건 심히 유감스런 일이 아니라고 할 수는 없겠다.

'다 된 밥에 재 뿌린다'는 우리 속담이 있거니와, 지금 무엇을 합심해 잘 해내야만 할 우리 민족사의 현시점에서 이런 재 뿌리는 부정 의지의 소유자가 되어서는 안 된다.

(『문학정신』 1987.9.)

두 개의 책임

내가 살아온 72년 몇 달 동안의 생애에 가장 충격적이었던 소식은 첫째 미국에 발생한 가공할 성병 AIDS의 환자 수가 그 나라 전체 인구의 약 백분지 일에 해당한다는 것이요, 또 다른 하나는 요즘 우리나라에 미만하고 있는 자율이 없는 잘못된 자유의 남용에서 오는 불필요한 혼란의 계속이다.

이 두 개의 사태를 목전에 두고 문학인의 하나로서 우리는 책임을 안 느낄 수 있는가? 가만히 생각해 보니 우리가 빚어 놓은 이유 때문에 우리가 져야 할 책임은 참으로 많은 것만 같다.

그중에서도 책임지지 않을 수 없는 가장 큰 이유는 저 르네상스 휴머니즘 이래 우리 문학인들이 나날이 발전시키고 또 타락도 시켜온 성 본능의 자유, 매력에의 유혹이었다. '민은 식과 색을 하늘처럼 안다民食色爲天'는 말도 있듯이, 흔히 사람들은 고기반찬에 잘 먹고 나면 먼저 성욕이 발동하기가 예사라, 여기에다가 다색다채한 그 매력적인 유혹을 르네상스 이래 다기多岐하게 표현해서 독자의 수를 늘리기에 애써 온 것은 통속이건 아니건 간에 문학인이란 사람들의 능사였으니 말씀이다.

미국의 할리우드를 비롯한 여러 나라의 영화 제작소에서 각종 유혹적인 성 영화를 문학작품인 시나리오들을 옮겨 찍어 냄으로써 시청자들에게 "야 그것, 나도 한번 시큰둥하게 걸려 보자" 하는 사련에의 욕망을 가속적으로 부채질해 온 데에 큰 원인이 있는 것이니 어찌 그 근본적 책임이 문학인들에게 없다고 할 수가 있겠는가?

그래서 이 점, 나는 오늘의 문학인들에게 르네상스 이래 지금까지 내려온 성 자유의 그 휴머니즘이라는 것에 대한 재반성과 심사숙고를 권하는 바이다.

다음 문제—우리나라 경제의 흑자 기원의 진행까지를 막고 날뛰는 근일의 이 나라의 자유 과잉의 지나친 작태, 그것에 대해서는 작가 시인들의 책임도 적지 아니 있는 것으로 나는 알고 있다. 우리나라에서 그래도 팔리거나 팔릴 가능성이 있는 책들은 첫째 먼저 신문에 광고가 나는 것인데, 광고가 가장 많이 나는 책은 요즘도 거의가 소설이나 시나 수필집이고, 그 상당수의 내용들은 자유의 좋은 조절이나 순화 쪽이라기보다는 저항적이고 대립적이고 원한적인 감정 유발을 음으로 양으로 부채질하고 있으니 말이다.

내 기억으로는, 근년에 대학생들이 화염병 데모 때 왕성히 내걸어 사용하게 된 '민중'이란 말의 의미도 우리나라에선 언제부터던가 일부 문학자들이 그렇게 활자화해 온 데 기인하는 것으로 아는데, 아닌가?

간절히 여기 말해 두나니, 지금 우리나라에서는 '선진화'의 슬로건은 발전의 기상을 고무하기 위해 쓰여지고는 있지만, 아직도 이 나라는 전 국민적 인내와 협력과 화목한 단합을 통해서만 밝은 장래를 꿈꾸어 볼 수 있는, 겨우 GNP 2천 달러에 불과한 자그마한 반토막의 온상 같은 과도기의 나라에 불과하다.

이런 나라에 살면서 비록 암시적으로일망정 민중 혁명이라는 걸 부채질하여 이 민족을 어디로 몰고 가려 하는가?

그대들의 본심이 공산주의가 아니라면 그것은 참 더욱이나 이해할 수 없는 미궁이겠다. 또 공산주의자라 한대도, 내 생각으로는 공산주의 세계에 자유가 올 날도 과히 멀지 않은 걸로 아는데, 도대체 자네들의 입각점이라는 것은 무슨 소용에 닿자는 것인가?

(『문학정신』 1987.10.)

신성성의 부흥을 위하여

여기 이 제목에서 내가 나타내고자 한 뜻을 먼저 말씀하자면, 그건 무슨 초인간적인 의미나 느낌을 이 '신성성神聖性'이란 말에서 강조하려는 것이 아니라, 인간성 그것이 언제나 당연히 구유해야 할— 이것 없이는 인간의 존엄이나 바른 수준마저도 유지할 수 없는 바로 그것이다.

영어로 '생크터티sanctity'라는 이 한 마디 서양말이 갖는 의미와 가장 큰 감동은 물론 지금으로부터 천구백수십 년 전에 고대 이스라엘 사람의 하나인 예수 그리스도가 십자가에 못 박힘으로써 서양 사람들의 세계에 두루 퍼지기 비롯한 것으로, 그것이 문예 부흥기까지에 이르는 천 몇백 년 동안을 헬레니즘이나 고대 로마풍의 피비린내 나는 역사를 정화해 낸 큰 공적을 우리는 너무나 잘 알고 있다. 그 오랫동안 서양 세계에서는 신성성이 그들의 천지에서 가장 큰 힘이었던 것이다.

그런데 오늘날은 어떤가? 오늘날 신성성이라는 것은 천주교나 개신교의 성직자의 연설 속에서나 가끔 인용될 뿐, 휴머니티—인간성이라는 말의 위력의 그늘에 숨어 숨도 제대로는 못 쉬는 딱한 신세가 되어 버렸다. 르네상스의 인본주의가 주창된 이래 인간성의 자유 해방은 나날이 그 도수를 더해 와서 오륙백 년 지나는 동안에 인제는 한 민족의 백분의 일의 AIDS 오염의 자유시대까지를 맞이하게 되었으니 중세의 신성성 대신에 우리가 개발해 온 휴머니즘의 이 인간성이란 괴물도 인제는 재평가의 조상俎上에 올리지 않을 수는 없다고만 생각되는 것이다.

그래서 이야긴데, 우리들 시인이나 작가들도 르네상스 이래 일삼아 온 인간성의 저차원에로의 에누리—특히 19세기의 자연과학주의 발흥 이래 더욱더 심해져 온 그 에누리 속의 인기주의를 현명하게 지양하고, 인간다운 인간성의 재정립을 위한 좀 더 고차원의 모랄의 추구부터 마음 써야 할 때가 아닌가 생각한다.

가령 순결한 처녀의 건전한 아름다움 같은 건 누가 뭐라 하건 지켜 줘야 할 것 아닌가? 성처녀성이라는 게 결혼 전까지 꽃다히 유지되게 한다 해서 민족 사회나 인류 사회에 이득이면 이득이지 손해가 될 것도 창피할 것도 없지 않은가?

어린아이들의 천진난만한 천연성 같은 것도 유치하다고 하여 접어 두어 버리기만 할 것인가?

혼란한 사회 상황은 열심히 다루어 표현하면서도, 혼란에 동요되지 않는 맑게 핀 꽃처럼 살려는 이가 있다면 우리는 그를 지탄해야 하는가?

인간성의 차원을 높이려는 의도에서 나오는 모든 신성성, 모든 순결성, 모든 존엄성에 대한 긍정적 재수용은 오늘의 작가 시인들에게는 오늘이 오늘인 만치 더 한층 절실히 요청되는 걸로 내게는 생각된다. 경제나 정치, 각종 혁명 이전의 문제로서 간절히, 간절히 요청된다고 생각된다.

(『문학정신』 1987.11.)

문인과 교양

내가 여기서 우리 문인들의 교양을 새삼스레 문제 삼으면, 어떤 이는 "너는 뭔데?" 하고 반감을 품을는지는 모르겠으나, 세계문학사 속에서의 우리 문학의 현시점이 우리 문인들이 문인으로서의 교양을 필연적으로 심사숙고케 하고 재반성케 하는 불가피한 명제를 주는 때라고 생각되어서 여기에 대한 내 생각을 아래 요점만을 들어 솔직히 말해 보려 한다.

첫째, 세계문학사가 남겼고 남기면서 있는 문명국들의 문학작품이나 그 이론들을 필요한 대로 잘 독파해 낼 만한 외국어 능력이 해방 뒤에 교육된 세대에게는 부족했다는 반성인데, 그 결과로 세계 문명국들의 문학 번역이 지금도 미비한 이 나라에서 외국 문학의 흡수에 교양 부족 현상을 초래했음은 물론이다.

일정 치하에 넉넉한 일본말로써 문학 독서를 빈틈없이 해낸 사람들은, 특히 1930년대에서 2차 대전 직전까지는 동서양 문학의 고전을 비롯해서 현대 것에 이르기까지 일본은 그 90퍼센트 이상을 번역 발행하고 있었다 하니 독서를 통한 교양에 큰 부족은 없었다.

그러나 아직까지도 도스토옙스키 전집 하나, 보들레르 전집 하나도 제대로 번역 발행해 가지지도 못한 이 나라의 번역 소개력은 그야말로 새 발의 피였으니 무엇을 무엇으로 얼마나 읽어 그 교양을 구족시킬 수 있었겠는가? 대학의 영문과나 불문과, 독문과를 마치고도 해당 외국에 가 공부하재도 으레 1, 2년은 그 외국어를 따로 재수해야만 겨우 가능했던 해방 후의 외국어 교육의 실력 가지고는 구체적인 문학의 독서에 충당되지 못했음은 또한 사실이었으니 지금 형편으로선 무엇보다도 현대 외국어의 독서력 배양이 선결 문제로 보인다.

여기다가 문학 공부를 하는 상당수는 우선 모든 걸 덮어놓고 서양 우위의 감정에만 사로잡혀 한국 자체나 동양의 전통적 장점은 무시했던 나머지 한문 공부마저 소홀히 한 결과로 지금도 대학원 국문과를 나온 사람들의 상당수가 신라 향가의 원전인 『삼국유사』 한 권도 제대로 읽을 줄도 모르는 형편이니 제 고장의 문학 전통에 대해서나마 충분한 이해나 서 있겠는가?

그리고 또 한 가지의 큰 문제점은 우리 문인들의 상당수가 아직도 완강하게 가지고 있는 옹고집이랄까, 왕고집이랄까, 고추장고집이랄까 그런 고집불통의 기질이다. 19세기의 소설가 도스토옙스키나

안톤 체호프 정도까지만 겨우 맛을 들여 그 이후의 서양 문학은 보지도 않고 무시해 버리거나 "무슨 소린지 모를네라" 덮어 두어 버린 작가들, 오늘날에도 서양에서는 그 뿌리 그대로 있는 초현실주의 같은 조류의 흐름에 대해서마저 "그까짓 것은 또 모르면 어때?" 식으로 쓰윽 버티고만 있는 시인들—그런 옹고집들에 대해서도 우리는 새 반성을 촉구한다.

동서 문학의 교류를 동서의 문학인들이 세계문학의 바다에 뛰어들어 같이 헤엄쳐 우열을 가리는 일이라고 비유할 수 있는 것이라면, 우리가 선수권을 잡기 위해선 상대 외국들의 고금의 문학 내용과 표현상의 전 능력을 충분히 안 연후에 거기에서 무얼로나 한술 더 뜨는—그래서 그들에게 보태는 일이 돼야겠는데, 부족한 독선의 옹고집만 가지고 그게 어디 잘됨 직이나 한가?

(『문학정신』 1987.12.)

문학작품의 새로운 매력 탐구를 위하여

세계 올림픽 경기도 서울에서 열리게 되는 1988년의 매우 희망적인 새해를 맞이하여 우리 문인들도 획기적인 새 포부를 가져야겠다고 생각하다가 보니, 시인이나 작가의 새 각오란 언제나 무엇보다도 먼저 작품 표현의 새로운 매력 탐구에 있다는 게 다시 한 번 큰 강도로 인식되어, 현시점에서의 매력 탐구의 중요점으로 생각되는 것을 아래에 피력해 보려 한다.

먼저 시나 소설, 희곡, 시나리오, 수필, 어느 것이나 수다스런 잔소리의 매너리즘에서 용감히 탈피하는 길을 찾아야 할 것이다. 19세기 후반기적 사실주의나 자연주의식의 현실의 세부 표현의 그 낡은 잔소리들의 수다는 물론, 20세기 무의식 소설들의 심리적 디테일 표현들의 어지럽고 복잡한 수다의 타성에서도, 또 시의 초현실주의의 잠재의식 추구의 그런 것들의 타력에서도 하루 바삐 탈각되어야 할 것이다. 그리고 또 마르크스, 레닌주의니 공산주의니 사회주의니 하는 그런 이념 강요의 연설적 표현의 미련한 어리석음에서도 또한 잘 탈출하기만을 바란다.

왜냐하면 현대의 문학작품 독자들은 현대의 기계문명 기구 속에 담기어서 낮의 거의 전부를 날마다 보내고 있는 나머지로 많이 바쁘고 또 피곤해서 상기한 바와 같은 어떤 잔소리의 수다에도 머리와 가슴을 기울일 만한 여유도 관심도 가지고 있지 못하기 때문이다.

그럼 우리는 무엇으로 이런 독자들의 머리와 가슴속에 작용해 들어가나?

나는 여기에서 직정 언어直情言語라고 할까 그런 것을 생각해 보고 있다. 이것은 우리 시에서는 이상李箱이 이미 선각적으로 1930년대에 시험하기도 했었지만, 모든 수식적 어세를 깡그리 다 팽개쳐 버린, 가슴 밑바닥에서 저절로 일어나는 마지막 외마디 소리 같은 그런 적나라한 말의 매력이라야 하지 않을까, 그래야만 현대 독자들의 무딘 콘크리트 같은 심금을 뚫고 들어가는 전류 같은 것이 겨우 될 수 있지 않을까, 생각하는 것이다.

그리고 또 한 가지 현대 문학의 작품 표현가들이 중요시해야 될 점은 현대의 독자들이 흠모할 만한 어떤 행동들의 매력 있는 패턴들을 이어서 작품화해 보여 공감을 불러일으키는 일 아닐까 생각한다.

현대의 성인들은 거의 전부가 현대 메커니즘 문명의 시스템 속에 갇히어 집무 중에도 문득문득 무슨 좋은 행동에의 유혹을 느끼지만,

자기 자신들로서는 바쁘고 또 고단한 나머지 그 패턴이 될 만한 것을 창출해 내지는 못하고 있다. 그러니 시인이나 작가가 나서서 그들이 못하는 여러 매력 있는 행동의 패턴들을 만들어 보여 공명과 동의를 구해 보는 것은 가장 바람직한 일인 것이다.

이성 간의 성애의 매력을 찾는 젊은 남녀들을 위해서는 좋은 참고가 될 수 있는 패턴들을 여러 벌로 꾸며 보여 동의를 구해 보는 것도 좋다. 여유 있는 인생을 그리워하는 사람들을 위해서는 여러 가지 여유 있는 행동들의 패턴들을 마련해 보이는 것도 좋을 것이고, 모험을 원하는 사람들에겐 모험의 매력을, 비극에 빠져 있는 자들에게는 극복의 길을, 그리하여 모든 현대인들이 많이 바라고 있는 행동들의 모든 패턴들을 탐색하고 창출해 보여서 그들을 우리 편으로 되도록 많이 이끌어 들여야 할 것이다.

(『문학정신』1988.1.)

옛날이야기 하나

옛날 옛적에, 어느 마을 어떤 집에 '딴전이'와 '떠벌이'와 '서툴이'
와 '만용이'와 '살살이'와 '진정이'와 '착실이' 일곱 식구가 함께 살고
있었으니, 어떻겠습니까? 이 집안이 서로 쉽게 잘 화목하여 잘되어
갈 수가 있겠습니까?

'딴전이'는 가족들이 무슨 좋은 일을 함께 해 나가는 마당에서도
항시 따로 토라져서 결국은 딴전만 보고 말아 걱정거리였고, '떠벌
이'는 진짜로 성실하게 무슨 일을 꾸준히 해내는 것보다는 입만 앞
세워 선전이라고 할까 떠들어 대는 데만 골몰해 두통거리였고, '서
툴이'는 또 매사에 잘 길들지를 못하고 부족한 실수를 늘 많이 저질
러 못마땅한 존재였고, '만용이'로 말하면 그 이름 그대로 덜 익었거
나 지나친 용기만을 휘둘러서 사고투성이였고, '살살이'는 우리 동

포들이 잘 아시는 바와 같이 무슨 일에서나 어느 기회에서나 자기의 이익만을 위해 살 살 살 살 남의 눈어리기로만 일을 해내는 통에 믿을 수가 없었고, '진정이'와 '착실이' 두 식구는 나무랄 데는 없었으나 이 둘만으로는 일곱 식구 중의 소수인지라 전 가족을 통솔해 가기는 매우 어려운 일이었습니다.

그러신대 하늘 아래 벌어지는 일들이란 잘만 짜고 마련하면 또한 잘되어 갈 수도 있긴 있는 것이라서, '진정이'와 '착실이' 두 식구가 나머지 다섯 식구를 앞에 두고 오랫동안 심사숙고하며 고찰해 본 결과, 다섯 식구 중에서는 그래도 '서툴이'와 '떠벌이'가 비교적 쉬운 포섭 대상이 될 수 있는 걸 눈치채고 교화에 나서게 되었습니다. 그래 '서툴이'의 결함은 단순히 그 일의 서투름에만 있었던 것인 만치 그걸 능숙하게 열심히 가르침으로써 쓸모 있는 동지로 만들어 낼 수가 있었고, '떠벌이'를 고쳐 내는 데는 좀 더 시간과 힘은 들었지만, 이것도 입과 행동의 불필요한 수다를 줄이게 하여 그걸 보람 있는 일의 수행에 보태게 함으로써 교정해 낼 수가 있었습니다.

이렇게 해서 '진정이'와 '착실이'는 만참한 '서툴이'와 '떠벌이'의 두 표를 얻어 합계 네 표가 되어서 '딴전이'와 '살살이'와 '만용이'의 세 표보다 우세한 힘으로 이 일곱 식구의 집안의 리더십을 향해 갈 수가 있었습니다마는, 옛날 옛적의 어느 땐가부터 이렇게 된 것이 사실은 오늘날에도 4대 3의 대립은 여전한 것이라는 말이 있습니다. 더구나 근년에 와서는 그 3의 세력이 왕년의 '서툴이'와 '떠벌이' 까지도 살살 달래고 유인해서 그들의 편으로 끌어들이고 있다는 기별이 들려오기도 합니다.

  이 고질인 '딴전이'와 '살살이'와 '만용이'를 어떻게 다루어서 선도해 가느냐 하는 것이 옛날의 문제이자 또 오늘의 문제이기도 하겠습니다. 한 집안의 문제인 것만이 아니라 한 나라의 문제로서도 말입니다.

(『문학정신』 1988.2.)

매화와 민중

또 한 해의 봄이 되니, 우리 집 뜰에 서 있는 청홍 두 그루의 매화 나무들도 봄꽃을 피워 보려고 꽃봉오리들을 날마다 더 크게 부풀어 올리고 있다.

그런데 요즘 이 꽃봉오리들을 보고 있을 때 나를 서럽게 하는 것은, 이 좋은 향기를 지닌 사군자의 큰 매력을 가진 이 꽃이 오늘의 일반 민중에게는 너무나 멀어져만 가고 있지 않느냐는 느낌 때문이다. 이 왕조李王朝까지만 해도 선비들의 글에는 물론, 천한 기생들의 글에서까지도 큰 매력을 풍기던 민중의 꽃 아니라고는 할 수 없던 이 꽃은 근일에는 웬일인지 매우 희소가치화하여 박물관에라도 들어가야 할 것이 되어 가고 있으니 그게 슬프다는 것이다.

그러자니 이 매화를 두고는 근일에는 무슨 글을 써 보려는 사람도 거의 잘 눈에 뜨이지 않게 되었는데 '이것은 정말 좋은 일일까?' 하는 것이 내 매우 섭섭한 느낌의 의문이다.

그리고 이 의문에서 자연히 새끼쳐 나오는 또 한 개의 의문은 '일반 민중에게는 매화 같은 꽃은 타산지석이 되어야만 하는가?' 하는 것이다.

물론 나는 그렇게 되어야겠다고 생각하지는 않는다.

요새 민중이란 말은 어떤 꾀까다로운 사람들에게는 국민이나 동포라는 우리 국민 전체를 뜻하는 말과는 달리 쓰여져서, 그것이 권력층이나 부유층이나 원만층이 아닌 무권층無權層이나 가난한 층이나 불만층을 뜻하고 있는 것도 모르는 바는 아니지만, 그렇다고 이런 협의의 민중이라고 해서 이 가장 좋은 봄의 매력 중의 하나인 매화꽃까지를 타산지석으로 보고 사는 것은, 첫째 그런 민중의 인생에도 적지 않은 근본적인 손해라고 생각하기 때문이다.

인생은 되도록이면 매력 있는 것들을 많이 누리고 살다 가야만 할 것이라고 생각하는데, 그렇게 좋은 것들을 타산지석만 만들고 산대서야 어느 짝에 쓴단 말인가?

시나 그 밖의 문학작품의 생산을 두고서도 우리가 생각해야 할 것은 마찬가지다.

협의의 민중문학을 내세우는 사람들 중에선 미의 매력에 깊이 침잠하여 정밀하게 표현하려는 시인, 작가들의 노력을 거부하는 경향까지도 보이는 것 같은데, 이렇게 되어 가지고서야 그 인생은 고사

하고 그 작품들을 무얼 가지고서 맛다운 맛을 낼 수 있을는지 참으로 암담한 의문이 아닐 수가 없다.

창작 문학의 문장도 어느 경우에건 심미적 표현의 효과를 근본적인 의도로 삼고서만 성립할 수 있는 것이니 말씀이다.

(『문학정신』 1988.4.)

문학과 자유

　"설화를 좋아하는 기독교도여. 아무리 만든 이야기를 좋아하기로
서니, 그 만든 이야기의 무더기인 서사시 가운데에 함부로 진리의
신을 집어넣어, 진리의 신을 허수아비같이 보이게 하는 따위의 짓을
해서는 안 된다."

　이것은 17세기 프랑스 고전주의 문학 시절의 대표적인 이론가이
고 또 큰 시인 중의 하나였던 부알로가 『시학』 제3편 18장에서 주장
하고 있는 말로서, 중세의 기독교도 시인들이 교회의 권위에 아부하
여 시의 창의성을 버리고 기독교의 신을 선전하기에만 급급한 나머
지 오히려 진리의 신까지를 실감 없는 가짜로 만들던 사실을 통렬히
비난하는 뜻을 담고 있다.

그런데 나는 지금 부알로의 이 뜻을 빌려다가, 현시 지상의 사회주의 내지 공산주의 문학인들이나 좀 더 넓게는 다수 군중을 빙자하는 모든 정치 편승의 문학인들에게 주어, 그들의 새로운 반성과 자각의 촉구제로 삼을 생각을 내고 있다.

물론 그 이유는 중세의 기독교권 편승의 시인들이 진리의 신의 실감을 거세하는 데 공헌했듯이, 금세기 이 지상의 상당수의 문학작품 작업인들이 사회주의 내지 공산주의의 사역인들이 되거나, 또는 민주주의의 다수 민중 빙자의 각종 정치 운동 등에 편승하는 편법을 씀으로써, 문학정신이 언제나 당연히 가져야 할 전 자유와 구전俱全해야 할 기질까지를 옹색화하고 거세하고 불구화, 조악화해 오고 있기 때문이다.

문학사 속에서도 물론 유파 운동은 있어 왔고, 또 앞으로도 있어야 할 것이다. 그러나 그것은 언제나 문학의 발전을 도모하는 창의적 발상이 모여서 이루어져야 하는 것이지, 기존의 정치 태세에 호응하고 편승하는 따위로썬 문학사적 가치의 발현은 기대할 수 없는 것이니 말이다.

그래 말이거니와 근년 우리나라 문학인들 일부에서 진행시켜 오고 있는 소위 '민중 문학 운동'의 움직임은 우리 문학사 발전을 위한 무슨 창의성을 띤 일로는 아무래도 보이지가 않고, 그 배포는 따로 있는 무슨 '민주주의' 구호 밑의 헤게모니 쟁탈전이라든가 하는 것이나 해보자는 것으로만 보여 걱정이다.

문학의 자유란 상술한 것과 같은 사회주의나 민주주의 빙자의 각종 정치 작태들에의 편승의 자유 그런 것이 아니고, 인간 각자가 스스로 구김살 없이 꽃피어나기 위한 감성과 지성상의 전 자유를 뜻해야 하는 걸로 아는데, 그러고서 떳떳한 긍지로 언제나 역사와 영원에 실참여해야 하는 걸로 아는데, 우리 근년의 민중 문학 운동 문인들의 소감이 어떠신지 다시 한 번 묻는 바이다.

문학정신의 전 자유를 빈틈없이 언제나 자각해 가지고, 자기가 소속해 있는 민족어의 매력을 그 작품 표현에서 늘 감동을 전달해 줄수 있게 재구성해 낼 수 있는 사람이라야 정말로 한 민족의 바른 시인이나 작가의 기본 자격을 가질 수 있는 것이라고 보는데, 이 점에 대한 제씨諸氏의 자신과 각오는 또 어떠신지 그것도 역시 묻고자 하는 것이다.

(『문학정신』 1988.10.)

영생에 대하여

내가 이 세상에 생겨나서 처음으로 '영생永生'이란 말을 들어 본 것은 내 나이 열 살 땐가 열한 살 때였던 것 같다. 나는 그때 초등학교 1학년짜리던가 2학년짜리의 학동學童이었는데, 내가 다니던 학교 바로 밑에 있는 기독교회에서 서울서 오신 굉장히 훌륭한 목사님이 특별한 연설을 하신다고 동급의 어떤 신도 아이가 구경 가 보자고 나를 살살 꾀여서 우정으로 그를 따라 구경차 그 교회 안에 들어가 보았기 때문이었다.

지금 생각해 보니 그때 수염이 좋으셨던 목사님은 "나를 따르라 그러면 영생을 얻으리라!" 하는 요한복음의 말씀을 소리 높여 인용해 말씀하고 계셨던 걸로 기억되는데, 이것이 우리 인류의 정신사가 만들어 낸 여러 사상들 가운데에서 가장 크고 중요한 '영생'이란 이름이나마 들어 본 맨 처음이었다.

그 뒤 나는 십대 말기에 와서야 『그리스 신화』와 함께 니체의 『짜라투스트라는 이렇게 말했다』를 읽으며 나름의 영원성이라는 걸 한동안 느껴 보면서 지냈고, 그 뒤 불교의 학인學人이었을 때는 또 그식의 영생이라는 것도 상상해 보았고, 일정 말기에는 이조 백자 같은 영생을, 6 · 25 사변 때는 생사일여 같은 영생을 마음속으로 연습하고 지내 보았으나 오십대가 되도록까지에도 관심은 있는 대로 역시나 정체불명인 것은 이 영생이라는 것이었다.

그것이, 내가 오십을 넘어서 큰손자가 생겨나 성장할 무렵부터는 상상이 아니라 현실적인 한 실감으로서 비로소 인식되기 시작했다. 별스럽게 어렵거나 신비하거나 한 그런 것이 아니라 '자 어떻게 하면 나와 내 자식들과 손자들이 내 선대가 살아온 길을 이어서 별다른 실수 없이 살아 나갈 것인가? 그래 되도록이면 쬐끔씩의 좋은 발전이라도 자자손손 이어서 가져오며 살 수 있을 것인가?' 하는 피할래야 피할 수도 없는 절박하다면 절박한 뚜렷한 한 현실감으로서 말이다.

그래 나는 그 이후 이만큼 한 가족사적 영생감을 기본으로 해서 영생을 생각하고 느껴 오다가 드디어는 나와 가까운 선후배 간이나 또는 사제 간들까지를 여기 포함해 그 계승을 실감하는 언저리에서 지금도 주로 맴돌고 있다. "민족이나 인류의 영생을 왜 좀 더 거시적인 안목으로 직시하고 실감치 못하는가?" 하고 누가 호통하며 덤벼올 것을 모르는 바는 아니나 민족이니 인류라는, 연설꾼들이 참 많이 써먹는 이 말씀은 내게는 아직도 너무나 많이 까마득한 추상으로만 멎어 있을 뿐인 것이다.

더구나 요즘 제휴가 논의되고 있는 모양인 북조선인민공화국이라는 공산주의 정권 동포들을 생각해 보면 그건 너무나한 가시 돋힌 추상만 같아서 내가 느끼는 영생 감각으론 아무래도 일치를 느낄 수 없으니 말씀이다. 재교육 대상으로서라면 어떨는지, 이 가시 돋은 추상은 그 이상으로는 아무래도 느껴지지가 않으니 말씀이다.

영생도 정이 통하는 사람들끼리 해야 할 것 아닐까? 이게 통하지 않거든 먼저 가르쳐 내서라도 말이다.

(『문학정신』 1988.11.)

문학을 공부하는
젊은 친구들에게

문학자의 의무

한 사람의 문학자의 존재 이유는 새로운 가치의 창조에 있다.

그러므로 사회주의와 같은 한 개의 사회 사조에 대해서는—이것을 추수追隨하기 전에 정당한 척도로써 파악하고 취사선택하는 의무를 갖는 것이 문학자의 의무이다. 문학자의 척도는 하루살이의 그것이 아니라 실로 인류 천년을 투시하는 명철한 지혜를 근간으로 하는 척도임은 두말할 필요도 없을 것이다.

이상이 한 사람의 문학자의 이해의 범위이다. 그러므로 유럽이니 러시아니 유물변증법이니 뭐니 한다고 조금도 겁낼 필요도 비굴해질 필요도 없다. 모든 기성 사상의 권위에 대한 회의야말로 문학 창조의 전제 조건이다.

인류의 절반이 그 권위에 굴복했던 중세 천년의 기독교권의 독재도 몇 사람의 지혜로써 깨어졌던 것을 기억하라.

숨이 컥컥 막히거든, 그대가 그대의 활동 범위에서 언어 행동을 하고 다니면서 아무래도 호흡이 순조롭지 못하거든 그대는 그대 자신을 혁명해야 한다. 그대의 호흡의 부자유를 그대 자신이 모른 체하고 내버려 두고 타성을 만든다면 그대는 이미 타락하였다. 문학자도 창조자도 아니다.

내 보기에는 문화를 구미의 의미에서만 해석한다면 문예부흥이 창정創定한 인간성에 대치할 새로운 가치는 아직 창조되지 않았다.

무엇을 추수하기 위해서 우리는 우리의 창조 개성을 버려야 한단 말이냐.

어떠한 국가 제도가 나에게 비록 의식주를 보장해 준다 하여도 만일 나의 사고를 규정하고, 나의 산보로를 규정하고, 나의 기와 동작을 규정한다면 그런 데서는 숨이 막혀서 못 살 것이다. 만일 할 수 없이 거기서 살게 된다 하여도 나의 사고와 감정은 이것을 반발하는 데만 집중할 것이다.

'수신, 제가, 치국, 평천하'의 네 개의 단어는 진부한 대로 아직도 충분히 정확한 방법론이다. 적으나마 세계보다 먼저 민족을 둔 것은 엄정한 수학數學이다. 실로 민족 문화의 구성 없이는 세계 문화에의 참가도 작용도 있을 수 없는 것이다.

그러하거늘 요즘은 수신과 제가와 치국의 3단계는 까맣게 잊어버리고, 엄청나게도 인류와 세계만을 문제 삼는 사람들이 너무나 많다. 그것은 제일 크고 제일 위대한 태도 같으나 사실인즉 제일 허망하고 제일 부화浮華한 태도인 까닭은, 그것이 순서와 방법을 잊어버리고 고무풍선처럼 둥둥 떠 있는 데 있는 것이다.

(동아일보 1946.7.16.)

시 창작 방법론 서설 단고斷稿

모작기라는 것

모든 시 습작생들에게 (넓은 의미에서 조선의 시인은 모두 습작생들임에 틀림없습니다만) 대개 초기에 한 모방기가 마련되는 것은 감출 필요가 없는 사실이 아닌가 합니다. 우수한 어떤 시인—자기가 존경하는 어떤 시인의 작풍을 본받아서 자기의 감정과 사상 등을 노골적으로 표백해 보는 그런 시절 말씀입니다.

그것은 물론 각자의 소질 여하에 따라서 각자의 취미에 맞는 여러 시인의 여러 가지 시풍이 투영될 것이니까 이것 역시 일정한 표준이나 척도가 있을 리는 만무하지만, 하여간 초기 습작생이 자기 취미에 맞는 한 작가 시인을 우선 선택한다는 것은 대단히 중요한 일입니다.

이것은 자기보단 먼저 시를 위해서 살아온 이들 가운데 자기와 가장 가까운 벗을 하나 직접 사귀는 의미도 되지만 또 자기 감응태의 모습을 비추어 보는 적합한 거울을 발견하는 의미도 되는 것으로서, 이 발견의 노력은 반드시 있어야 할 단계인 것입니다.

그러나 한 가지 주의해야 할 것은 이 모작기의 작품을 그것이 어리무던하다 하여 함부로 발표하지 말 일입니다. 과거 조선 시단은 일반적으로 시에 대한 인식이 철저하지 못했기 때문에, 이러한 시기에 처한 작품들에 함부로 발표할 기회를 주어 시의 독창적 형성을 해한 점이 적지 않았습니다마는, 적어도 시를 일생의 업으로 하려는 사람에게 이러한 시기의 발표를 승낙한다는 것은 싹도 트기 전에 벌써 그의 자결을 의미하는 것임에 틀림없습니다.

그리고…… 물론 어느 때나 그런 것이지만, 더욱이 습작 초기에는 가슴속으로부터 큰 자신이 치밀어 올라 이만하면 한번 천지 사이를 뒹굴면서 몸부림침직하다는 신념을 얻기 전에는 자기의 작품을 또 함부로 남의 눈앞에 공개할 일도 아닙니다. 청소년기의 젊은 나이에는 자기가 하는 짓을 늘 남에게 자랑하고 싶은 충동을 어쩔 수 없는 것도 사실이지만 이 충동을 되도록이면 억제하고, 자기 혼자만의 비밀처럼 오랫동안 당신의 시를 가져 보십시오. 당신은 반드시 거기에서 큰 이익을 거둘 것임에 틀림없습니다.

한번 남에게 말해 버린 비밀은 헤식은 것이 되어 비밀이 될 수 없는 것과 마찬가지요, 남에게 한번 자랑해 버린 습작 또한 대개는 식은 것이 되어서 다시 거기에 탐구와 가첨의 노력을 하기가 어렵게 되어 버리기 때문입니다.

독창과 보편에의 지향에 대하여

독창기獨創期란 말을 쓸 수 있을는지요. 하여간 이것은 자기가 남과 달리 독특한 어떠한 시의 세계와 표현 형식을 발견하려고 지향하는 한 시기를 말하는 것이 될 수 있겠습니다.

일테면 지금까지 같이 모시고 오던 스승을 떠나서 혼자서 자기의 길을 걸어 보자는 시기입니다. 이 시기의 작가 시인은 흔히 남들이 생각하는 것과는 달리 자기 생각을 가지려 하며 또 남들이 표현하는 것과는 달리 자기의 표현식을 가지려 하게 됩니다.

다시 말하면 자기의 독특한 생활 방법을 가지려는 노력으로서, 이 것은 반드시 시인이 아니라도 한 사람의 생존자로서 한 시기 누구한 테나 있을 수 있는 일이지만 시인에게는 정히 그의 본질을 결정하는 시기로서, 그의 온갖 정신적 몸짓이 이 시기에 어느 정도 정형화하는 것이라고 봐서 대차는 없습니다.

그러나 이 독창에의 지향은 어디까지나 보편으로 향할 수 있는 한 탐색기로서 멈춰야지, 독창을 위한 독창—그것만에 멈춰 버려서는 안 됨은 물론입니다.

한 개의 자기의 잔이란 결국 시인에게도 그것이 충실하면 충실할 수록 거기에 담길 것이 그득히 담겨서 마침내는 넘쳐흘러 주위를 기름지게 하고 살찌게 해야 할 것임에 틀림없습니다. 시에서 독창과 보편의 관계도 정히 이와 마찬가지입니다. 우리가 채운 독창의 잔에 담긴 물을 넘쳐흘려서 많은 사람의 자양이 되어야지, 유독한 것이 되든지 또는 일종의 구경거리가 되어서는 안 될 것입니다.

시의 보편이란 두말할 것도 없이 만인이 공감하고 충심으로 승인 섭취할 수 있는 한 시 세계의 성격을 맡는 것입니다. 열 사람의 승인 밖에는 얻을 수 없는 시는 그 열 사람만을 위해서는 보편적이라고 할 수도 있겠습니다마는, 우리가 흔히 보편적이라 할 때 이것은 적어도 한 민족이나 인류 전체를 상대로 하는 말임은 여러분도 잘 아실 것입니다. 그렇습니다. 우리는 자기의 독특한 인생행로를 개척해야 할 필연적 임무가 있는 것도 사실이지만, 이것을 보편화하기 위해서는 민족과 인류의 승인과 섭취를 요합니다. 민족과 인류는 우리가 닦아 논 길을 보고 '아름답고 참되고 좋은 길이다' 해야 할 것입니다.

자기 독창의 세계를 탐색하는 시기에 무엇보다도 조심해야 할 것은 자기의 유령화입니다. 자기를 유령으로 만드는 것이라면 많은 꼬임의 세계가 우리를 기다리고 있습니다.

그러나 이 일이 자기를 사람으로서—한 본연의 사람으로서 시를 통해 탐색하고, 새로이 재형성하는 일이라면 이것은 참으로 바위 속을 경작하는 일과 같이 지난한 일임에 틀림없습니다. 독창에의 지향을 통해 한 이단자가 되기는 쉽지만, 보편의 세계에 도달하기가 어려운 까닭이 여기에 있는 것입니다.

그러므로 이백이나 두보나 괴테 같은 이들의 독특하게도 풍부한 보편적 생의 모습을 작품을 통해 대하게 될 때 우리는 그것이 일조일석에 이루어진 것처럼 안이하게 생각해서는 절대로 안 됩니다. 이 평탄하고도 아름다운 옥돌의 길들은 모두가 그들의 피나는 탐색과 연마와 선택의 결과임을 알아야 합니다.

물론 시가 인류 전체의 완전한 중심적 공감을 얻을 수는 없다 할지라도, 한 이단의 입장에만 멈춰서도 다시 말하면 한 부분적 작용의 입장에만 멈춰서도 능히 시의 소세계小世界를 이룰 수는 있습니다. 19세기의 프랑스 시인 샤를 보들레르 등의 시인은 이 부류에 속합니다. 그러나 이러한 이단의 세계가 심히 고혹적이면서도, 건실한 사람들의 완전한 공감을 얻을 수 없는 것은, 이것이 독창과 보편 사이에 아직도 선택하고 정화하는 데 부족한 점이 있었던 까닭입니다.

(『문예』 1949.8.)

시를 하려는 사람들에게

'시에는 실감이 있어야 한다'는 말이 옛날부터 전해져 내려오고 있다. 이것은 옳은 말이다.

그럼 시는 감정만 가지고 된다는 말인가? 그렇지는 않다. 물론 감정으로 느낀 것을 가지고도 사람들은 예부터 시를 많이 써 왔지만 지성으로써 잘 이해한 걸 가지고도 또한 시를 써 왔기 때문이다.

감정으로 느낀 감각이나 정서로도 우리는 시를 쓸 수 있고, 지성으로 이해한 내용을 가지고도 시를 쓸 수 있다. 다만 '실감이 있어야 한다'는 뜻은 시의 내용 그것이 쓰는 사람 스스로가 마음으로 겪고, 스스로가 감동한 것이라야 한다는 말이다. 감정으로 느낀 것이건 지성으로 이해한 것이건 그것은 어디서 꾸어다가 머릿박과 손끝으로만 따져서 꾸며 낸 게 아니라 자기 몸소 마음으로 직접 경험하여 간절하게 감동된 것이라야 한다는 말이다.

그렇기 때문에 시는 남의 것을 외거나 유행을 따라 무작정 본뜨거나 하는 데서 되는 것이 아니라 자기 인생을 살아가는 데서 얻어질 것이다. 자기 인생을 살아가는 동안에 우리는 나이가 적으면 적은 대로 많으면 많은 대로 간절히 감동하지 않을 수 없는 일을 겪으며 살아가고 있다. 우리가 인생을 살아가는 동안에 '야!' 하고 마음속에서 감동되는 느낌이나 이해가 시의 내용—즉 시상詩想이 되는 것이다.

우리는 느끼는 데서 감동을 받을 뿐 아니라 지혜로 무엇을 슬기롭게 깊이 이해했을 때도 또한 감동을 받는다. 느낌이건 지성으로 빚어내는 이해건 그것이 스스로 자기 인생에서 겪은 감동된 것이면 시상이 된다.

그러니만큼 시는 먼저 그것을 쓴 작자의 감동을 표준으로 할밖에 딴 길이 없다.

프랑스 파리에 가서 10년 가까이 그림 공부를 하고도 영 그림다운 그림이 안 그려져 고민하던 어떤 외국의 화가가 어느 날 저녁 파리의 개선문 근처에서 풍경 스케치를 하고 있다가 자기의 그림에 감동해서 그리던 걸 잠시 멈추고 풀밭을 뒹굴며 엉엉 울었다 한다. 그래 그 그림이 자기에게만 감동적인 게 아니라 뒤에 보는 사람들에게도 비로소 큰 감동을 주어, 이 그림을 시작으로 그는 프랑스 화단에 점차로 인정되고 오래잖아 프랑스 화단의 중요한 존재가 되었다. 저 유명한 후지타 쓰구하루 화백이 그이다.

시의 제일의 표준점도 마찬가지로 먼저 그것을 쓴 작자의 감동력에 있다. 먼저 시인 자신이 간절히 감동한 것, 그것을 가지고 쓸밖에 없는 것이다.

자기에게 감동을 크게 준 시상이 생겨 이것을 한 편의 시로 표현하도록까지 되려면, 여기에는 시상에 대한 한동안의 반성기가 필요하다. 시상의 감동이 아직 흥분 상태에 있을 때는 그 흥분의 불안정성 때문에 감동한 시상에 대한 자세한 재고려나 시 언어 조직의 치밀한 일이 잘되어지지 않는 게 보통이다. 그러므로 우리는 한동안 반성기를 가지고 천천히 그 감동의 흥분을 가라앉혀서 마음을 출렁이다 잔잔히 가라앉은 호수같이 하여서, 잘 안정된 호면의 거울에 시상을 다시 비춰 빈틈없이 살펴볼 수 있도록까지 되어야 한다.

이렇게 해서 비로소 우리는 흥분 속에 대강대강 보고 마는 위험을 떠나서 우리 시상의 마지막 머리카락만 한 것 하나까지 빠뜨리지 않고 볼 수 있는 마음속의 시력을 얻는다. 그래서 어떤 것들은 버리고 어떤 것들을 골라 짜면 독자에게 자기의 감동을 그대로 잘 전해 줄 수 있는지 차분히 고려할 수가 있게 된다.

그래 자기의 감동한 시상을 다시 비춰 볼 수 있는 호면의 거울이 이루어져 시상에 대한 재고려와 취사선택이 끝나면 시상의 구체적 배치에 착수해야 한다. 그래 그 배치가 자기의 시상에 대한 원래의 감동에 흡족한 것이 되면 처음으로 그에 해당하는 언어 조직의 모색을 시작해야 할 것이다. 이 언어 조직의 모색—이것이 시의 표현이다.

그런데 시를 한 언어 조직으로써 짜내는 데 무엇보다도 우리가 늘 염두에 두어야 할 것은, '어떻게 하면 내가 실감한 대로를 독자에게 효과적으로 감상시킬까?' 하는 것이다.

상상을 시키지 않고서는 우리가 실감한 어떤 시의 감동도 독자에게 전할 길이 없다. 시인이 가령 어떤 의젓한 남자를 보고 감동했다 하자. 그 의젓함으로 '기가 막히게 세계 제일로 씩씩하고, 늠름하고, 엄숙하고, 뭐라 말할 수 없이……' 어쩌고 추상으로만 설명해 봤자 독자는 '어떻게' 생겼는가를 상상할 수는 도저히 없는 것이다.

그러나 가령 『구약성경』에서와 같이 의젓하고 씩씩한 남자의 코를 표현하기를 '다마스커스로 향한 레바논의 수루戍樓와 같이……'라고 쓴다면 "야 그래, 적의 땅 다마스커스를 향해서 용감히 오똑 솟아 있는 레바논의 수루같이 용감한 느낌을 주는 오똑 솟은 코로구나" 하는 느낌을 주니, 어떤 모양임을 능히 상상할 수가 있다.

그러므로 시는 늘 독자에게 작자의 실감을 상상시킬 수 있는— '어떻게 생겼는가?' 하는 궁금증에 대답하는 구체적인 영상들의 조직을 알맹이로 해서 쓸 수밖엔 없지만, 추상은 언제나 구상적인 영상의 조직을 보족하는 것들로만 쓰여져야 한다. 추상이란 원래가 어디에서나 구상을 보족하기 위해서 쓰여져 온 것이다. 시에서도 그 임무는 역시 마찬가지이다.

추상 관념을 주로 해서 시라고 써내는 어리석은 사람들을 가끔 보지만, 이것은 나무 없는 그늘을 말하려는 어리석음에 해당하는 것이다.

그렇기 때문에 시인은 먼저 독자에게 가장 효과적인 상상을 시키기 위한 이미지의 재벌이라야 하고, 이 재물들을 가장 적합한 언어 조직 속에 보존하는 사람이라야 한다.

(『문학춘추』 1966. 1.)

시 신인의 영상

공초 오상순 선생은 말년에 가까울수록 시를 영 쓰려 하지 않았다. 언젠가 내가 만나 시작詩作을 권하니 "그건 인제 자네들이 쓰면 안 되느냐"는 것이었다. 그 말씀을 들은 바로 그때엔 좀 못마땅하게 여겼는데, 두고두고 생각해 보니 그건 역시 당연한 말씀 같다.

사람이 하는 모든 일이 다 그렇듯이 시도 언뜻 보기엔 혼자서 하는 것 같지만, 사실은 한정 없는 세대의 계속을 통해 이어서 하는 일일 따름이기 때문에 선배 누가 문학보다는 더 매력 있다고 생각하는 일에 몰입하여 이걸 쉬더라도 문학을 아직도 크게 보는 후배 누가 이어서 그 빈자리를 잘 메꾸면 아무 탈 될 것도 없는 일이니 말이다. 더구나 우리나라처럼 무無의 맛이 유有의 맛보다는 아직 아무래도 더 나은 나라에서는 이런 선후배 사이의 상호 이해는 재빠르면 재빠

를수록 좋을 것 같다.

기껏 밤잠도 안 자고 애써서 써내 봤자 발표할 데도 없이 묻히고 마는 게 십중팔구다. 또 운 좋게 발표해 봤자, 평가評價와 호기好機와 시상施賞이 두루 암거래만 많이 되는 데서는 발표라는 것도 하나 마나다. 이런 일들을 눈치챌 만큼만 되면 작가나 시인은 시보다는 차라리 막걸리가 훨씬 마음 편하고, 무얼 쓰는 것보다는 쉬어 버리고, 번한 무의 맛 속에 몰입하는 것이 한결 팔자 좋게 된다.

또 국내에서 평가가 이만저만 좋아 봤자 아직도 이것은 국내적이라는 데 그칠 뿐 세계적인 아무 생색도 낼 길이 없으니, 욕심이 많고 능력이 많은 사람일수록 체념과 막걸리와 게으름과 무는 더 클밖에 없다. 그러니 "자네가 인젠 맡아서 좀 해 봐" 하는 공초 선배에 이어서 이런 백천만 명이 또 나온다 해도 우리는 그분들을 탓할 수도 없는 것이다.

그러나 신인한테 거는 우리들의 기대의 영상影像만은 다르다.

될 수 있으면 신만큼 온전한 젊은이들만이 이곳에 태어나 해 주었으면 좋겠다. 이 천하 마지막의 진펄과 곤궁과 가뭄의 터전에서 신만큼 하지 않고는 끝까지 견디어 대성할 장사가 없을 것 같기 때문이다.

내가 이렇게 말하는 것은 절망을 위해서가 아니다. 절망보다는 더 매운 겨자씨를 위해서다. 열자가 옛날 말한 지독한 목마름에 미쳐 달리던 사내의 손에 쥔 지팡이가 땅에 떨어져 이루었다는 그 큰 삼림을 위해서다.

무슨 재주로건 성의와 힘으로건 인제 우리 민족 시는 이것이 세계의 겨자씨라는 것을 증명해야 할 날이 가까이 와 있다. 이것을 앞으로 백 년 동안에도 못 한다면 우리 민족 시라는 것은 또 한 번 오래 접어 두어져야 할 마당에 와 있는 것이다.

참으로 우리 민족의 시문학사에서 제일 중요한 때가 지금이다.

"쓰레기통에 장미는 안 핀다"고 영국의 일부 부족한 사람들은 언젠가 말하고 바로 뒤에 뉘우쳤지만, 우리는 인제부턴 절대로 그따위 소리가 어느 나라 사람의 입에서도 우리를 두고 발언되지 못하게 만들어야 한다.

우리나라에는 내가 보기엔 서양의 눈을 휘둥그렇게 하고 매료해줄 만한 시의 원천은 찾으면 상당히 많이 있는 걸로 안다. 그런데 왜 청소년 문학도들은 그걸 안 보고 또 보려 하지 않는지 모르겠다.

부디 영·미·프·독 등의 서양 문학을 공부하되, 그것과 우리 한국 문학이나 동양 문학의 비교 연구를 많이 하고, 그 정신이나 표현에서 우리가 한술 크게 더 뜨고 있는 걸 보여야 한다. 이건 단순한 승부 의식에서가 아니라 우리의 우위가 세계의 우위가 되기 위해서다.

우리나라 사람들은 애만 극도로 쓴다면 무엇이든 남에게 빠지지 않는 능력이 있다. 부디 신만큼 끈질기고 두루 자세해서 지난날의 침묵의 무들을 찬란한 유로 환원시켜야겠다.

(『예술계』1969. 겨울)

나는 하늘과 땅에서 가장 높다

사람들에 대해 말하지 않는 마음속의 고도한 연민을 가진 종교가나 철학자에게도 그렇겠지만, 시인이나 작가의 정신에도 무엇보다 먼저 있어야 할 가장 중요한 것은 바로 이것인 줄 안다.

작가 도스토옙스키는 일찍이 '애인 사이에도 마지막엔 연민이 있어야 지탱된다'는 뜻의 말을 한 일이 있지만, 어떤 악착스런 현실의 밑바닥이라도 끝까지 아껴 사랑해 도와 갈 수 있는 이 연민하는 마음이 근본이 되지 않으면 시인이나 작가 정신도 결국 인류의 현실에서 괴리할밖에 없을 것이다.

시인이나 작가는 원래부터 인류의 스승을 자처해 온 것이 아니라 인류의 심우心友, 될 수 있으면 인류의 제일 심우가 되는 것을 성의껏 목적해 온 사람들로 나는 안다. 이 제일 친우가 되기 위해서는 무엇보다 먼저 모든 사람들의 딱함에 마음속으로 가장 고도하게 공명할 수 있는 큰 울음통이 필요하다.

시인 보들레르의 병약에서 오는 사생활상의 어떤 부족점들을 우리가 서러워하면서도 그를 철저하게 시인이라 하는 것도 바로 진짜인 그의 이 마음속의 울음통 때문이다.

또 시인이나 작가이려고 작정한 사람이면 작정한 바로 그때부터는 어느 경우에도 스스로 의식하고 인간의 존엄을 에누리하는 사람이 되어서는 안 될 것이다. 자기와 남 누구를 두고서도 여기 에누리하는 사람이 되어서는 바른 시인, 바른 작가는 절대로 될 수 없는 것이다. 그 인간 존엄의 기준이 무엇이냐고 누군가 당연히 물을 듯하다. 물론 그것은 딴게 아니라 시인이나 작가가 되려고 작정한 사람의 작정한 그때의 '인간 존엄의 의식과 느낌'을 기준으로 할밖에 없다.

그대가 만일 어느 종교의 한 성전의 존엄 속에서 문학을 하러 나섰다면 그 성전체聖殿體의 존엄을 에누리해 가는 자여서는 안 될 것이다. 또 그대가 만일 그리스의 비너스나 에로스같이 찬란 황홀한 아름다운 육신의 사랑을 섬기는 한 존엄에서 출발하거나, 또는 늘 지옥행의 보살도의 고됨만을 섬기거나, 또는 이백의 「산중여유인대작」 같은 자연과의 풍류적 합일에서 출발하거나, 또는 공자의 가족 살림살이 사이의 질그릇들 같은 걸 위주로 하거나, 또 무엇을 위주로 하거나 그 관점은 어느 거나 좋지만 시인이나 작가는 관점을 자의로 포기하는 일은 있어도 이걸 에누리하고 사는 일은 절대로 있어

선 안 되는 것이다.

시인이나 작가는 언제나 자기가 생각하는 인간의 가치에 철저해야 한다. 자기가 생겨난 나라나 세계의 딱한 환경을 저주하고 어지럽히고 '에이 내버려 두어라' 하는 일을 시인도 할 수는 있겠다. 그러나 그것은 언제 누가 보아도 조무래기지 큰 시인이 할 짓은 아니다.

인류가 언제는 어디 이 땅에 천국을 고스란히 다 마련한 일이 있었는가? 다소간에 여기는 석가모니 말마따나 괴롭고도 서러운 지옥행의 연속이었다. 여기서 시인이나 작가 되려는 자가 가져야 할 길은 무엇이라야 쓰겠는가?

그것은 그 괴롬 많은 역사 속을 지금까지 흘러온 전통의 바른 맥속에 자기를 담는 일이다. 그래 자기 힘으로 이 오랜 전통에 되도록이면 생색을 내드리는 일이다.

나는 여기서 저절로 묻게 된다. "이 땅 위에 역사 있은 뒤 가장 고단한 역경만이 계속되어 온 대한민국 같은 나라의 일원으로 태어나서, 갖은 신산을 맛보며 산다는 것은 시인에게 불리한 것이냐?"고.

그러나 나는 스스로 대답한다. "서양의 좋은 시인 릴케도 어디선가 우리를 위로하는 것처럼 나 비슷이 말했지만, 만일 시인의 경우라면 세계 역사상 최난의 역경은 바로 이것이 시인의 최상명당이다"라고……

그래 나는 우리 한국 시인은 세계 제일의 시 명당집 자손들이라고 늘 후배 시인들을 격려해 왔다. 우리같이 되려는 제군도 이 각오 하나만은 철저히 하지 않으면 안 될 것이다.

우리도 인제는 누구에게 강압당하지 않고 세계문학 속에 들어가서 문학 작용을 할 수 있는 때와 조건이 되어서 다행이고, 또 내가 보기엔 우리 시나 소설의 상당수는 충분히 세계문학 속의 꽃들일 수도 있다고 생각되어 또 다행이라고 느낀다. 이건 뒤에 서서히 세계 사람들이 두고 본 뒤에 이야기될 것이겠지만, 1945년 해방 뒤 30년간의 몇몇 시인 작가들의 뼈를 깎아 온 듯한 각고의 노력에 나는 감사한다. 민족정신사의 한 부면인 문학의 조용하고도 진지한 참 발전이 잘되어 온 것으로 안다.

새로 문학을 하려는 사람들도 이것을 알아야 할 것이다. 최상의 역경은 최상의 상명당이라는 의식, 그리고 나머지는 각고의 괴로운 노력만이 우리의 길이란 것을……

시뿐만도 아니겠지만, 우리가 시를 우리나라 말로 쓰려고 나설 때 첫째 각오해야 할 것은 '무슨 매력으로 나는 그 전 시인들보다 한술 더 뜨느냐?' 하는 것이라야 될 줄 안다.

물론 시 표현도 정신을 바탕으로 하지만 그것을 독자에게 효과적으로 전달해야 하고, 그러려면 하여간 무슨 언어미의 독특한 매력을 꾸미지 않을 수는 없는 것이다. 시인이려면 이것을 첫째 잘 해내야 한다.

그런데 이걸 하기 위해서는 꼭 빼놓을 수 없는 한 가지 거쳐야 할 길이 있다. 그건 딴게 아니다. 동서양의 '세계의 시'들을 고전부터 현대까지 쓸 만한 것들을 골라 재독해 내는 일인데, 그것은 흔히 독자들이 하는 것 같은 의미 흡수만의 독서법을 따르는 게 아니라 동서양 시의 표현사적 고려에서 유파별 각기 시인들이 언어 미학상의 한수 더 뜬 건 무엇이고, 또 얼마만큼 성공해 있느냐를 살피면서 읽는 독서인 것이다.

그래서 우리 시인이려고 하는 자는 이런 시의 표현사적 고려를 통한 시집 독서에서, 자연히 현대시사의 자기 시의 표현은 어떻게 하면 사적으로 한수 더 뜨는 것이 될까를 사적 자신 속에서 설정해야 할 것이다. 그리고 이렇게 하는 것만이 시 표현사의 정도正道요, 아무 자신도 없는 우발이 아니라는 것을 알게 될 것이다.

시인이나 작가 되려는 사람은 누구나 다 이 정도를 거치기를 나는 여기에서 권한다.

그런데 우리 한국 현대시사에서 가장 천재적이었다는 몇몇 시인들의 일을 회고해 보자면, 그들은 그 천재를 꾸준히 성의껏 시로다 발현하기보다는 그냥 '나는 천재로다' 하는 소위 기분내기로 으스대고 많이 놀고 간 이들이 적지도 않은 것 같다.

이럴 필요가 어디에 쬐끔치라도 있을까?

여기서는 역시 몇몇 과거의 성인들의 가르침을 되씹어 볼밖에 없다. 간단히 말해서 절제하는 것이다. 제 재조 잘난 값으로 까불기보다는 미련한 소같이 도사리고 앉아 제 천재라는 것을 여섯 번 일곱 번 반추해 되새김질하는 어리석고 또 끈질긴 '소의 행'을 하는 것이다. 이렇게 해서 재조는 손해 보는 일이 없다. 몇 갑절 그 깊이를 더해 갈 뿐인 것이다.

시인 되려는 자, 부디 까불지 말기 바란다. 무엇하러 이런 대단하고 얼얼한 곳에 한번 태어나서 엉터리 까불이로 제 잘난 체나 하고 살 멋이 어디 있는가?

나는 여기서 석가모니라는 2천5백 년 전의 한 인도 사람이 '나는 하늘과 땅에서 가장 높다'고 말했던 것을 기억해 낸다.

이것은 참 대단한 말이다.

맞았다. 나는 제군에게 불교도가 꼭 되라고 권하지는 않지만, 이 한마디 말씀은 인류가 이 땅에 태어나서 뱉은 모든 말씀들 중에서는 고래로 으뜸이다.

그렇다. 시인도 언제 어느 귀신이 잡아갈는지는 몰라도 이 땅 위에 한번 태어나서 살다 가기라면, 석가모니 그의 말은 대단히 뼈에 저려 참고해야 할 줄 안다.

하늘과 땅, 영원의 기둥뼈인 그 주인의 자격 아니려면 무엇하러 이런 데 생겨나서 이 고초 다 겪는가……

나는, 그런데 내가 이 쓰거운 세상에 태어나서 약으로 덕 본 무슨 그런 비방 같은 걸 말하려 하면서도 아직 말 못 하고 온 것 같다. 그걸 마지막 잠시 말하려 한다.

딴것이 있는 게 아니라 내게도 노자 같은 이의 문중에 있었던 것처럼 그건 잘 자란 소나무에 새로 열리는 청솔방울 같은 것이다. 몰라, 딴 분들은 더한 무엇이 있어서 어떤지, 하여간 나는 지금까지의 내 모든 불행과 고민의 꼬투리들은 이 잘된 소년의 작은 주먹 같은 청솔방울 앞에 오면 저절로 다 해소되어 버린다.

지금 설명할 생각이 없다. 그것은 내 최근의 심경인 것이다.

시인이나 작가 되려는 제군들에게 나는 꼭 나 같으라고 하지는 않는다. 나도 한 참고를 하라는 것뿐이다.

문학을 하는 젊은 벗에게

고대 중국의 시간 단위에 '순간'과 '수유'라는 것이 있다.

순간瞬間이라는 것은 문자 그대로 눈을 한 번 깜짝거리는 아주 짧은 동안이지만, 수유須臾라는 것의 본뜻은 점잖게 자란 수염—아마 윗수염보다도 그 턱에 난 긴 수염을 쓰윽 한바탕 쓰담는다는 뜻으로서, 1수유는 지금의 시간 수로 치면 45분간이니 무슨 놈의 수염을 45분 동안씩이나 쓰담고 있다는 뜻이 아니라 아마 수염 좋은 대인 군자들이 무슨 일을 잘 하고 있다가 45분만큼씩의 사이를 두고 쓰윽쓰윽 그 수염을 한 번씩 쓰담는 버릇들이 있던 데서 생긴 점잖은 시간 단위의 명칭이리라.

그러나 오늘 문학 하는 사람들의 정신을 보면, 순간 표준은 아주 많아 보이지만 수유만큼이라도 견디고 두두룩하여 점잖은 그런 것은 드물어져만 가고 있는 것 같다.

　물론 순간이란 우리 삶의 가장 기본적인 시간 단위이고, 이것이 없이는 수유도 영원도 빈 쭉정이에 지나지 못할 것이고, 이 순간들을 늘 충실하게 채워 가는 데서만 영원도 충실할 것임을 몰라서 하는 소리가 아니다. 그 충실한 순간과 순간들을 충돌시켜 불필요한 혼란의 난센스를 빚지 않고, 순간과 순간들을 가장 잘 이어서 의젓한 대단위의 순간 속에 두두룩히 자리하는 역사의식이라 할까—그런 장구하려는 의지가 잘 안 보인다는 말이다.

　『유마경』이라는 불경책에는 '목숨들 가운데서 세상에 오래 살며 잘되려는 이들에게, 보살은 하루를 늘려서 5억 3천2백만 년쯤으로 느끼게 하기도 하고, 또 5억 3천2백만 년을 줄여서 이것을 겪는 이들에게 단 하루로 느끼게도 한다'는 시간 감각의 표현이 보인다.

　하루를 늘여서 5억 3천2백만 년으로 만든다는 것은 하루하루가 늘 장구한 가치일 수 있다는 표현이고, 5억 3천2백만 년쯤을 하루로 줄인다는 것은 어느 하루도 빈 것이 없다는 가치를 함축해서 이뤄져야 한다는 뜻임이 분명하다.

　그런데 오늘의 우리 문학정신에는 사승자史乘者의 자각으로 사는 사람이라면 누구나 다 가져야 할 이런 성질의 시간관념이 너무나 많이 박약한 듯하다.

　이것은 우리 민족사나 또는 인류 역사라는 것이 과거에 너무나 많이 별 쓸모도 없이 비겁했고 어수선한 난센스였고 또 흉악했었다는 이해 뒤의 무시와 거절에서 오는 것 아닐까?

그렇지만 그런 대로의 우리의 사승자로서의 필연적인 주어진 자리까지를 없는 것이라고 할 수야 있는가?

오히려 과거사나 현재의 현실들에 대한 무시와 거절이 크면 클수록 우리의 사승자로서의 자기 책무의 질량은 막대한 것이 되어야 하지 않을까?

우리의 이목구비 중에서 코도 무엇 좋은 걸 좀 먹여 주어야겠다고 해서 절간의 중들이 늘 사용해 오고 있는 것에 범향梵香이라는 것이 있고, 범향 가운데서 가장 좋은 것을 침향沈香이라고 한다. 침향 중에서도 제일 좋은 것은 육지 강물과 바다의 조류가 만나 합수치는 곳의 물 바닥에 되도록 오래 잠가 두었던 것이라고 하는데, 그것은 몇백 년을 넘어서 천 년이나 그렇게 오래 지난 것일수록 그 향내가 기막히게 좋다는 것이다.

우리의 선인들은 그것을 아시고, 후손들이 꺼내 쓰기를 바라서 군데군데 해류 합수처의 물 바닥에 잠가 두셨던 것이 지금 가끔 뜻하지 않은 나룻배 등에서 건져져 나온다. 내가 지금 가끔 피우고 있는 전북 고창 선운사 동구의 참나무 침향도 그런 것의 일종이다.

내가 무엇하러 이 침향 이야기 같은 걸 여기 또 늘어놓고 있느냐 하면, 그것은 우리 문학 하는 정신도 역시 이 참나무 토막을 물에 잠가 두던 우리 선인들의 마음 같은 데가 아무래도 있어야만 하겠다고 느끼기 때문이다.

제기랄! '현실현실현실현실!' 귀창 닳아 빠지게 승거 빠지게 그리 아우성치지 말고 차라리 그 어디의 침향의 원목—참나무 토막이라도 몇 개 깊은 물 바닥에 잠가 두는 마음보로 문학 한번 해 보게. 글 써서 벌어들이는 부귀영화 다 치사하고 안쓰럽기만 하거든 먼저 그렇게라도 한번 이 현실을 쓰윽 작정하고 배겨서 해내 봐! 자네 후손들이 뒤에 꺼내서 말려 피워 보고 '아…… 향기롭다!'라고 할 만한 걸 우선 만들려고 애쓰면서 살아 봐!

이 장구라도 바래여 이렇게 하는 것이 오늘날 대다수의 우리의 순간 의존의 하루살이 노릇만도 못한 것이야 될까?

현대시의 장래

세계의 현대시도 지금의 인류 사회 자체가 그런 것처럼 장래에 대한 분명한 전망이나 설정을 마련하고 있는 것으로는 보이지 않는다. 미래에 대한 지표가 뚜렷하지 못한 무정견의 현황만이 다각적인 시험을 뿔뿔이 전개하고 있을 뿐인 것이다.

이런 시정신의 현황 가운데 두드러진 것은 기성 사회가 마련해 온 합리성에 대한 불신이다. 오늘날 대부분의 시인들은 본심에서는 기성 사회의 윤리적 권위는 물론 그 논리까지도 무미하게만 느끼는 습벽들을 만들어 지니고 있다. 물론 오늘의 시인들의 이런 정신적 성향에는 금세기 전반기를 풍미했던 초현실주의나 실존주의 또는 현대 자연과학 이론—특히 4차원 물리학 등의 경향도 있다. 인류가 이제껏 만들어 온 사물의 개념이라는 것들까지를 타산지석처럼 바라보게도 된 것이다.

　그래서 '이제부터 시는 어떻게 할 것인가?'를 나도 내 나름대로 생각해 보지 않을 수 없는 것인데, 먼저 시정신의 방향에서는 아무래도 상기한 현재의 세계 시의 현황에 외면할 이유는 없고, 여기에 합류함으로써만 미래 방향을 모색해야 할 것이다. 내 생각으로는 각 개인의 생을 현황보다 첫째 매력 있고 맛있게 느끼게 할 수 있는 무슨 새 철학들이 왕성하게 탐구되어야겠는데, 이것도 논리로써가 아니라 창의적인 생의 발견의 그 깨달음의 체험으로써라야만 할 것 같다.

　그러자니 여기에서 저절로 중요한 문제가 되는 것은 각 개인이 '무엇을 하고 사는 게 가장 좋은가?' 하는, 말하자면 행동의 패턴이 되겠는데, 이 패턴은 어느 구세주가 나오시어서 일률적으로 제시해 줄 것도 아니고, 이것을 시인들이 저마다의 생의 감동의 체험을 통해 여러 가지로 많이 표현해 내서 독자의 선택에 맡길 일 아닐까 한다. 독자들의 이런 성향에 맞추어 시인들은 많이 정선한 매력의 '내러티브'들에 열중해야 할 때가 된 것 같다. 지금의 독자들은 현대 기계문명의 다양한 설비 속에 일률적으로 말려들어서 날마다 되풀이해 나가기에 자기적인 매력 있는 행동 쪽에 너무나 많이 굶주려 있으니 말씀이다.

　그렇기는 하지만서도, 이 인간 행동의 패턴이라는 것을 '개 발에 다갈' 만들 듯 아무렇게나 누구나 마구 만들어 내어서도 안 될 일이라, 이것을 해낼 수 있는 시인의 자격이라는 것을 곰곰이 생각해 보자니 대강 아래와 같은 조건들이 떠오른다.

첫째, 그 정신 면을 두고 생각해 볼 때 동서양 사상사의 중요한 흐름에 대한 바른 이해가 포함되어야겠고, 또 현대의 중요한 사조들에 대한 밝은 판단력이 있어야겠고, 특히 강조하고 싶은 것은 동서 사상의 합일 가능점에 대해서 민감한 이해의 능력을 구비한 사람이라야겠다.

그리고 여기에서 더욱더 강조해 두려는 것은 이 정신의 길에서는 이제는 이미 기성의 개념이라는 것들까지가 맥을 출 수 없이 되어 있는 판이니, '사유'니 '이론'이니 하는 그런 것들의 차원까지를 넘어섰던 동양의 '각覺'이나 불교의 '선禪' 같은 수다스럽지 않은 오달悟達하는 정신에 대한 이해도 깊숙이 될 줄 알아야 할 것이다.

다음에는 시의 문장 전달의 표현 면에서 몇 가지 중요한 것을 생각해 본다.

이게, 아무래도 우리 동양인이 이제부터는 한판 잘 볼 수도 있는 일인데, 그것은 서양의 노출 언어 조직의 오랜 진절머리에 대치해서 우리한테 익숙한 암시 언어 조직의 매력이다. 에즈라 파운드 같은 현 세기의 대표적인 서양 시인이 중국 당나라의 이백의 시에 매혹되었던 이유도 이것이었던 걸로 나는 아는데, 어찌 이백뿐이겠는가. 우리에겐 이 자원은 아주 풍부한 것이다.

이백을 포함한 선도仙道 군들의 삼삼한 암시 언어 조직의 매력도 그러려니와 공자의 유생들의 말솜씨에는 그 나름대로, 또 불교의 제자백가諸子百家나 제대방가諸大方家의 시인들도 그 나름대로, 참으로 무한에 가까운 암시 언어 조직의 표현의 한 세계를 우리는 표현 전통으로 향유하고 있다.

여기다가 대단한 자기를 보탠다면 앞으로의 세계 시의 표현의 길에 잘 보탤 수 있을 것으로 나는 안다.

이 점에서 나는 우리 동양의 사상이나 문학을 공부하는 이들이 의미만을 위한 독서 말고, 화술 속의 미학을 아울러 추구해야겠다는 것을 겸해서 여기 당부한다.

(『예술원보』1982.5.)

아니고 또 무슨 젓길이 있단 말인가

—세계문학으로 가는 길

문학작품이란 첫째 사조에서도 모든 군소의 정신들을 밀치고 물결치며 몰아들어 갈 만한 요소를 충분히 지녀야 하는 것이지만, 문장 표현의 능력에서도 한 나라의 문학 표현이나 세계문학 표현의 바닷속에 뛰어들어 같이 헤엄쳐 나가서 핸디캡이던 선수권을 획득함으로써 우위성을 획득하게 되는 창의적 길이다.

특히 20세기 서양 문학의 조류와 표현의 바다에는 19세기나 그 이전 것과는 다른 각종 관례들이 이미 마련되어 있어서, 여기 공참해 헤엄쳐 무슨 수로건 한술 더 떠야만 리더십을 쥐게 될 것인데, 19세기 낭만주의적 수업력이나 리얼리즘 또는 자연주의적 소견이나 표현만 가지고 여기 뛰어들어 헤엄쳐서 이겨 보자고 욕심낸다 하여도 그건 되지 않을 것이다.

가령 노벨 문학상을 탔던 일본의 작가 가와바타 야스나리를 보더라도 그는 청년 작가 시대에 20세기 전반기의 서양 소설의 주조류였던 '의식의 흐름'이란 표현의 바다에 뛰어들어 열심히 그것을 거쳐 온 사람이다. 그는 여기에다가 일본색의 정취라는 걸 가미하여 『설국』을 써냈기 때문에 된 것이요, 다니자키 준이치로 같은 사람은 일본에서 훨씬 더 대가였지만 구식인 자연주의 수법 때문에 여러 해를 노벨 문학상 후보로 오르내리고도 못 되고 만 것이다. 재고 있기를 바란다.

이 점에서 우리 시나 소설이 한술 더 뜨기 전에 먼저 졸업해야 할 것은 시의 초현실주의와 소설에서의 무의식이다.

다음으로 우리 문학작품들이 세계문학으로 이어서 바르게 나가기 위해 먼저 마음 써야 할 것은 건전하고 착실한 문학인의 예모를 갖추는 일이다.

혹자는 말하기를 "항간에서는 이 세계 진출에도 사바사바나 미인계까지도 쓰고 있어요" 하기도 하고, 또 심지어는 "반체제의 가태라도 쓰는 게 서양에 나가는 덴 유리하다고 생각하는 사람도 있어요" 전언해 주는 이도 있으나, 이래서야 어디 창피해서 쓰겠는가?

실력이 모자라는 걸 마음속으론 자인하는 사람들이 금력이나 지위 또는 반체제로 몽땅 먼저 서양에 종종거리고 다니면서 온갖 추태 다 떨다가 실력 부족이 서양 문학인들의 눈에 뜨여서 '얕잡아 볼거리'가 되고 만다면 그 불명예는 어디 당자들 개인에게만 돌아가고 마는가?

그 뒤를 바로 이어 오는 평가는 '한국의 문인들이란 다 이런 부류들인가?' 하는 회의일 것이고, 또 그 회의는 앞으로의 우리의 유능하고 겸손한 실력층의 진출의 길에다가 재를 뿌리는 일인 것을 이런 몰자각층은 가슴에 손을 얹고 잘 반성해야 할 것이다.

그러니 우리 문학의 세계 진출길에서도 매사는 정식 이상은 없겠다. 첫째, 어머니가 우리를 낳으시고 첫 국밥을 자실 때 우리에게 기대했던 그 '바른 사람' 노릇의 예모를 잃지 않도록 해야 할 것이다.

맨 먼저 노소를 막론하고 허영심은 버려야겠고, 공부가 부족했던 데가 느껴지면 그걸 열심히 메꾸어서 세계문학사의 정당한 교양과 견식을 쌓을 일이요, 모더니티라고 하는 것에 미숙한 데가 있거든 외면하고 굳어 버리지 말고 그 체득에도 노력할 일이요, 여기에서 다시 한국적이고 동양적인 정신과 표현의 요핵들에도 통달한 뒤 이것을 더 발전시켜 자기류의 표현 미학도 세워서 앞으로 서양 문학에 한 교도적 책임도 맡으려 해야 할 것이다. 아니고 또 무슨 젓길이 있단 말인가?

나의 고전

『열반경』

불경을 읽으면 영생을 알게 된다. 그것도 막연한 관념으로서가 아니라 영생의 구체상과 영생을 자각하기 위한 구체적 방법을 알게 된다. 이것은 딴 종교나 철학에선 구하기 어려운 것이다. 그러므로 육체 가진 현생의 하염없고 부질없음에 애태우고 암담한 사람들이 정신의 영생을 소원하게 된다면 먼저 불교의 경전에서 그 주형鑄型을 찾아보는 것은 가장 실리 있는 일로 나는 경험해서 알고 있다.

그래 불교적 영생의 주형에 자기 마음을 맞추기에 길든 사람들은 살고 죽는 속절없고 허무한 느낌에서 태연할 수가 있다. 무서워하지 않으며 못 견뎌 하지 않는 용기와 평안함을 인생에서 늘 유지할 수 있을 것이다.

'누구의 밤을 지키는 약한 등불' 이것은 만해 한용운 스님의 「알 수 없어요」라는 시의 한 구절이지만, 모든 불경은 사람들에게 하늘과 땅의 주인 되는 길을 가르치고 그리되기 위한 방법을 보여 준다.

기독교나 유교는 하늘이나 신을 사람의 운명을 장악하는 존재로 모셔 사람들은 거기 굴종하고 따라야 하는 걸로 정가를 붙이고 있지만, 불교에서는 자각한 사람—불佛에게는 하늘과 땅을 지키는 정신적 주인의 자격을 준다. 피동이 아니라 능동의 길이요, 운명에 굴종하는 것이 아니라 운명을 자가운전하는 길인 것이다.

그래서 일찍이 삼국 시절에는 불교에서 감화받은 천지의 주인 의식이 신라인들에게 작용하여 삼국 통일도 이루어 냈다. 이것은 이조의 유교가 우리 민족에게 약자의 팔자와 분수에 다소곳함을 가르쳐서 우리 민족을 망국으로 유도한 것과는 현저한 차이가 있다.

그러므로 나는 내가 그랬던 것처럼 여러분도 할 수 있는 대로 주인 의식을 배워 길들기를 권장한다.

각 개인의 값이나 민족의 값을 에누리당하자면 한정이 없고 민족의 장래도 정말 암담한 것이 될 수밖에 없다. 에누리 없는 전인全人의 값으로 자기와 민족을 이끌어 가려는 이들은 또 어쩔 수 없이 불경에서 그 전인 되는 방법과 실상을 익혀야 할 줄로 안다.

현대에는 사랑이 남녀의 연정과 육친의 정에 약간씩의 각종 우정 정도로 축소되어 버리고 말았다. 이 협소한 애정의 대상이 못 되는 타인은 타산의 돌이나 마찬가지로 아무런 사랑의 대상도 이미 될 수 없는 것으로 화해 버렸다.

이렇게 된 데서라면 민족의 단합이니 하는 것도 사실은 참 어려운 것이 아닐 수 없다. 그러니까 민족의 단합이나 통일을 위해서도 연설이나 구호가 아니라 사실은 보편적인 사랑의 부흥이 먼저 필요한 것인데 그 부흥의 방법과 연습 교재로서도 나는 불교 경전의 성실한 미독味讀을 권한다.

『열반경』이라는 불경에서 석가모니는 육식을 말하는 이에게 "모든 고기는 나의 아들 라후라의 살같이만 느껴져서 먹지 못한다"고 하신 것이 보이지만 짐승이나 사람들에 대한 그의 사랑의 면밀 주도함은 딴 데서는 도저히 찾아볼 수 없는 깊이와 실감이 체험들로 이루어져 있다.

민족 각개를 가까이하여 실질적 단합을 이루자면, 그 첫째 요인은 보편의 사랑 빼놓고 딴것은 없을 텐데 이것의 심화와 간곡화와 실천화의 능력 배양을 위해서도 나는 무엇보다 먼저 불경의 숙독을 권한다.

노출되지 않은 미가 사람들의 옷 속에 감추어져 있듯이 시간과 공간 속의 모든 것들과 그 관계에는 불가시적 영역이 가시적 영역보다 비교도 안 될 만큼 많이 함축되어 있고 미묘한 미를 갖고 있다. 그러나 의복 속에 감춘 인체의 미를 우리가 못 보고 말듯이 사람들은 이 넓고 먼 불가시의 영역의 미에 대해서 많이 음미해 오지 못했다.

그것이 불경에는 너무나 풍부해서 주체하기 어려울 만큼 탐색되고 추구되어 있다. 물론 불교가 삼세의 영원의 시간과 삼계 무한의 공간의 범주에다가 언제나 모든 것을 비추어서 인식하고 감득하는 사고방식을 써 온 데서 유래되는 것이지만, 딴 데서 보기 힘든 이러한 불가시의 미의 구성은 현대시의 미의 구성의 한 유력한 주형이 되어서 아주 좋을 줄로 안다.

이 방면의 유의자들에게도 불경은 물론 아주 썩 우수한 교도자가 될 것이다.

(『법륜』 1988.7.)

『그리스 신화』와 『성경』

서양 정신사의 근본을 이해하기 위해서 먼저 읽어야 할 책은 『그리스 신화』와 기독교의 『성경』이다. 이 두 책의 간절한 이야기들 속에 서양 정신사의 두 큰 조류가 알기 쉽게 속속들이 담겨져서, 이론에서 배워 아는 것보다도 훨씬 더 직접적인 실감이 있어 좋다. 그리고 이 두 책을 같이 놓고 번갈아 가며 대조하고 비교하며 읽으면 상대적인 정신의 차이가 선명하게 잘 이해되어서 좋다.

『그리스 신화』를 읽으면 자연 속에 사는 남녀의 육감 넘치는 사랑의 활력과 비극, 무진장한 모험과 개척의 노력, 승자와 영웅의 길— 요컨대 예부터 오늘까지 피와 육신을 가진 인간의 그 헬레니스틱한 휴머니즘의 흐름에 지성과 감성 양면에서 이해가 설 것이다.

『그리스 신화』는 요즘은 흔히 초등학교 상급생이나 중학생들이 읽는 걸로 되어 있지만, 아무래도 고등학교 상급반 언저리쯤서부터라야 실감이 두루 생길 것 같다. 더구나 그 매우 육감적인 남녀 신들의 사랑의 수작들은 그렇다.

그래 십대의 제군들은 이 책을 읽는 동안에 자신을 그 속의 어떤 한 신으로 우선 한동안씩 위치해 두는 것도 좋을 것이다. 무슨 신이건 신의 위치에 자기를 놓고 보는 것은 인간 존엄의 상승만을 목표로 하는 사람들에게는 조만간 많이 많이 필요해지는 일이니까.

나는 이십대 말에야 『그리스 신화』를 정독하게 되었지만, 니체의 『짜라투스트라는 이렇게 말했다』와 같이 읽으니 아폴론이나 디오니소스 같은 디비니티[神性]의 이해가 사상적으로 뚜렷이 서기도 해서 좋았다.

가령 보티첼리가 그린 〈비너스의 탄생〉을 비롯해서 『그리스 신화』를 소재로 한 작품들은 서양 미술 전집에 많이 들어 있으니 그런 것들을 아울러 보며 이 책을 읽어 가면 더 효력이 있을 것이다.

이 책은 되도록이면 방구석에 처박혀 읽지 말고, 바다나 산이 그 알몸을 잘 드러내 보이는 언덕이나 골짜기의 햇빛 밝은 곳에서 혼자서 나자빠져서 보는 게 좋다. 할 수 있다면 사람들이 얼씬거리지 않는 곳에서, 하늘 한복판에 뜬 해를 향해 배꼽을 아주 드러내 놓고 반드시 나자빠져서 가끔 뒹굴뒹굴하면서 읽어 젖어 들어가는 것이 좋다.

제우스 신이 이마의 주름살을 찌푸릴 때마다 하늘에서는 천둥이 으르렁거린다. 그의 발부리께는 언제나 한 마리의 크나큰 독수리가 놓이고, 그의 가장 큰 율법은 나그네를 푸대접하는 자를 벌하는 일이다. 황혼에 고달픈 다리를 이끌고 찾아든 나그네를 거절하는 자는 그의 가장 아픈 벌을 당해야 한다.

『그리스 신화』의 신들의 왕인 제우스의 언어 행동들 가운데서 내가 가장 좋아한 부분은 방황하는 나그네를 푸대접하는 자를 가혹하게 벌하던 점이었다. 나는 지금도 이 점은 제우스 신과 크게 동감이다.

기독교의 『신약성경』에서 내가 배운 중요한 것은, 『그리스 신화』적인 넘쳐나는 육감적 애정의 치열한 잘못들을 다소곳이 머리 숙여 반성하고 잔잔히 가라앉히는 그 속죄의 눈물의 중후한 볼륨 때문이었다. 막달라 마리아의 인종과 절제의 우물 같은 눈물의 볼륨—이런 것은 『그리스 신화』가 갖지 못한 또 다른 인생의 고결한 중량감으로 내게 영향했다.

또 한 가지 지나친 형식적 계율주의에 반대하던 그리스도의 자유인의 모습도 내게는 무척 좋았다.

하늘에 나는 새를 보아라. 심지도 거두지도 않지만 하늘은 그들을 먹여 살리지 않느냐?

안식일날 너무나 배가 고픈 제자들이 남의 밀밭에서 밀 이삭을 좀 비벼 요기하는 것을 이렇게 허락한 것은 퍽 좋았다.

『구약성서』에서는 나는 특히 솔로몬 왕의 시를 좋아한다.

향기로운 산 우에 노루와 적은 사슴같이 있을지니라.

이 구절이 좋아 나는 이십대 초기의 시 작품인 「정오의 언덕에서」의 제목 옆에 인용까지 해 놓았었다.

순수히 영적인 하늘의 유일신 아래 다소곳이 고개 숙여 탈선하지 않는 얌전하고 평화로운 사랑, 이건 그리스의 그 많은 유혈의 미와 대조되는 또 다른 매력이었다.

『백치』

1935년, 내가 스무 살 되던 해 가을에 나는 중앙불교전문학교(지금의 동국대학교) 학생이었다. 숙소는 우리 학교 교장 선생님이고 또 당시 우리 불교의 대종사였던 박한영 큰스님이 묵고 계시던 개운사 대원암의 별실이었는데, 이 가을 여기서 한동안 밤잠도 걸러 가며 탐독해 낸 것이 도스토옙스키의 『백치』라는 소설이었다.

요네카와 마사오라는 일본의 러시아 문학자가 잘 번역한 책으로, 나는 그 책의 독특하면서도 매력 있는 화술에 사로잡혀 꼼짝도 못하고 한동안 거기 말려들어 가 살고 있었다. 도스토옙스키 소설 문장의 매력이란 유창한 것이 아니라 일테면 무슨 일에 너무나 열중한 '말더듬이'가 더듬더듬 마구 지껄여 대듯 하는 그런 종류의 매력이기는 하지만 한번 귀를 기울이기 시작하면 거기에 홀려서 헤어 나오기 힘든 힘을 가지고 있어 나는 진땀을 빼며 시종일관 휘말려 들어 있어야만 했다.

특히 이 소설의 남녀 주인공인 나스타샤와 무슈킨 공작의 관계는 나를 무척 애타게 했다. 제정러시아 상류사회의 허위 속에서 자기의 진실과 애정을 지키려고 애쓰는 의젓하고 아름다운 젊은 여인. 그녀를 도우려고 늘 진땀을 빼고 다니면서도 마침내는 구원해 내지 못하고 마는 바보인 무슈킨.

그들의 움직임 속에서 문득 독자인 나 자신의 무력함도 느껴지곤 하여 마음이 마음이 아닌 채 나는 안절부절못하고 있어야만 했던 것이다. 그러는 중에 드디어 우리 나스타샤가 흉한인 라고친의 칼날에 가슴이 찔려 숨넘어가는 것을 볼 때 나는 무슈킨의 바보임을 탓하기에 앞서 이때의 조선 사회에서의 내 등신 같은 무력함을 한탄해야 하는 딜레마에 빠져 헤매지 않을 수가 없었다.

도스토옙스키의 소설들을 읽으면 우리가 이끌려 들어가지 않을 수 없는 진실과 거짓 없는 사랑에의 참가—나는 이것이 사람들의 가장 귀중한 정신적 능력이라고 생각한다. 왕년 러시아의 큰 문학비평가의 한 사람이었던 메레시콥스키도 『톨스토이와 도스토옙스키』란 책에서 도스토옙스키의 정신의 차원을 톨스토이보다 위에다 두고 있는데, 이것도 수긍할 만한 것이다.

지난해 여름 나는 러시아 여행 중에 어느 날 잠시 페테르부르크의 한구석에 파묻혀 있는 도스토옙스키가 마지막 살던 곳을 찾아가 보앉는데, 참 거기는 너무나도 초라한 곳이었다. 집 한 채가 다 그의 것이 아니라 이층집의 방 두 개만이 그가 쓰던 곳이었는데, 그나마 세 평쯤의 집필실 겸 응접실은 아래층에 있었고, 가족들의 침실은 위층에 자리하고 있었다.

남겨 놓은 옷 한 벌도 성한 게 없었던 듯 유품으로는 중산모자 하나만 덩그렇게 침실 입구에 전시되어 있었다. 이것이 19세기 인류사회의 가장 큰 양심 작가의 마지막 남긴 흔적이었다.

(동아일보 1993.1.25.)

『빌헬름 마이스터의 편력시대』

내 팔자에는 내 핏줄을 이은 딸은 아직 없는 걸로 되어 있지만, 내게 만일 지금 다 자란 딸이 있어 그 애에게 한 권의 책을 권한다면 나는 먼저 괴테의 『빌헬름 마이스터의 편력시대』를 읽힐 것이다.

왜냐면 괴테의 이 책 속에 담긴 지혜는 요즘의 우리 젊은 여성들에게도 마음의 좋은 자양이 되리라고 생각하기 때문이다. 특히 남녀 간의 애정의 다각적인 관계 속에서 고민하는 젊은 여성들에게 나는 이 책의 「순례하는 여인」이라는 제목의 한 장을 꼭 읽어 보기를 권한다.

부유한 중년의 아버지와 순진한 아들, 두 사나이의 치열한 사랑을 받으며 이것을 무사히 돌파해 내고 또 두 부자의 의도 안 상하게 만드는 여주인공의 기민하고 아름다운 슬기는 남자들의 여러 가지 조건의 구애 속에서 헤매는 요즘의 우리 젊은 여성들에게도 좋은 귀감이 되리라고 생각해서다.

또 모든 계급 모든 남녀들의 생활과 애정의 애로를 타개하는 데 최상의 조언자요, 스승인 마카리에 할머니의 언행을 적은 한 장도 내 딸이 있었더라면 꼭 일독을 권하고 싶은 글이다. 지혜의 가장 밝고 큰 별인 이 마카리에의 존재에서 여러분은 배우는 게 많을 것이다.

(『여성중앙』 1975.10.)

「달밤의 상」

아무 말도 말자. 바람은 흔든다,
저수지 언덕의 두 버들을.
그리고 나는 안다. 네가 말하지 않아도
오늘 밤이 마지막 밤인 걸.

잘 있거라. 잎사귀가 진다.
심심한 땅에 달은 또 뜨고
뻐꾸기 어스름
'피리어드' 같은 별도 하나 나왔다.
너는 아직도 미소할 힘이 있고,
나는 알아맞힌다.
낡은 뜰에 풍기는

회양목 냄새를.

　　　—「달밤의 상상<i>想</i>」의 졸역

　　트리스탕 드렘(1889~1941)은 특히 몽마르트르 언저리의 부랑하는 생활 정서의 좋은 표현자였다. 이 시에도 보이는 것과 같이 그의 페이소스에는 애절하고도 그윽한 맛이 있다.

　　이 시에는 지금 새로 또 한 번 달이 떠오르고 있다. 늦뻐꾸기 울음이 잦아들 무렵 별도 또 하나 솟아나는 여기는 별스럴 것도 없는 우리의 생의 무대이다.

　　둘이는 영이별을 준비하고 있지만, 너는 아직도 미소할 힘이 겨우 남아 있으니 어떻게건 살아는 갈 것이다. 그래 이 달빛 아래 내가 냄새 맡고 있는 것은 가장 아스라하고도 단단한 인장 재료의 나무— 회양목 냄새다. 보통 사람들은 아무도 그 냄새에 주의하는 일도 없는 폐원의 보잘것없는 회양목 냄새다.

　　달이 뜨면 내가 이 불행한 시를 가끔 생각하는 것은, 불행한 대로 이것이 한 친구가 되기 때문이다.

『엄마 손』

　　나는 큰아들을 얻은 지 17년 만에야 둘째이자 막내아들을 또 하나 더 갖게 되어, 그 애가 올해 겨우 열두 살로 국민학교 6학년생이 되었다.

이 막내가 말을 익히기 비롯한 지 얼마 안 되어, 나는 생각하는 게 있어 윤석중 씨의 동시집 『엄마 손』을 사다가 주며 저의 엄마더러 아기하고 늘 같이 읽어 내라고 했다. 또 아기가 알아들을 수만 있다면 되도록 그 뜻도 설명해 주라고 했다. 아기들의 생활의 여러 모를 시의 좋은 내재율을 담아 표현하고 있는 동시집을 이렇게 읽히고 알려 주는 것은 아기에겐 좋은 말 공부가 되리라고 예상해서였다.

예상대로 이 일은 잘 되었다. 아기는 그것을 같이 읽는 데 재미를 붙일 뿐만 아니라 자꾸 엄마를 졸라 같이 읽어 가다간 마침내 이것들을 외어 내어, 책 없이도 때로 제 맘에 드는 어떤 것을 외고는 좋아라 하는 데까지 이르렀다.

엄마 손은
약손.
아픈 데를 만져 주면
대번 낫지요.

엄마 손은
저울 손.
노나 준 걸 대 보면
똑같지요.

엄마 손은

잠 손.
또닥또닥 뚜드려 주면
잠이 오지요.

아기는 「엄마 손」이라는 이 동시를 특별히 좋아 외고,

덜 익은 감도
황밤 만들 밤도
씨 받을 옥수수도
약에 쓸 대추도
내 손이 내 손이 안 닿도록
높직이 매달아 놓았어요.

「내 손」이란 제목의 이 작품도 잘 외어 많이 애송하는 것의 하나가
되었다.
  "어, 우리 윤이 잘 외었다. 여보, 인제는 우리 윤이 좋아하는 것은
너무 높은 데 두지 마시오" 하고, 나는 장 위에 올려놓은 캬라멜이나
비스킷 같은 걸 봉지째 내려오게 해 그 손에 쥐여 주기도 했다.

  나는 올에 학교에 들었습니다.
  학교 가는 길에서
  복덕방 영감님을 만났습니다.

"참 빠르다.

네가 벌써 학교에 다니는구나.

너 낳기 전에 이사 왔는데······"

이렇게 첫 절이 시작되는 「학교 가는 길」이란 작품도 물론 그 애가 한동안 늘 물 마시듯 읽고 자란 글이다. 세 살이나 네 살짜리에게는 국민학교에 들어가 본다는 것은 굉장히 큰 꿈인 모양이다. 그래서 그런지 이 작품도 아주 쉽게 잘 외어 냈다.

위에 인용한 「학교 가는 길」이란 작품은 첫 절만을 써 놓았는데, 그건 지금 내가 가지고 있는 『엄마 손』이란 책이 하도나 많이 아기와 엄마의 손끝에 견디다가 어떤 조각이 더러 망가지고 달아난 때문이다.

그것은 이 책 한 권을 내 막내아들 윤이만이 거쳐 온 것이 아니라 사실은 내 큰아들의 아들인 올 여섯 살의 인이란 내 손자 녀석까지가 만지고 읽고 외고 해 거쳐 온 결과로서 말이다.

지금 이 글을 쓰면서 몇 페이진가가 망가져 달아난 이 책을 눈여겨보면서, 나는 내 아들들과 손자들과 그다음의 자손들의 영원을 생각하고, 나도 그들에게 꼭 필요한 무얼 써야겠다는 생각을 다시 다짐하고 있다.

이 망가진 책은 그걸 망가뜨린 아이들의 손으로 보존되어, 뒷날 좋은 기념품이 될 줄 안다.

문학을 공부하는 젊은 친구들에게

  나는 갓 젊은 청소년 시절에는 '인생의 진리는 무엇이냐?'를 열심히 생각하고 지내던 말하자면 '사상 소년'이어서, 동서양의 사상을 공부하기 위해 학교도 이것들의 대강을 요약해 가르치는 곳을 찾아 동국대학교 철학과(중앙불교전문학교 철학문학과)에 들어갔던 것인데, 거기에서 글 쓰는 걸 연습하면서 곰곰이 생각해 보니 '사상은 머리로 생각한 진리를 이론으로 쓰면 되겠지만, 가슴으로 느끼는 정서라는 것들은 시나 산문문학으로 표현할밖에는 딴 수가 없겠다. 시나 산문문학이면 사상도 아울러서 표현할 수도 있다'는 것이 깨달아져서, 내가 생각하고 느끼는 것을 시나 수필로 표현해 보기 시작한 것이 어느새인지 길이 들어 문학 표현자의 길로 접어들게 되었다.

  이것은 내게는 참 다행한 일이었다고 지금도 생각하고 있다. 뒤에 깨달아 안 일이지만 니체만 하더라도 사상의 표현을 실감 있게 하기 위해 『짜라투스트라는 이렇게 말했다』에서는 서사시적인 문학적 구성과 표현을 했으며, 20세기에 와서는 평론들까지도 딱딱한 이론 전개를 피해 에세이 쪽으로 기울어져 왔지 않은가? 뿐만이 아니라 먼 과거로 눈을 돌리면 불교나 기독교, 유교의 중요한 경전들 역시 문학적 표현으로 나타나 있으니, 이거야말로 인류가 발견한 정신 표현의 정수라고 아니할 수가 없다.

그런데 시인이나 작가가 되려는 사람들이 무엇보다 먼저 마음을 써야 할 것이 있으니, 그것은 즉 정신의 완전한 자유다. 어떤 개인이나 단체의 강제에도 얽매이는 일 없이 또 사상사 속의 어떤 유파나 개인에게도 편승하는 일 없이, 먼저 하늘만큼 훤칠한 자기 자유의 능동적인 관찰력과 자기류의 독자적인 느낌을 가지고 사상의 선택과 그 수립을 전담하라는 것이다.

나는 1929년과 30년 두 해 동안 서울의 중앙고등보통학교(현재의 중앙중고등학교를 합친 것)의 한 학생으로 1930년에는 광주학생사건 2차 연도의 중앙학교 주모자의 하나이기도 했는데, 이때의 내 사상은 덜 익은 사회주의였다. 당시 내 정신의 실상을 회고해 보자면 '가난하고 비참한 동포들을 서러워하는 감상적인 인도주의 감정' 그것이었는데, 이때는 사회주의라는 것이 이 나라 젊은이들 사이에서도 많이 유행하고 있던 때인 만치 그런 군중 운동 속에 나도 흡수되었던 것이다.

그런데 그 뒤 도서관에 파묻혀 문학작품들을 탐독하면서 문학소
년으로 변화하고 있던 때 곰곰이 다시 생각해 보자니, 톨스토이 말
씀마따나 '경제적 균등 그 한 가지의 해결로 어떻게 인생의 넓고도
복잡 미묘한 불행이나 행복이 두루 잘 해결될 수가 있겠느냐?' 하는
새로운 이해가 생겨서, 여기에서 재출발해 문학작품의 탐독과 아울
러 종교와 철학을 주로 한 사상 공부에도 열중하게 되었다.

그러다가 보니 또 이때는 우리나라의 정지용, 김영랑, 박용철 등
의 시인들이 『시문학』이라는 동인지를 내면서 주장한 '사회주의 정
치사상에서 시정신의 자유를 먼저 해방해야 한다'는 순수시 운동이
눈에 번쩍 뜨여서 이런 선배 동지들이 여간 반갑고 고마운 게 아니
었다.

이 점, 젊은 여러분에게도 크게 짚이는 데가 있기를 바랄 따름이
다. 한동안 소련을 비롯해서 온 세계에 유행하던 사회주의의 '빈부
격차 해소 운동'이라는 경제, 정치 중심의 사상이 실효 없이 끝나면
서, 이제야 인류는 다시 그 반성기에 들어서지 않을 수 없게 된 것을
잘 명심해서 말이다.

이 나라에서 새로 시인이나 작가가 되려는 사람들이 또 먼저 마음
을 써야 할 것은 첫째 영어나 불어 같은 서양 말이나 중국의 한문에
도 길드는 일이다. 우리 이웃 나라인 일본만 하더라도 세계의 문학
을 비롯한 학문들의 번역 출판이 구체적으로 빈틈없어서 일본 말의
번역만 가지고도 문학이나 기타 학문의 기본 교양을 마련하기엔 부

족함이 없지만, 우리나라의 경우는 2차 대전 뒤 민족 분열과 6·25 전쟁과 생활난과 여러 가지 혼란을 겪느라고 번역 문화도 아직도 형편없는 실정에 놓여 있으니 여기에선 서양 말이라도 하나둘 유창해야만이 보충이 되겠고, 중국의 한문은 또 별도로 공부해 내야만 이것으로 기록되어 있는 중국과 동양과 우리나라의 고전들을 읽어 알 수가 있으니 말씀이다. 힘든 일이지만 이것이 우리의 그 팔자라는 것이니 할 수 있는가?

문학작품을 습작하는 어떤 젊은이들은 '시인이나 작가가 되려면 소질이 첫째 문제. 거기 필요한 교양이라는 거야 시인이나 작가 노릇을 하면서 두고두고 공부해서 쌓아 나가면 되는 것이지 어떻게 미리 다 쌓아 가지고 나갈 수가 있나?' 생각하지만 언뜻 보기엔 지당해 보이는 이런 이해 속에도 간과해서는 안 될 하자가 들어 있으니, 그것은 '자기 혼자나 주위의 몇 사람이 인증한 것뿐인 그 소질이라는 것에 대한 확신도 애매할 뿐'이라는 것이다.

그럼 우리는 어떻게 해서 이 하자의 불안을 메꾸고 자기에 대한 확신을 만들어 나갈 수가 있을까?

그 길은 내 나라의 문학과 세계문학의 공부를 통해서일밖에 없다. 먼저 우리나라의 현대문학과 고전문학 속에서 백 사람의 대표적인 실력 있는 시인 작가들의 대표 작품들을 골라 정독하며 그 속에서 귀군의 실력은 어느 만큼의 것인가를 이해해 내고, 또 세계문학의 현대 시인 작가들과 고전 시인 작가들 2백 명을 골라 그 작품들을 정독하면서 자기의 실력은 어느 만큼인가를 마음속으로 이해해 내라. 그러면서 내 나라를 비롯해 세계의 유력한 문화국가들의 문학의 역사를 꼼꼼이 공부해 알아보며 각 시대의 유파와 사조, 내용과 거기 속한 대표적인 시인 작가들의 작품 특질이 무엇인가도 판독해 내야 한다. 이렇게 해서 그대가 한 문인으로 여유 있게 출발하기 위한 가장 기초적인 기본 교양은 겨우 성립할 것이다.

그러나 자네의 그 소질 있다는 습작이 어느 정도 수준인가를 식별하고 확인하기 위해서는 내 나라 문학사와 세계문학사 속의 유력한 시인 작가들의 좋다는 작품들과 자네 작품들의 표현을 면밀하게 대조해 고찰해 보고 '그들보다 한술 더 뜰 확신이 있는가? 없는가?' 양심에 물을 일이다. 그래서 마음속의 대답이 '있다'거든 비로소 자네의 좋은 소질이 자신의 확신을 얻어 나가는 단계에 들어서는 것이다.

그리고 늘 마음 써야 할 것은 이런 초벌의 확신도 변화 없이 계속되어 가는 것만도 아닌 점이니, 자네의 공부와 교양이 점점 넓어지고 깊어져 가는 동안에는 전일의 확신도 한낱 유치한 것이 되고 마는 경우도 얼마든지 있으니 말이다. 한 문학인의 교양이란 문학은 물론 종교와 철학, 역사, 지리, 그 밖에 필요한 여러 학문에 걸쳐야만 하는 것이니, 그렇지 않겠는가? 여기에서 유치한 어리석은 자가 되지 않도록 늘 명심해야만 된다.

일생 동안 문학 공부를 하고 글 쓰고 살려는 사람들이 또 늘 이어서 마음 써야 할 것은 '1. 어떻게 사회에서 사람 노릇을 제대로 하며 살아갈 것인가? 2. 사회의 모태인 자연과의 관계는 어떻게 잘 이어

갈 것인가? 3. 역사 속의 자기라는 것은 어떻게 이해해서 세워 나갈 것인가?' 하는 세 가지의 문제다.

이 첫 번째의 문제에 대해서는 나는 아래와 같이 생각한다.

한 민족사회를 지배하는 정치권력이 아돌프 히틀러의 독일 나치스 시절이나 2차 대전 말기의 일본의 도조 히데키의 군국주의 시절이나 스탈린을 비롯한 소비에트 사회주의 연방 시절같이 개인의 자유와 평화와 가족적 번영을 못 견디게 억압하는 때에 놓이어서 어떤 항거도 성취할 가능성이 없거든 어떻게라도 해서 여기서 탈출하거나 그것도 안 되건 침묵하는 수풀의 나무들처럼 그 강압 정권이 자연의 섭리를 따라 무너질 날을 기다리며 살아남아 갈 밖에 없겠다.

그리고 두 번째 문제에 대한 내 생각은 또 아래와 같다.

자연을 마치 오랫동안 버려둔 고향집같이 생각해서 어쩌다가 한 번씩 찾아들면 되는 것으로 간주하지 말고, 우리가 늘 이어서 숨 쉬며 살고 있는 숨결의 모태로서 느끼고 생각하는 것이 좋겠다. 아무리 복잡하고 바쁜 일터에서라도 때때로 허리를 펴고 하늘을 보며 거기가 우리 숨결의 본고장임을 실감해 살도록 하라. 그래 이 실감이 더 간절해지면 간절해질수록 목숨의 계속에도 더 좋을 것이다. 되도록이면 짬을 얻어 맑은 수풀 속도 거닐고, 바닷가의 한때씩도 갖도록 하라. 그래 우리 뭇 생명들의 본고향과의 교류를 점점 더 두터이 해 가야 한다. 그래야만 사회에서 생기는 온갖 협소함을 완화하고 키워 갈 수가 있다.

셋째 번 문제에 대한 내 생각은 또 아래와 같다.

문학을 하는 사람만이 아니라 누구나 다 그래야 하지만, 우리는 늘 역사 속에서 무얼 하고 있다는 역사적 의식을 가지고 있어야 한다. 문학을 하는 사람이라면 과거의 문학사가 이룬 업적들을 현대 문학의 관점에서 취사선택해 발전시키는 각도에서 작품 활동을 해야 하고, 또한 미래의 문학을 위한 좋은 유산도 염두에 두고 글을 써야 할 것이다. 나는 이것을 문학을 하는 사람이 꼭 가져야만 될 역사 의식이라고 본다. 이것이 없으면 작품을 쓰는 본인들에게도 그저 불확실한 것이 될 뿐이다.

(『미당산문』 1993.6.)

문학의 해에 부치는 글

　금년을 '문학의 해'로 정했다 하니, 오랫동안 문학을 해 온 사람으로서 마음이 기쁘다. 이 기회에 이 나라 문학인들이 크게 각성해서 할 일 두 가지가 먼저 생각난다. 첫째는 문학의 질을 더 높이는 작품을 쓰도록 노력할 일이요, 둘째는 타당한 경로를 통해서 우리나라의 문학작품들을 서양의 여러 나라들을 비롯한 세계 각국에 번역해 옮겨서 세계적인 좋은 평가를 받아 나가도록 애쓰는 일이다.

　우리가 좋은 문학작품들을 쓰기 위해서 누구나 명심해 두어야 할 일이 또 두 가지 있으니, 하나는 이 나라 문학과 세계문학에 대한 문학사적인 두두룩한 공부요, 또 하나는 작품 표현에 있어서 독자적인 매력의 끊임없는 추구라고 생각한다.

문학 공부를 구체적으로 열심히 잘 해내야만 할 사람들이 지식의 부족이나 게으름 때문에 타고난 소질만을 핑계 삼아서 함부로 작품이라는 걸 몽땅몽땅 갈겨써 내놓아서 요즈음의 그 맛없는 양산시대를 빚어가고 있거니와, 이렇게 무식한 '소질주의'로만 나가다 보면 자기의 작품 활동이 무슨 의의를 갖는가 하는 문학사적 위치조차 깡그리 짐작도 못 하는 '장님 점치기' 같은 캄캄한 딜레마에 빠지고 말 것이다.

　이런 무식한 딜레마 속에서는 '어떻게 하면 세계문학의 역사에서 한술 더 뜨는 표현의 매력을 빚어낼 수 있을 것인가?' 하는 문제의 바른 관점도 가질 수 없을 것이니, 맹자복상盲者卜象 같은 엉터리의 표현 외에 무엇이 또 있을 수나 있겠는가?

　정말로 좋은 우리의 문학작품을 외국어로 번역해 옮기는 마당에서 우리가 맨 먼저 마음 써야 할 점은 물론 가장 좋은 번역 작품을 만들어 내는 일이겠는데, 이걸 효과적으로 실현해 내기 위해서 나는 아래와 같은 권고를 하고자 한다.

　가급적이면 이 나라 사람 중에서 가장 유능한 문학작품 번역자를 위촉하고, 또 그의 조력자로서 그 해당 외국어의 본국인 문학자를 아울러서 갖는 일이다. 제아무리 외국 문학 공부를 잘한 이라도 외국의 오랜 생활풍속의 전반에 걸친 광범위한 생활어의 추구에는 더러 빈틈도 있는 것이니, 이 점을 고려할 때 이 양자의 협조는 아조 필요한 일로 보인다.

여기에서 또 한 가지 요청되는 일은 할 수만 있으면 이 문학작품집이 옮겨 가는 나라의 가장 권위 있는 문학자에게 이것을 보여 공감을 얻어 내는 일이다. 그런 권위 있는 실력자가 좋아만 해 주면 그의 서문도 받을 수 있겠고, 또 그의 추천으로 좋은 출판사도 만날 수 있을 것이니 말씀이다.

　그리고 또 한 가지 알아두어야 할 일이 있으니, 그것은 큰 외국의 출판사일수록 반드시 거쳐야 하는 그 심사위원회의 통과다. 어떤 데서는 한 해쯤도 여기서 경과하는 일이 있으니, 자신 있는 사람들도 기다릴 줄도 알아야 하는 것이다.

(한국일보 1996.1.23.)

나의 시 60년

지난 4월 11일 봄꽃이 한창이던 서울대 교정, 박물관 강당에서 서울대학교 인문 대학 현대문학연구회 주최로 미당 서정주 선생의 특별강연이 '나의 시 60년'이 란 제목으로 열렸다. 올해 등단 61년째로, '등단 환갑'을 맞은 서정주 선생은 건 강한 웃음을 지으며 단상에 올라, 시인으로서 60여 년을 이어온 인생관과 문학 관을 소박하고 진실하게 풀어냈으며, 3백여 석의 강당을 가득 메운 청중들은 한 국 시단의 산 역사를 실제로 호흡하며 노시인의 오직 시를 향한 순백의 삶에 따 뜻한 존경의 박수를 보냈다. 이번 강연에서 서정주 선생은 인간의 자잘한 일상사 모두가 바로 '시'이며, 그러나 시보다 먼저 '인간'이 앞서야 함을 거듭 강조했다.

이 화창하고 아름다운 봄날에 여러분을 만나게 되어 반갑습니다. 오늘 제가 말씀드릴 것은 시인으로서 60여 년 동안 마음속에 가졌 던 여러 가지 생각과 인생관, 문학관에 대한 것입니다.

인생이라는 것은, 사회인의 자격으로 사는 것만 생각하면 시야가 좁아지고 편벽한 사상, 편협한 인생관을 갖게 됩니다. 사회인으로서 어떻게 살아야 하는가도 물론 중요한 일이지만 역사적인 안목에서 우리 민족의 역사, 나아가 세계사 속에서 사적인 존재로 어떻게 살아가야 하는가를 겸해서 생각해야 협소한 인생관을 피할 수 있습니다. 여기에 또 하나 중요한 것은 자연인으로 살아가는 것입니다. 사회인, 역사인으로 사는 것만큼 인간은 자연 속의 존재임을 잊어서는 안 됩니다. 문학사와 민족사, 나아가 세계사를 살펴보면 사회뿐만 아니라 자연을 생각하는 사람들의 정신에서 문학이 성취되고 문화가 이어져 왔음을 알 수 있습니다.

이렇게 사회인, 역사인, 자연인 이 세 가지를 원만하게 생각하고 추구해야 인생관이 깊어지고 감칠맛이 납니다. 만약 사회생활만 중요시하면 치열한 생존경쟁이 일어나고 결국 누군가는 낙오되어 절망하고 비관적인 생각을 하게 됩니다.

요즘 주말이 되면 산수 좋은 곳으로 떠나는 사람들이 늘어나고 있는데, 이는 사회생활에 지치고 시달린다는 증거입니다. 인간은 누구에게나 자연에 대한 향수가 있습니다. 인간은 원래 자연을 모태로 태어났기 때문에 하늘과 땅의 정기를 크게 호흡하고 살아야 합니다. 자연인으로서 더 넓게 사고하고 생활하다 보면 비록 사회생활에 낙오하고 실패했다 하더라도 목숨을 끊는 비극은 일어나지 않을 것입니다.

우리나라 고전문학의 주된 정서는 '자연'이었습니다. 자연과 더불어 생각하고, 교류하고, 느끼고, 그 기쁨을 함께 호흡하고, 시를 쓰고 문학을 했습니다. 그러나 현대시 이후 그러한 기풍이 둔화된 감이 없지 않습니다.

다시 한 번 강조하건대 인간은 역사적 존재이자 사회인이고, 자연에서 태어난 자연의 일분자입니다. 이 세 가지를 항상 마음에 두어야 풍요롭고 건강한 인생을 살아 나갈 수 있습니다.

환갑을 지내고 나서 참 많은 생각을 하게 되었습니다. 그중에서 '영생'에 대해 오랫동안 생각했습니다. 영생이라는 것은 영원한 정신적 생명으로, 영적인 각성에 의해 도달합니다.

기독교의 궁극 목적이 영생이듯 열반(니르바나)을 추구하는 불교도 마찬가지입니다. 불교에서는 자연의 범위에서 벗어나야 영생에 도달한다고 합니다. 자연의 범위란 욕망을 말합니다. 사실 니르바나엔 그 어떤 욕망도 필요치 않습니다. 자연이 주는 욕망에서 벗어나는 초자연적 세계, 순수한 영적 세계가 바로 영원불멸의 가치를 지닌 극락입니다.

불교에서 말하는 윤회전생은 일생 동안 자기가 산 그대로를 통해 다음 생을 결정짓게 됩니다. 근친상간 같은 난잡한 성생활을 하면 다음 생에서는 제 에미 애비, 자식도 못 알아보는 개나 돼지로 태어납니다. 사람을 해치거나 하면 뱀으로 태어납니다. 이런 괴롭고 고통스런 윤회에서 벗어나야 비로소 열반에 이르러 영생하는 것입니다. 즉 온갖 욕망과 욕구를 버려야 윤회에서 벗어나 영생할 수가 있습니다.

나는 팔십이 넘어서야 인생을 새롭게 깨달아 가고 있습니다. 나는 내 아내를 사랑합니다. 젊어서는 꿈도 못 꿀 일이지만 요즘엔 늙은 아내의 손톱도 깎아 주고 발톱도 깎아 줍니다. 우리 부부는 마치 소꿉장난하는 어린아이가 된 기분으로 살아갑니다. 모든 욕망에서 졸업하게 된 나이 팔십에 비로소 인생의 참모습을 깨달았다고나 할까요.

다음은 시나 문학을 어떻게 생각하고 표현해야 하는가에 대해 말씀 드리겠습니다. 문학은 철학·종교·역사·자연과학 등의 이론과 별개의 것이 아닌 밀착된 관계 안에서 존재합니다. 시인 폴 발레리는 수학자이자 자연과학자이기도 했습니다.

문학에서 가장 중요한 것은 문학정신, 문학사상입니다. 문학사상의 변화를 살펴보면 동서양에 큰 차이점이 있습니다. 서양은 동양과는 다르게 인간 정신을 이원론적으로 보고 있습니다. 머리로 생각하는 지성적인 부분과 가슴 즉 정으로 이해하는 감성적인 부분으로 나누는 것입니다. 플라톤의 저서 『국가』에는 '시인 추방론'이 나오는데, 감정만으로 사물을 판단하는 시인은, 지성의 부재로 이데아(정신적 궁극의 실체)를 통찰할 수 없다고 보아, 이상 국가를 세우는 회의에 참석시켜서는 안 된다는 것입니다.

그러한 사조가 서양 문학사에 죽 이어지다가 고전주의 시대에는 인간의 지혜를 중요시하는 풍토가 나타나지만 19세기에 오면 다시 낭만주의 경향이 등장합니다. 이 시대엔 감정의 자유 이를테면 남녀 간의 사랑의 감정이 중요시되어 프랑스의 라마르틴 같은 낭만주의 시인은 남의 아내를 사랑하는 시를 쓰기도 했습니다.

19세기 낭만주의 이후 데카당스에 이르는 동안 감정의 과잉이 인간을 얼마나 타락시켰는지는 시인 폴 베를렌을 보면 잘 알 수 있습니다. 베를렌은 랭보라는 소년 시인과 동성애에 빠졌는데 후에 랭보를 권총으로 쏜 뒤 벨기에 감옥에서 말년을 보냅니다. 그는 가톨릭에 입문한 뒤 자신의 잘못을 깨닫고, 인간에게 필요한 것은 세상을 보는 지혜라며 울부짖었습니다.

　20세기엔 낭만주의를 반성하는 사조가 나타납니다. 낭만주의에 대한 각성을 시로 쓴 말라르메, 주지주의를 주창한 엘리엇이 대표적 인물입니다. 엘리엇의 후계자인 스티븐 스펜더는 스승의 주지주의를 떠나 감정, 정서의 중요성을 강조하는 평론집을 내기도 했습니다.

　서양과 달리 동양은 인간 정신을 하나로 보았습니다. '마음 심心'에는 지혜와 정이 함께 있다고 보아 정이 넘치면 지혜가 이를 조절하고, 지혜가 지나치면 정이 이를 바로잡는다고 했습니다. 즉 마음을 감정과 지혜가 상부상조하는 일체의 것으로 보았던 것입니다. 사람의 지혜와 감정을 상대적 가치로 생각하는 것은 마땅치 않습니다.

　저는 서양보다 동양의 사고가 더 바람직하다고 봅니다만, 이 문제는 그리 간단한 것이 아니므로 여러분도 한번 깊이 생각해 보시기 바랍니다.

　이번엔 시의 표현에 대해 말해 보겠습니다.

　60여 년간 시를 써 오면서 그 재미가 뭐냐 하면 바로 남들이 생각하거나 느끼지 못하는 것을 찾아내는 발견의 매력입니다.

시인은 인생에서 수많은 감동을 느껴야 합니다. 감동이 식으면 이미 시인이 아닙니다. 생활하다 보면 어느 날 문득 전에는 생각지 못하던 것이 뜻밖의 감동으로 다가오는데, 그것을 깊이 파고들어 가 느끼고 생각하다 보면 '발견'에 이르게 됩니다. 이것이 '시적 발견'입니다. 발견은 자연과학자만의 것이 아닙니다.

시인의 자격 중 첫 번째는 보통 사람들을 대신해서 감동하고 그것의 세막細幕을 구체적으로 표현해서 자기가 느낀 감동 그대로를 사람들이 똑같이 느끼게끔 전달할 줄 알아야 한다는 데 있습니다. 그러므로 이 감동의 표현이야말로 시인이 가져야 할 덕목 중 가장 중요한 것입니다.

시라는 것은 새로운 감동으로 '발견'이 토대가 되어 쓰여져야 합니다. 감동의 발견은 곧 인생의 발견이고, 매력 있는 인생을 만드는 것이 시인의 임무입니다.

어떤 시인을 보면 두세 권의 시집이 엇비슷한 내용으로 채워져 있는데, 그것은 시적 발견자로서 시인의 자격이 없음을 입증하는 것입니다. 시집 한 권 한 권은 완전히 다른 경지를 가져야만 합니다. 그런 의미에서 다작이 반드시 좋은 것만은 아닙니다.

압축, 요약하는 시의 언어 표현법이야말로 가장 정교한 언어 작업입니다. 우리 시조는 단 석 줄로 이루어지지 않았습니까? 그 석 줄에 온갖 느낌과 감정이 압축되어 고스란히 표현되어 있다는 것은 정말 놀랍고 신기하기까지 합니다.

그 언어 표현법을 탐구하는 것이 바로 시인의 사명입니다. 한 편 한 편의 시에 전심, 전력을 기울여 남들이 생각하지 못한 새로운 표현을 만들어 내는, 바로 그 노력에서부터 비로소 시는 출발합니다.

재능만으로 시인이 되는 건 아닙니다. 사실 나같이 재능도 없고, 미련한 사람도 없습니다. 나에겐 다만 시에 대한 간절함이 있고, 표현상의 새 매력을 탐구하고 또 탐구하는 열성이 있었을 뿐입니다.

나를 가리켜 다들 문학청년이라고 하는데 그 말은 맞습니다. 지금도 나는 늘 새로운 마음으로 시 한 편 한 편을 다듬고 또 다듬어 가고 있습니다. 아직도 나는 철이 덜 든 소년이고 여전히 소같이 우둔합니다. 60년 넘게 시를 써 왔는데도 시의 높이와 깊이와 넓이는 한정 없기만 합니다. 나는 영원한 문학청년입니다.

(『문학사상』 1997. 5.)

미당 서정주 전집 11

1판 1쇄 발행 2017년 3월 13일
1판 2쇄 발행 2022년 2월 18일

지은이 · 서정주
간행위원 · 이남호 이경철 윤재웅 전옥란 최현식
펴낸이 · 주연선

(주)은행나무

04035 서울특별시 마포구 양화로11길 54
전화 · 02)3143-0651~3 | 팩스 · 02)3143-0654
신고번호 · 제 1997-000168호(1997. 12. 12)
www.ehbook.co.kr
ehbook@ehbook.co.kr

ISBN 978-89-5660-047-5 04810
978-89-5660-885-3 (전집 세트)
978-89-5660-575-3 (산문 세트)